Beatriz et les corps célestes

Lucía Etxebarria

Beatriz et les corps célestes

ROMAN TRADUIT DE L'ESPAGNOL PAR ALEXANDRA CARRASCO

LE GRAND LIVRE DU MOIS

Titre original :
BEATRIZ Y LOS CUERPOS CELESTES

9, rue du Cherche-Midi, 75006 Paris

Je dédie ce livre à Beatriz Santos
à Pilar Mateos,
ainsi qu'à ma famille

Ne me presse pas de te quitter et de m'éloigner de toi,
car où tu iras j'irai, où tu demeureras je demeurerai,
ton peuple sera mon peuple et ton Dieu sera mon Dieu,
si la mort ne nous sépare pas.

Ruth à Noémi. Le Livre de Ruth, 1 : 16-17

Comment ai-je trouvé grâce à tes yeux
moi qui ne suis qu'une étrangère.

Le Livre de Ruth, 2 : 10

J'ai accepté la pureté comme la pire des perversions.

Marguerite Yourcenar

Une femme ne sait pas qu'elle va
être la protagoniste d'une histoire
d'horreur jusqu'à ce qu'elle le soit.

Marguerite Yourcenar

1.

ORBITE CIMETIÈRE

Yet come to me in my dreams, that I may live
My very life again though cold and death ;
Come back to me in my dreams, that I may give
Pulse for pulse, breath for breath ;
Speak low, lean low
As long ago, my love, how long ago.

Christina Georgina Rosetti, *Écho*

– Je ne comprends pas pourquoi tu lis ces conneries, lui dis-je, énervée, moins pour censurer ses goûts en matière de lecture que pour attirer son attention. C'était un de ces nombreux après-midi que je passais chez elle, si nombreux que Mónica ne se sentait plus obligée de s'occuper de moi. Sa chambre était la mienne, je le savais, et je pouvais y faire ce qui me chantait. Mais Mónica n'avait pas l'intention de papoter avec moi.

Elle leva les yeux, cala ses lunettes sur le bout de son nez, comme une institutrice, et me lança un regard de supériorité amusée.

– Fais pas ta fasciste culturelle, va. T'espères quoi ? Que je lise du Dostoïevski à longueur de journée ? Allez, oublie-moi deux minutes, s'il te plaît, dit ma source de lumière, cette brune brillante dont l'intelligence atteignait des proportions cosmiques, puis elle se replongea dans son livre.

J'étais recroquevillée dans un coin du lit, la tête sur les genoux, occupée à ne rien faire, trop enlisée dans mon ennui pour avoir envie de le combattre. Si je me souviens bien, en musique de fond on écoutait The Cure ou quelque chose dans ce goût-là. Un truc sinistre, en tout cas, une chanson tourmentée en noir et blanc, interprétée par un petit jeune en deuil de la tête aux pieds, le genre de disque que Mónica aimait écouter au cours de ces après-midi interminables.

Quand je repense à Mónica et à son corps céleste, j'imagine d'immenses télescopes capables de nous rapprocher des étoiles les plus éloignées, des galaxies s'étirant à l'infini, de la matière brillante, des sources de lumière et de rayonnement, des supernovae fulgurantes et des astéroïdes en perpétuelle combustion qui abritent de gigantesques fours nucléaires.

Certes, il y a de la matière brillante dans l'univers, ces étoiles qui diffusent de la lumière et de la chaleur, les géantes rouges et les naines brunes, mais il y a aussi de la matière obscure, des trous noirs, des planètes refroidies, des étoiles errantes, des naines marron, des lunes désertiques et des orbites cimetière.

Quand elle était dans sa chambre, Mónica gardait les rideaux tirés, et les ombres projetées par les meubles oscillaient sous la lueur vacillante de la petite lampe de chevet, comme si elles exécutaient des danses étranges au rythme de cette musique gothique. Le territoire de Mónica, un tunnel de relativité hors du temps et de l'espace qu'elle s'était construit à force de volonté, demeurait isolé de la routine qui régnait chez elle. Les ritournelles grincheuses de sa mère n'y parvenaient guère, pas plus que les fredonnements de la bonne ou les disputes puériles de ses frères.

– « À 36 000 kilomètres de la Terre, lut-elle, il existe une orbite géostationnaire, fixée à l'atmosphère car tournant à la même vitesse que la Terre : on l'appelle l'Orbite Cimetière car on y expédie les satellites hors d'usage. Tous les satellites disposent d'une réserve d'énergie qui leur permet, en cas de problème, d'être envoyés sur cette orbite où ils seront immobilisés dans l'espace sans que l'on ait besoin d'un moteur pour les maintenir en place. » Autrement dit, les pauvres satellites sont comme les éléphants qui vont dans leur nécropole pour mourir. Ça ne manque pas de poésie, quand on y songe. T'imagines, Bea : d'énormes engins qui servaient surtout à la communication, réduits au silence, isolés à jamais, entourés d'une armada de machins similaires, eux aussi condamnés à ne plus communiquer. Hallucinant, non ?

Penses-y maintenant, Bea, tant d'années plus tard. Voici quatre ans que tu n'as pas vu Mónica. Pense à la solitude des satellites, à la solitude orbitale. Abandonnés par ceux à qui ils ont rendu service. Oubliés dans le froid. Au milieu du vide le plus désolé, recouverts d'une couche de givre opaque, n'ayant même plus de lumière à refléter. Immobiles et dignes dans leur retraite glaciale, satellites défunts, cadavres de ferraille gelée, exsangues, vieilleries qui furent des monstres de fer et d'acier et qui transmirent un jour des dates, des données, des chiffres d'une importance jugée cruciale. Autant de dates, de données et de chiffres dont personne ne se souvient. Rien, pas même la puissance du fer, n'échappe à l'abandon. Désormais coupés du monde, titans rouillés privés de force, condamnés à un mutisme éternel et oxydé, bric-à-brac éparpillé sur un territoire désert. Les câbles et les boulons finiront par se désintégrer, même si cela se produit dans plusieurs siècles. Quoi qu'il en soit, songe comme le temps compte peu dans un paysage aveugle où chaque minute est identique à la minute précédente, où chaque seconde succède à une autre seconde. Identique, immuable, une seconde éteinte pour un temps fané. Orbite cimetière. Solitude orbitale.

Il m'arrive de penser, Mónica, où que tu sois, qu'il m'est arrivé la même chose. Que l'on m'a envoyée dans le monde avec une mission : communiquer avec d'autres êtres, échanger des données, transmettre. Et que je me suis retrouvée seule, entourée d'autres êtres qui comme moi naviguent sans but dans cette atmosphère raréfiée par l'indifférence, l'insensibilité ou la simple ineptie, où l'on n'a aucun espoir d'être entendue et encore moins comprise. Des univers entiers tournent autour de nous, des étoiles, des soleils, des lunes, des galaxies, des aérolithes, des grandes constellations, des nuages de gaz et de poussière, des systèmes planétaires, de la matière interstellaire. Et même des déchets spatiaux. Mais, par-dessus tout, un silence insondable qui absorbe tout. Un vide noir, gigantesque, un calme indéchiffrable.

Tout en sachant qu'il ne devrait pas en être ainsi, le fait est que je me sens à des millions d'années-lumière de tout signe de vie, si tant est qu'il y en ait autour de moi. J'ai le sentiment de naviguer sur l'orbite cimetière.

2.

LA VILLE EN RUINE

L'amour n'appartient qu'à lui-même, sourd aux prières, immuable devant la violence. L'amour n'est pas négociable. Seul l'amour est plus fort que le désir, l'unique raison juste de résister à la tentation.

Jeannette Winterson, *Écrit dans le corps*

N'essaie pas d'ensevelir la douleur : elle s'étendra sur la terre, sous tes pieds, elle s'infiltrera dans l'eau que tu bois et t'empoisonnera le sang. Les plaies se referment, mais il reste toujours des cicatrices plus ou moins visibles qui gênent lorsque le temps change, rappellent leur existence sur ta peau, et avec elles le coup qui les a causées. Or le souvenir du coup influera sur tes décisions futures, réveillera des peurs inutiles, des chagrins misérables, tu deviendras une créature lâche et terne. Pourquoi vouloir t'enfuir et quitter la ville où tu as chu ? Parce que tu espères vainement qu'ailleurs, sous un ciel plus clément, tes cicatrices ne te feront plus mal et tu boiras une eau plus pure ? Les ruines de ta vie se reformeront toujours. Où que tu ailles, tu emporteras ta ville avec toi. Il n'y a ni terre ni mer nouvelles, la vie que tu as ratée demeure ratée n'importe où sur la planète. J'ai vingt-deux ans et je parle à travers les autres.

Ces mots que j'assène, je les ai lus dans des livres. Certains ont été écrits il y a mille ans, d'autres ont été publiés il y a deux ans. Car tout ce que l'on écrit n'est finalement qu'une note en bas de page d'un écrit antérieur. Il n'existe qu'un sujet : la vie, et la vie est toujours la même ; un même rayonnement imprègne l'univers tout entier et il n'émane d'aucun objet en particulier. Nos actes et nos amours sont la répétition d'actes et d'amours passés, et c'est pourquoi, dans un livre, nous trouverons toujours une réponse à certaines de nos questions. L'ennui, c'est que nous ne comprendrons jamais rien à ce qui est écrit avant de l'avoir vécu d'une manière ou d'une autre, et il me semble que je commence seulement à comprendre certaines phrases lues il y a longtemps.

Je comprends à présent que la ville me suit, que je marche toujours dans les mêmes rues et que, sous peine qu'elle pourrisse sous mes pieds, je devrai déterrer mon angoisse. Je quitte une ville pour retourner dans une autre, et je sais qu'au fond j'habite toujours la même. J'ai cru laisser la souffrance derrière moi mais j'ai compris que je la portais avec moi, et me voici de retour dans la ville que je haïssais tant.

J'ai vingt-deux ans. J'ai quitté Madrid à dix-huit sur l'initiative de mon père. Puisque je ne savais pas très bien ce que je voulais faire de ma vie et que les tensions devenaient insoutenables entre ma mère et moi, cela ne me ferait-il pas du bien de partir apprendre l'anglais pendant un an ? Pour une fois, la seule, j'ai été d'accord avec mon père, parce que moi aussi je voulais m'en aller, je voulais partir de chez moi et perdre enfin de vue mes parents. Je l'avais souhaité pendant des années, et je n'allais pas rater cette occasion servie sur un plateau.

D'autres raisons, dont mon père ne se doutait même pas, me poussaient à prendre le large. Je ressentais cette ville comme une cage, les années où j'y avais vécu comme des années malheureuses. Mon père ignorait bien des choses sur la vie que j'y avais menée.

Cette conversation hâta ma recherche frénétique d'un endroit où me poser. N'importe quelle université étrangère ferait l'affaire, pourvu qu'elle veuille de moi, et, parmi tant d'autres, on jeta notre dévolu sur celle d'Édimbourg. Après moult entretiens téléphoniques internationaux et moult expéditions d'ambassade en ambassade en quête de renseignements, on sut que c'était la seule résidence pour étudiants où il restait encore de la place à cette époque de l'année. On avait tenté notre chance ailleurs, mais partout on nous avait répondu qu'il était trop tard.

De sorte que j'ai échoué à Édimbourg par hasard. De ma vie je n'avais imaginé aller suivre des études en Écosse. Mais c'est ainsi que vont les choses… Parfois je me dis que les décisions les plus importantes, je les ai toujours prises sans le faire exprès.

Quand je suis arrivée à Édimbourg, je pensais qu'avec ma majorité, la vie s'accélérerait, qu'elle serait de plus en plus riche et intense. Je ne me doutais pas que j'étais à deux doigts d'arriver au point mort.

Une semaine après avoir débarqué, l'immensité de ce que j'avais perdu m'écrasa de tout son poids et je crois avoir pleuré autant que les nuages de la ville qui m'accueillait. Une ville harmonieuse au tracé médiéval, aux pierres muettes et aux toits gothiques, avec des poutres en bois, des flèches sur les toits et des lampadaires dans les rues modérément animées. Une ville qui s'est étendue autour de son noyau à mesure que la partie ancienne a intégré la nouvelle, l'assimilant avec une profonde sérénité.

Mes premiers mois sont flous dans ma mémoire, un fouillis d'heures humides et grises qui s'écoulaient avec monotonie, un chapelet de dates baignées de nostalgie, s'égrenant l'une après l'autre, à peine différenciées par le nom que leur attribuait le calendrier. Après le vendredi 3 venait le samedi 4, puis le dimanche 5, inévitablement. Le vaisseau fantôme de l'angoisse sombrait lentement dans le marécage du temps ; l'angoisse face à ce qui s'était évanoui, perdu, et qui tombait comme la pluie à l'intérieur. Dans l'espoir de l'enrayer, je me suis imposé un programme d'études spartiate, ma routine quotidienne se déroulant entre une université aux murs de pierre moussus et une chambre lugubre et glaciale, la tête enfouie dans les livres et les cahiers. Je voulais me remplir l'esprit, le farcir d'informations, barrer les issues à grand renfort de mots nouvellement appris, enterrer les souvenirs sous les gérondifs, les participes et les citations de Shakespeare, afin de ne pas penser à ce que j'avais laissé derrière moi. Je détestais cette résidence, je détestais la salle de bains collective et ses murs écaillés, je détestais tout particulièrement ma chambre, meublée d'un simple lit qui rappelait les couchettes des refuges de montagne, ainsi que d'une table qui portait encore, gravées, les initiales de mes deux prédécesseurs et de je ne sais combien de pré-pré-prédécesseurs encore. Je me sentais triste et pauvre. Pauvre en espace, démunie de lumière, indigente en tranquillité, privée d'intimité, manquant de tout ce qui transforme un foyer en château.

Pourtant, je m'efforçais de respecter mon vœu de clôture : le seul moyen de rester à Édimbourg était d'obtenir d'excellentes notes au cours d'anglais pour étrangers que je suivais. Dès lors on m'accorderait une bourse, comme cela fut le cas, et, au prétexte de finir un cycle universitaire, je pourrais rester encore trois ans dans cette ville brumeuse, sous l'égide de l'imposant château constamment gardé par des lambeaux de brouillard laiteux. Ainsi n'aurais-je pas à regagner le lumineux Madrid qui me manquait tant. Je m'en languissais, mais je ne voulais pas y retourner. Ou plutôt, je ne pouvais pas. Je me suis forcée à m'adapter, j'ai eu raison de ma nostalgie, montrant cet entêtement avec lequel, à quatorze ans, je laissais la moitié de mon assiette, alors même que la faim me vrillait l'estomac.

Il est sept heures du matin, je sors de chez moi. Cat dort encore. Hier elle a beaucoup bu et beaucoup pleuré. Je me suis levée sans faire de bruit pour ne pas la réveiller. J'avance sur la pointe des pieds. Le bruissement de mes gestes atteint son corps immobile qui tressaille sans se réveiller. Je jette un dernier regard sur son petit nez de chat posé sur l'oreiller. Je sais qu'elle sera furieuse en découvrant ma dernière trahison : je suis partie sans la réveiller. Mais je ne veux pas prolonger les adieux comme on prolonge l'agonie des mourants dans les hôpitaux, avec des appareils. Près du lit, posé sur son ventre verdâtre, repose le cadavre de la bouteille qu'a vidée Cat au milieu de ses reproches et de ses supplications. Elle pointe vers moi son goulot accusateur comme dans le jeu de la vérité auquel nous jouions petites, mes cousines et moi. Elle indique l'éternelle question de Cat, dont elle a donné mille versions différentes : dis-moi la vérité… Est-ce que tu m'aimes ? Juste la vérité. Mais la vérité n'est pas un état définissable et immuable. La vérité est dans la tête de chacun. Elle ne réside ni dans des données, ni dans de chiffres, ni dans des dates. Je franchis le couloir à pas de velours et referme doucement la porte derrière moi. La gare est tout près, je n'ai que Lothian Road à traverser.

Les boutiques sont encore fermées à cette heure. Le ciel, couvert, détrempe les silhouettes sombres des maisons. Les vitrines des magasins encore endormis – Boots, C & A, Marks & Spencer, Dolcis, The Body Shop – me renvoient l'image d'une fille grande et mince qui pourrait me plaire si je ne savais qu'il s'agit de moi, et je ne peux m'empêcher de me rappeler qu'à l'époque où Cat et moi nous sommes connues, l'une de nos distractions préférées était de nous balader dans cette rue, faisant parfois une halte dans ces boutiques pour nous acheter des bricoles l'une à l'autre. On se promenait main dans la main et tous les passants nous jetaient des regards en coin. En partie parce qu'ils étaient choqués de voir deux filles enlacées. En partie parce que nous étions toutes les deux jeunes et belles, agréables à regarder. Je le savais et j'en étais fière, heureuse comme une fillette qui promène pour la première fois le chiot qu'elle a eu pour son anniversaire. Je traverse Lothian Road, laissant derrière moi les vieux immeubles de brique rouge noircie de fumée, les toits d'ardoise grise. Le brouillard semble allonger la rue, on cherche des yeux un horizon qui s'est évanoui. Ma valise à roulettes à la traîne comme un petit chien fidèle, un million de gouttelettes m'aspergent le nez et les cheveux, et je n'arrive pas à chasser de mon esprit l'image de Cat endormie. Mais ma valise pèse plus lourd que mes regrets.

La gare est déserte. Personne ne prend le premier train pour Londres, aujourd'hui. Le kiosque à journaux et le marchand de sandwiches n'ont pas encore ouvert. Sur le quai tout juste réveillé, trois autres ombres attendent le même train que moi, voilées par la buée de mon souffle entrecoupé. Quelques minutes s'écoulent qui me paraissent une éternité. Un inconnu allume une cigarette et la lueur soudaine de son briquet éclaire un instant la perspective du quai ; un autre remonte le col de sa veste pour se protéger du froid matinal ; contenant son impatience, une fille parcourt la plate-forme à petits pas, cinq dans un sens, cinq dans l'autre, danse inutile qui ne la mène nulle part. Bien que nous partagions la tension de l'attente du même train qui n'arrive pas, nous n'échangeons pas un regard, pas un geste de solidarité ou de sympathie. Le train entre en gare, enfin, juste au moment où je pensais que mes mains allaient geler. Je pose ma valise dans le compartiment destiné aux bagages et me blottis dans mon siège. Crispée, mal installée, je prépare mon corps et ma tête pour le trajet de quelques heures qui m'attend.

Le train démarre avec un sifflement qui cisaille l'air humide d'Édimbourg, le contour de la gare s'estompe peu à peu, la machine prend de la vitesse. Des variations du même paysage transi se succèdent à travers la vitre. Grandes étendues de campagne en mouvement tachetées de points colorés : maisonnettes, serres, clôtures séparant les jardins. Vert mousse, vert émeraude, vert prairie… vert, vert, vert, toutes les nuances de vert foncé défilent devant mes yeux, sous un ciel formé de gouttes d'eau et d'oripeaux de coton sale. Vert comme les parcs d'Édimbourg, vert comme les yeux de Cat. On associe les choses que l'on aime à celles que l'on a aimées. Les affinités spontanées sont bâties de souvenirs : je suis assurée désormais de ma passion pour le vert.

Le brimbalement perpétuel tend ses filets au sommeil et les formes se fondent en un écran vert et uniforme sur lequel je dessine mentalement l'image de Cat : des yeux bridés surmontés de sourcils d'un blond quasiment imperceptible qui convergent en un petit nez légèrement retroussé et effrontément pointé sur ses interlocuteurs ; des pommettes très hautes, presque trop parfaites, et, sous le nez, une bouche au tracé régulier et charnu. Comme des brins de paille, quelques mèches cuivrées encadrent l'ovale parfait de son visage, un ovale de peau blanche, froide et laiteuse qui n'a jamais connu un bronzage du mois d'août. Cat, la fille chat, pourrait être une de ces nombreuses filles que l'on voit dans les magazines vanter les mérites des crèmes hydratantes. Votre peau mérite une protection. Et toi, tu mérites d'être aimée. Crois-tu que je ne le sache pas ?

Avant de la connaître, je ne regardais jamais les blondes. Sans doute l'image de Mónica était-elle si profondément gravée dans mon esprit qu'il m'était impossible de m'intéresser à quelqu'un qui ne lui ressemblait pas. Pourtant, j'ai remarqué Cat dès la première fois.

Je l'ai rencontrée il y a trois ans et demi, alors que je résidais dans cette ville depuis six mois. C'était dans une boîte aux murs sombres et à la musique dissonante dont l'accès était strictement réservé aux femmes. J'avais trouvé l'adresse dans une annonce parue dans *The List*. Je m'y suis rendue toute seule un soir où ma vie cloîtrée devenait intenable et où mon esprit rebelle réclamait à grands cris de la bière et de la fumée.

Une femme, me disait ma mère, ne doit jamais aller seule dans un bar. Tout le monde sait parfaitement ce que cherchent les femmes non accompagnées dans les bars. Pour une fois, et sans présager de l'avenir, ma mère avait raison. Le cataclysme qui s'était produit à Madrid, lors de mon dernier soir de sortie, grinçait encore dans ma mémoire. J'avais débarqué toute seule à La Metralleta pour chercher Mónica et découvert que les hommes n'avaient pas tellement changé depuis l'époque de ma mère. C'est pourquoi, le premier soir où j'ai osé sortir à Édimbourg, je décidai d'aller boire dans un bar où il n'y aurait pas d'hommes, à l'abri de leurs harcèlements inévitables et des ennuis qu'entraînerait ma simple présence. Je ne cherchais pas une fille, je n'étais pas allée là-bas parce que je me sentais lesbienne. Je ne cherchais qu'une bière et un peu de musique.

En entrant, je me dis que je m'étais peut-être trompée. Des tas de filles frétillaient sur la piste, se heurtant les unes aux autres, pareilles aux corps célestes – astéroïdes, étoiles, planètes – qui entrent parfois en collision dans l'espace. Leurs ombres se confondaient sous les flambées de lumière qui révélaient des profils et des silhouettes. La plupart avaient des cheveux courts et portaient des pantalons, même si certaines s'étaient aussi déguisées en *femme**, jupe droite et tignasse de lionne. En observant attentivement, on finissait par comprendre qu'il existait une subtile démarcation de territoires. Les pures et dures occupaient le flanc gauche, toutes uniformément déguisées en hommes, fumant avec des gestes de docker, sourcils froncés, jambes croisées, tibias posés sur les genoux en une pose prétendument masculine. Les

* Les mots en italique suivis d'un astérisque sont en français dans le texte.

jeunettes, plus insouciantes, dansaient sur la piste, on aurait tout aussi bien pu les croiser dans une boîte hétéro. Une blonde assez tape-à-l'œil s'était même permis de porter une robe longue et flirtait avec une rousse qui la dévorait des yeux, répondant à son baratin par une succession d'éclats de rires nerveux et forcés.

La timidité me tenait collée au bar, suffoquant sous l'effet de cet excès d'œstrogène. J'étais là depuis environ une heure lorsque je remarquai une fille blonde, grande et mince, qui arriva précédée d'un groupe de filles. Elle portait, je me souviens, un blouson de cuir noir. Elle attirait l'attention par sa taille, sa beauté, la lenteur de sa démarche de chatte consciente de son élégance. Ce qui me vint d'abord à l'esprit, c'est qu'elle me rappelait Nastassja Kinski. Je suis sûre qu'on le lui avait très souvent dit.

Le groupe qui l'accompagnait prit position autour de la piste tandis que la blonde, jouant les intrépides, se dirigea vers mon coin en quête d'un verre. Elle s'arrêta à deux mètres de moi et, accoudées toutes les deux au comptoir quasiment désert, nous nous sommes trouvées nez à nez, séparées par un air épaissi par la fumée de centaines de cigarettes. Elle commanda un whisky à la serveuse et me dévisagea. Elle sourit. Je lui rendis son sourire. Lorsque la serveuse lui eut servi son verre, elle se retourna encore pour me voir, comme un python guettant un rat. Je crois qu'elle m'avait hypnotisée. Je savais qu'elle tentait de deviner si je lui ouvrais la voie. Je souris encore. Elle comprit que je lui cédais le passage et se planta à côté de moi en quatre enjambées arrogantes, comme si elle se sentait propriétaire de chacun des carreaux qu'elle foulait. Je n'en croyais pas ma chance.

– Tu n'es pas d'ici, pas vrai ? me demanda-t-elle.

– Non.

– Pendant que je te regardais, je me demandais d'où tu pouvais bien venir…

– Devine.

– Je ne sais pas… Du ciel ?

Une semaine plus tard, elle partait passer Noël à Londres avec des amis. Moi, j'allais en France. On se promit de s'envoyer des cartes postales. Mon père devait passer à Paris pour affaires et profitait de l'occasion pour y emmener ma mère afin que l'on s'y rejoigne tous les trois. Un Noël en famille, je suppose. Aucun de nous ne proposa de retrouvailles à Madrid. Les raisons allaient de soi : en territoire neutre, nous ne nous disputerions pas. Cela faisait des mois que je n'avais pas vu les auteurs de mes jours et je les trouvai vieillis, fatigués, écrasés par le poids des années et des souvenirs. En moins d'un an, mon père avait cessé d'être un séducteur d'âge mûr aux tempes argentées pour devenir un vénérable vieillard à la tête enneigée. Ma mère, elle, avait abandonné la catégorie de femme élégante et s'apprêtait à entrer dans celle de dame digne. Le martèlement nerveux de ses talons s'était changé en une grave succession de pas traînants.

On goûta des plats aux noms imprononçables dans un restaurant très chic de la rue Maréchal-Font, envahis par une armée de couverts et de verres de différentes tailles. Nous n'avions rien à nous dire et, au bout d'une demi-heure, nous avions épuisé le stock de lieux communs. Je n'ai retenu de ce dîner que le tintement des couverts sur la faïence et les larmes affleurant dans les yeux de ma mère. Les bougies jetaient des lueurs blanches sur sa coupe au carré, auréole blonde qui me fit penser à Cat. Le poids étouffant des exigences affectives flottait au-dessus de moi. Deux très sérieuses tragédies se succèdent presque toujours dans la vie des êtres : le manque et l'excès d'amour.

Pendant ces trois jours, j'accompagnai ma mère faire des emplettes dans des boutiques exquises où je n'aurais jamais mis les pieds, je crois, si j'avais été seule. Je me laissai offrir un pull bleu que j'étais sûre de ne jamais porter. Le soir, insensible aux chants prometteurs des magasins, mon père nous attendait à l'hôtel, lisant des journaux en diverses langues.

Cela ne me disait rien d'envoyer à Cat une carte avec une vue de la tour Eiffel, de la Seine ou de Notre-Dame. Tôt ou tard, chacun trouve dans sa boîte aux lettres une carte postée de Paris par un ami, un amant ou une simple connaissance, et je voulais que la mienne ne ressemble à aucune de celles que Cat avait reçues ou recevrait de Paris. Mon dernier jour dans cette ville, sur le chemin de l'hôtel, je m'arrêtai dans une librairie de bandes dessinées, minuscule et crasseuse, qui ressemblait trop au magasin préféré de Mónica. Cat recevrait une carte du vaisseau *Enterprise* qui me coûta huit francs. De retour à Édimbourg, je trouvai la carte promise par Cat dans ma boîte aux lettres : un portrait du Dr Spock. Je compris alors que notre histoire était vouée à s'épanouir.

Une quinzaine de jours après l'avoir connue, je fis une découverte quasiment terrifiante. J'étais seule chez Cat, je m'étais endormie sur le lit après un après-midi passé à faire l'amour et, quand j'ouvris les yeux, grelottant de froid, je constatai qu'elle était partie au restaurant. Un petit mot posé sur la table de nuit m'expliquait qu'elle n'avait pas eu le courage de me réveiller. La nuit était tombée et l'obscurité avait englouti le contour des maisons. J'ouvris les placards de Cat à la recherche d'un pull pour couvrir mes os transis et j'y trouvai trois tiroirs. Le premier contenait la lingerie et les chaussettes ; le deuxième, les pulls ; le troisième, de la paperasse. Au milieu des pulls, j'aperçus une enveloppe dont la propreté indiquait qu'elle était arrivée récemment. Je ne pus résister à ma curiosité : je l'ouvris et tombai sur ma propre image.

C'étaient des photos prises apparemment d'une voiture. Le genre de cliché que les détectives présentent à leurs clients, obtenus à l'insu de la personne. On te vole ton image en douce, comme on te volerait ton sac. On me voyait sortir de la résidence, attendre le bus, y monter devant l'université, traverser le parc du campus à grandes enjambées, vague esquisse de moi-même, tache noire sur l'herbe verte.

Je ne soufflai mot. Je n'en dis jamais rien, ni à ce moment-là ni plus tard. Je n'exigeai aucune explication. Je ne voulais pas savoir si je l'obsédais, si elle voulait mes photos pour invoquer une quelconque déesse de l'amour par le truchement de mon image, ou bien si elle cherchait un éventuel rival. J'ai tenu ma langue, redoutant un affrontement direct, une confrontation, ou peut-être parce que je ne voulais pas connaître l'ampleur de sa dévotion pour moi. Je la bouclai et, deux semaines plus tard, partis m'installer chez elle, sachant déjà que Cat m'aimerait plus que je ne l'aimerais jamais.

J'expliquai à mes parents que partager un appartement était une solution économique et que cela me rapprocherait du centre-ville, ce qui était la pure vérité. Ils n'y virent pas d'inconvénient.

Si j'étais arrivée jusqu'à Cat autrement, comme une feuille blanche, comme une toile vierge, si je n'avais pas trimbalé avec moi vingt années de gribouillis et de pâtés, notre histoire aurait peut-être marché. Si je m'étais avancée vers elle d'emblée les yeux bandés, elle aurait pu m'ouvrir les lèvres et guérir mes blessures. Mais Mónica avait cessé d'être une blessure, elle était désormais une cicatrice, par essence indélébile, et je ne pouvais plus m'en défaire. Au cours de ces trois années, j'ai passé bien des après-midi à l'abri du froid, dans le giron angora de ma petite amie lovée devant moi près de la cheminée, soupirant et s'étirant paresseusement telle une chatte près du feu. Je n'en ai jamais profité entièrement, ne pouvant m'empêcher de comparer la tranquillité de Cat à l'effervescence de Mónica, la douceur de la première à la hardiesse de la seconde, la réceptivité de l'une à l'énergie de l'autre.

C'est qu'en amour, comme dans la vie, on en attend toujours plus, on n'est jamais comblé. Je n'ai connu le contentement qu'à certains moments précis que la mémoire sans doute amplifie et qui, dans mon souvenir, ont toujours eu lieu dans le noir. Les jours passeront et je m'enfoncerai peu à peu dans ce désir d'infini, cette soif inextinguible d'absolu où rien ne peut suffire. S'il ne tenait qu'à moi, je passerais mes journées à faire l'amour, pas seulement parce que j'aime ça, mais parce que c'est là que les choses atteignent leur limite ; même si cela ne dure que trois secondes, je fuis, je sors de moi-même, je me gonfle de lumière et je m'éclaircis, heureuse, sans mémoire, accrochée à des lèvres qui inventent de superbes duperies. Je me dis alors que cela a un sens de continuer, malgré la certitude d'être toujours seule.

Ces trois dernières années, j'ai écrit plusieurs lettres à Mónica. Je n'ai jamais obtenu de réponse. Je ne sais même pas si elle les a reçues. Ma mère m'a expliqué au téléphone que nos familles avaient rompu toute relation, de sorte qu'elle ne pouvait m'aider à la retrouver. Quand bien même elle l'aurait pu, elle ne l'aurait pas fait, a-t-elle souligné. J'ai tenté d'appeler chez Mónica, mais cela ne répondait pas. J'ai appelé les renseignements et l'on m'a informé que l'abonné avait changé de numéro et qu'il était passé sur liste rouge. J'ai su il y a une semaine qu'elle avait brillamment fini ses études. Je n'avais plus de motifs pour justifier auprès de mes parents mon séjour à Édimbourg. Pourquoi serais-je restée en Écosse, puisque j'étais espagnole ? Cela dit, j'aurais pu. Ce n'était pas bien sorcier. Je me trouvais un travail et je continuais la fac pour finir mon troisième cycle. Pourtant, il était évident que si je décidais de rester, c'était pour Cat. Uniquement pour Cat.

Mais pas avec elle. En tout cas, pas avant d'avoir fait le jour sur le trou noir qui s'était creusé dans ma mémoire quatre ans plus tôt, à mon départ de Madrid. Je ne voulais pas que la nuit, quand Cat me réchauffait la nuque de son souffle régulier, d'autres corps, d'autres visages me rendent visite en rêve. Jusque-là, notre cohabitation pouvait être considérée comme provisoire. Après tout, j'étais seulement de passage. Durant ces quatre années, mes livres, mes disques, ma famille, mes souvenirs étaient restés entreposés chez moi, à Madrid, prenant la poussière dans l'attente de mon retour. Si je décidais de rester, je transformais en mariage un échange de bons procédés. Or, je ne veux pas m'engager avant d'être sûre de ce que j'éprouve, car je redoute que le pire de moi-même ne finisse par s'installer entre les cercles de nos solitudes respectives. Il n'est pas de pire solitude que celle que l'on partage.

Six heures de train jusqu'à la gare Victoria. Ensuite, je prends le Gatwick Express qui me conduit à l'aéroport. Je n'ai emporté qu'une valise, tout ce que j'ai accumulé au cours de ces quatre années (vêtements, livres, disques…) est resté en dépôt chez Cat. Il se peut que je revienne en septembre, ne serait-ce que pour emballer mes affaires et les expédier à Madrid. Mais je ne veux pas y penser pour le moment, revoir les yeux exagérément ouverts de Cat à qui je tentais d'expliquer combien je me languissais de chez moi, la protestation muette qu'on y lisait, et mon propre sentiment de culpabilité du fait que je ne l'incluais pas dans mes plans, que je ne lui proposais même pas de partir nous installer ensemble à Madrid. Accorde-moi du temps, lui ai-je dit. Laisse-moi rentrer chez moi pendant quelque temps, ensuite je déciderai.

Une heure d'attente à Gatwick, que je tue en regardant les promotions au Body Shop de la zone de détaxe. Je m'arrête devant un flacon d'Activist, l'eau de toilette que porte Caitlin, une fragrance masculine qui imite Antaneus de Chanel. Je m'en asperge un nuage sur le dos de la main et soudain me revient l'image du corps souple de Caitlin enlacé à mon dos, sa chair lisse et plastique en contact avec la mienne. Dans un sursaut de sentimentalisme, j'en achète un flacon (sept livres) et réalise que je n'ai emporté aucune photo de Caitlin, ni dans ma valise ni dans mon sac à main. Au cours des mois à venir, deux ou plus, je ne pourrai l'évoquer qu'à travers un parfum.

Dans l'avion, je suis assise à côté d'un couple insupportable. Elle, mèches et pantalon Fiorucci. Lui, Rayban et chemise rayée. Ils se tiennent par la main. Ils viennent de passer un week-end idyllique à acheter des vêtements de marque et à photographier Big Ben. Je me suis toujours demandé pourquoi ces gens-là tenaient à photographier les monuments alors qu'il existe des cartes postales. Pourquoi ce désir d'immortaliser des édifices qui vivront probablement plus longtemps qu'eux ?

On devrait suggérer aux compagnies aériennes de mettre en place un système qui gère l'attribution des sièges. Au moment de la réservation, on remplirait un formulaire que l'on remettrait en même temps que la carte d'embarquement. Âge, groupes préférés, journal lu. Les trois choses que l'on emporterait sur une île déserte. Voyagez-vous seul ? Croyez-vous à l'art collectif ? Êtes-vous végétarien ? Avez-vous des enfants ? Aimeriez-vous en avoir ? Avez-vous déjà pratiqué le sexe collectif ? Que pensez-vous de : Charles d'Angleterre, Cindy Crawford, K.D. Lang ? Quels sont votre designer, votre parfum, votre artiste conceptuel préférés ? Abandonneriez-vous tout par amour ? Un programme informatique permettrait de collationner les réponses de tous les passagers et d'attribuer les places en fonction des résultats.

Si ce formulaire existait, on aurait installé ce petit couple près d'une prof d'anglais célibataire. Moi, on m'aurait mise à côté d'un couple de pédés ou d'un beau gosse allant s'installer à Madrid pour oublier sa fiancée et enseigner l'anglais dans une académie de langues. Le blabla du petit couple m'insupporte ; j'ai beau me concentrer sur ma lecture, il s'insinue dans ma tête. Monsieur s'évertue à fournir à Madame des renseignements sur Londres, renseignements sans doute recueillis dans un guide de voyages Anaya. Ses répliques à elle m'incitent à penser qu'elle n'a jamais lu un livre de sa vie, pas même un guide de voyages Anaya. Je me penche au-dessus de mon roman et ne relève plus la tête sinon pour les quinze minutes où je me résous à picorer sans grand enthousiasme le repas en plastique que me sert l'hôtesse sur un plateau du même matériau.

Arrivée à l'aéroport. Sitôt franchies les portes vitrées qui séparent le hall de la zone réservée aux voyageurs, j'aperçois la silhouette de ma mère tout de noir vêtue. De loin, ses cheveux blonds coupés court et son tailleur d'une facture irréprochable lui donnent un air de Marlene Dietrich. Impression démentie dès que je m'approche d'elle. Ses rides montrent qu'elle n'a plus l'âge de jouer les femmes fatales, bien qu'au seuil des soixante ans elle ait encore une allure magnifique. Dès qu'elle me voit, elle me prend dans ses bras avec une effusion qui me pétrifie car je ne sais comment y répondre. Je ne sais même pas pourquoi je me sens aussi bizarre. La culpabilité ressemble à un iceberg : la plus grande partie demeure immergée.

Nous prenons un taxi. Elle indique l'adresse au chauffeur, vérifie son image dans le rétroviseur et caresse ses cheveux avec coquetterie. Aussitôt après, elle tourne son visage vers moi. Son arôme, le parfum qu'elle porte depuis des années – car ma mère, cette inconstante qui renouvelle sa garde-robe chaque année, change les tapisseries de ses fauteuils tous les trois ans, n'est fidèle qu'à son mari, à sa religion et à son parfum – m'enveloppe dans une ambiance familière et une vague de tendresse rétrospective me submerge malgré moi. Elle m'explique, bien que je n'aie rien demandé, que mon père n'est pas venu parce qu'il ne se sent pas très bien. Dans un susurrement, pour éviter, je suppose, que le chauffeur n'entende – mais je doute que cela l'intéresse le moins du monde –, elle m'apprend que mon père n'est plus le même depuis quelque temps. Je n'ai pas voulu t'en parler au téléphone ou par courrier, me signale-t-elle, mais il est fort probable qu'il faille l'opérer sous peu. Les médecins pensent qu'il faudra lui faire un pontage. Je me tais. En fait, je n'ai aucune idée de ce qu'est un pontage.

Aussitôt nous passons à son laïus habituel, à sa vieille rengaine : mon allure. Je m'étonne du temps qu'il lui a fallu pour y venir. Je suis trop maigre, à son avis, et les cheveux coupés à ras ne me vont pas du tout. Pourquoi est-ce que je m'obstine à avoir la boule à zéro ? Est-il nécessaire que je porte ces bottes de puisatier si peu féminines ? Je répète par-devers moi les mots magiques : *Tu n'es pas responsable de ma vie, je ne suis pas responsable de la tienne*, et je tente de me convaincre qu'ils me garderont de sombrer encore dans ce douloureux mélange de ressentiment et de compassion désespérée qui m'a étouffée pendant des années. Je crois à la magie, au pouvoir des mots, aux mantras salvateurs. Sans cela, je ne lirais pas. J'essaie donc d'écouter sa rengaine comme si j'écoutais tomber la pluie et contemple à travers la vitre le paysage qui m'attend. D'horribles blocs de béton se succèdent, plantés comme des potences. Le ciel n'est pas bleu mais blanc. Il est vrai qu'un soleil resplendissant éclaire tout, paysage et humeur, mais par contraste avec Édimbourg – élégants immeubles de pierre, ciel humide, végétation dévorant les murs et les parcs –, cet horizon me paraît pauvre et aride, peu prometteur, de mauvais augure.

Cette sensation s'accentue à mesure que nous nous enfonçons dans la ville. Soudain, je découvre que Madrid est une ville sale, grise, mal conçue, dénuée de personnalité. Dans aucun bâtiment je ne reconnais la main d'un architecte, aucune rue ne semble avoir d'histoire à raconter. Que m'arrive-t-il ? N'est-ce pas cette ville qui m'a si douloureusement manqué au cours des quatre dernières années ?

Le taxi s'arrête devant le portail de chez moi. Jusqu'à ce jour, je n'avais pas remarqué à quel point cet immeuble est laid, sale, solennel et mal éclairé. L'ascenseur branlant, vestige des temps meilleurs où cette cabine actionnée par des poulies devait être le dernier cri de la technique, est désormais une sorte de roulette russe dont les grincements suggèrent toute sorte de catastrophes imminentes.

L'appartement est tel que je l'ai laissé, avec un peu plus de poussière. Le salon semble stagner dans un autre siècle. Murs recouverts de tissu, fauteuils en noyer tapissés de velours, lampes de bronze à tulipes en verre, énorme armoire à glace de style moderniste. Quand j'habitais ici, je n'avais jamais pris conscience que ces meubles étaient de véritables antiquités. La lumière, qui filtre à travers les lourds rideaux de velours, fait des jeux d'ombres sur les arêtes du mobilier et confère à la pièce un aspect encore plus spectral. Je me dirige vers ma chambre, traînant ma valise comme s'il s'agissait d'un cadavre, et, sans m'en rendre compte, je ramasse des miettes d'enfance dispersées aux quatre coins de mon ancien foyer.

Ma chambre, je le remarque aujourd'hui pour la première fois, est tout aussi surchargée. Tous les meubles sont en noyer massif, assortis aux soffites en bois de racine. Les ornements de la tête du lit se marient avec ceux de la coiffeuse et du corps central de l'armoire. Avant, quand je vivais ici, j'étais incapable d'apprécier la solidité de ces meubles, leur bois patiné par le temps, leur noblesse, leur beauté tonitruante, leur valeur. À présent je les admire, après avoir dormi pendant toutes ces années sur un matelas en bourre sans ressorts, posé à même une plate-forme en bois fabriquée par Cat. J'apprécie la beauté des meubles, ce qui ne veut absolument pas dire que je trouve la chambre accueillante. Le lit est fait au carré, ma mère y a posé un impeccable couvre-lit blanc. L'ambiance monacale de la pièce témoigne que personne n'y a dormi depuis longtemps. Mes livres sont toujours empilés sur les étagères mais, à part ça, toute trace de ma présence s'est effacée. Autrefois il y avait des papiers éparpillés sur la table, des photos punaisées, des posters sur les murs. Aujourd'hui, on a repeint les murs en blanc et ceux-ci sont nus, dépourvus de mon empreinte, vidés de toute personnalité ou contenu.

Mon père dort, m'informe ma mère, j'aurai l'occasion de lui dire bonjour au moment du repas. Le mieux, pense-t-elle, est que j'aille me doucher et me changer. Tu dois être épuisée par le voyage, ma chérie. Effectivement.

Les luxes de la maison ne cessent de me surprendre, toutes ces merveilles auxquelles je n'avais pas prêté attention. Cette douche, par exemple. L'eau se maintient à une température constante, elle ne devient pas brusquement glacée, elle ne vous ébouillante pas sans prévenir. Le jet est puissant et vigoureux, des torrents se déversent sur moi. Rien à voir avec le filet rachitique de chez Cat, cette douche que nous avions bricolée en fixant un tuyau en caoutchouc qui ressemblait à un stéthoscope sur les robinets d'eau froide et d'eau chaude, parce que dans les vieux immeubles écossais il y a des baignoires mais pas de douches.

Je sors de sous la douche et m'enveloppe dans une serviette éponge moelleuse qui sent le propre et la Soupline. J'affronte mon image floue dans le miroir embué. Du dos de la main, j'essuie les gouttelettes condensées sur la vitre et j'apparais plus nettement, enfin moi-même. Je suis mince. Maigre, dirait ma mère. Les os de mes hanches sont si saillants que je n'ai aucun mal à imaginer mon squelette. Je cache mes seins derrière mes mains et croise une jambe devant l'autre. Mon corps, je suis ravie de le constater, pourrait être celui d'un adolescent, un de ces mannequins de Calvin Klein.

Je me souviens d'une nuit, à Édimbourg, sur la piste du Cream. Tandis que je dansais au milieu des ombres vacillantes, j'eus une apparition, une fille soudain éclairée par le cône d'un spot lumineux. Elle était mince, très mince, elle dodelinait de la tête au rythme de la musique. Ses cheveux courts lui tombaient en rideau sur les yeux. Elle portait un tee-shirt moulant qui laissait voir son nombril percé, épicentre d'un ventre plat comme une planche, et qui arborait une légende à hauteur de sa poitrine nivelée : *Monogamy is unnatural.* Cette fille avait miraculeusement réussi à figer son corps à ce moment insaisissable où l'enfance rejoint l'adolescence ; elle demeurait dans un présent immobile, dans un territoire réservé, protégée du lent écoulement des minutes et de l'inévitable détérioration qu'il aurait dû entraîner. Cela m'apparut comme la vision la plus érotique de ma vie. À présent je me regarde dans la glace et je me rends compte à quel point cette inconnue et moi nous ressemblons, éternelles adolescentes, corps d'androgynes, permis de séjour dans le pays du Plus Jamais, visa sans date d'expiration.

Je ne sais pas si je demeurerai toujours ainsi, mais je me souviens qu'à une époque, au tout début de mon adolescence, je me suis volontairement soumise à l'épreuve de la faim et je ne mangeais presque rien. La nourriture provoquait en moi des nausées vicieuses dans lesquelles je goûtais le plaisir du rejet. Mes côtes étaient des crochets, ma colonne un couteau et ma faim une cuirasse, la seule dont je disposais face à la coquetterie qui s'agrippait comme une tique à mon corps chaque fois que j'avais le malheur d'accomplir un pas vers le monde des femmes. Le jeûne était une résistance farouche au changement, l'unique moyen imaginé pour garder la dignité que j'avais petite fille et que je perdrais en devenant femme. Je ne voulais pas être une femme. Je choisissais de ne pas limiter mes décisions futures aux petites choses, de ne pas permettre aux autres de prendre les décisions importantes à ma place. Je choisissais de ne pas appartenir au bataillon de citoyennes résignées, de seconde classe. Je choisissais de ne pas être comme ma mère. Ce corps amaigri que j'ai sous les yeux est le résultat d'un parti pris, d'une épreuve de force absurde.

J'ai à peine le temps de me rhabiller que ma mère m'annonce que le déjeuner est prêt. Dans la salle à manger, je retrouve enfin mon père qui vient me dire bonjour en traînant les pieds sur le tapis. Son apparence me frappe. Il semble avoir pris vingt ans depuis la dernière fois que je l'ai vu. Il a terriblement maigri, ses cheveux blancs se sont clairsemés sur les tempes et une infinité de ridules sillonnent son front. On dirait un tableau de Munch. Je reconnais à peine celui qui fut jadis un bel homme d'âge mûr, un sexagénaire séduisant. Il n'a conservé de son ancien attrait que les yeux d'un bleu immaculé encore pétillants de lumière. On se donne une accolade rapide et retenue avant de passer à table. Il me demande comment je vais et je perçois un changement dans sa voix. Elle a perdu ses notes graves et son registre semble se limiter à un subtil enrouement, un son monotone et guttural.

Le déjeuner se déroule sous le signe des questions bateau – ai-je fait bon voyage ? suis-je fatiguée ? ai-je pensé à ce que j'allais faire maintenant que j'avais une licence ? – tandis que la lumière de midi qui filtre à travers les stores baissés projette des ombres étranges sur les murs. Le poids des souvenirs qui flottent à travers l'appartement menace de m'écraser contre la table. Au bout du compte, je ne sais pas si je suis très heureuse d'être rentrée.

Ma petite amie, la fille qui m'attend à Édimbourg (prononcez Edimborah), est un joyau, un cœur d'or, un diamant brut. C'est du moins l'avis de tous ceux qui la connaissent.

Elle est née et elle a grandi dans une ferme près de Stirling, un petit village écossais où l'eau gelait dans les carafes et qui devint tristement célèbre par la suite, lorsqu'un fou furieux débarqua à l'école, celle où Caitlin avait appris à lire, et tira sur une vingtaine d'enfants. Si tu connaissais Stirling, ça ne t'étonnerait pas, me disait Cat. C'est un enfer. Ça rendrait fou n'importe qui, de vivre là-bas.

Elle me raconta quelques souvenirs d'enfance : une mère constamment mal lunée ; des engelures aux doigts tous les hivers ; le hangar aux cochons, sombre, humide et froid ; l'air épais et douceâtre des étables. Le jour où son père l'emmena à la chasse pour la première fois et lui apprit à tirer à la carabine. La nuit où sa mère l'obligea à sortir, en plein hiver, pour vérifier si les vaches allaient bien, Caitlin glissant sur le verglas et s'ouvrant l'arcade sourcilière, sa mère n'ayant pas l'air de se soucier de sa douleur. L'ambulance qui vint chercher son père, alors que Caitlin n'avait pas onze ans. Il ne rentra jamais de l'hôpital et sa mère se remaria un an plus tard, car on a besoin d'un homme pour s'occuper d'une ferme. À compter de ce jour-là, les choses allèrent de mal en pis. Les tensions s'aiguisèrent entre sa mère et elle. Sa sœur aînée, unique personne sur qui elle aurait pu compter, annonça qu'elle se mariait avec un rustre aux mains rouges et au ventre comme un tonneau dont le seul mérite notoire était de garantir qu'il pourrait s'occuper un jour de la ferme. Elle se montra bien plus intéressée à gagner les faveurs de sa mère qu'à résoudre les problèmes de sa petite sœur.

À l'âge de dix-huit ans, Caitlin partit donc pour Édimbourg. Après avoir dormi pendant trois jours à l'intérieur de la gare, elle rencontra Barry, le Virgile qui la guida à travers les cercles successifs de l'enfer bouillonnant des bas-fonds de la cité. Entre chaque visite au guichet de l'agence pour l'emploi, Caitlin essaya toutes les drogues qui lui tombèrent sous la main. Elle vendit de l'ecstasy, arnaqua des touristes, dormit dans des squats, dans des appartements d'étudiants, et finit par travailler dans un peep show. Ce job lui permit de se rendre compte qu'elle ne coucherait jamais avec un homme. C'est aussi dans cette gargote que cette *Pussycat Girl* [1], avec ses mouvements félins, acquit le surnom sous lequel on l'annonçait à l'entrée : Cat. Chat. C'était

1. Strip-teaseuse.

bien avant que je ne la rencontre, alors qu'elle s'était déjà stabilisée, qu'elle avait un domicile fixe et un emploi rémunéré où on l'attendait chaque soir.

Ce sobriquet si suggestif et ce passé prétendument trouble n'étaient pas dénués de charme, mais Caitlin n'était pas, du moins pas en apparence, une femme sexuelle. Elle n'exhibait pas son corps, ne portait jamais de vêtements qui laissaient deviner le modelé de ses muscles et de ses courbes, elle ne se maquillait pas, ne s'arrangeait pas les cheveux, n'était pas tatouée, n'avait même pas de boucles d'oreilles et encore moins de piercings. En somme : elle ne cherchait jamais à mettre en valeur son anatomie. Sa beauté – ses yeux, sa peau, ses cheveux, sa grâce – s'imposait d'elle-même et son attrait sexuel ne tenait pas à certains organes déterminés de son corps, mais plutôt à l'aura qui l'enveloppait, à la pulsation qui la parcourait. Elle n'avait pas besoin de mettre son corps en valeur, de montrer qu'elle s'offrait ou désirait s'offrir à l'acte sexuel. Cette qualité m'accrocha immédiatement.

Voici une anecdote amusante que j'ai lue dans un manuel scolaire : dans la Rome antique, les danseuses préférées pour animer les banquets étaient celles de Lesbos. Du simple fait qu'elles venaient de cette île, elles se sentaient en droit d'appliquer des tarifs plus élevés que les autres mercenaires de l'amour professionnel. La réputation érotique des filles de Lesbos ne reposait pas sur leurs habiletés acrobatiques mais sur une autre spécialité : le sexe oral qui, selon les Grecs, avait été inventé sur leur île. Un savoir-faire que les Lesbiennes se transmettaient les unes aux autres.

Toute femme – ou homme – saine d'esprit aurait été aux anges d'avoir à ses côtés une fille comme Cat. Pas seulement pour sa beauté mais pour ce charme, cette sympathie naturelle qui la rendaient irrésistible.

Quand je l'ai connue, elle travaillait comme *chef** cuisinier dans un café « d'ambiance », mélange de pub et de restaurant, lieu de rendez-vous qui se voulait très sophistiqué et continental. Cat avait réussi à se faire embaucher après avoir appris par cœur un manuel de *nouvelle cuisine** française, mettant en avant sa beauté et ses contacts plutôt que ses talents culinaires. La clientèle était en majorité homosexuelle et on y mangeait en écoutant The Orbital, The Shamen, The Prodigy, The Orb… Je connaissais le nom de ces groupes parce que Cat rapportait des cassettes à la maison de temps en temps. Des ambiances inquiétantes créées par ordinateur, des rythmes qui épousaient les battements du cœur. Des atmosphères hormonales, des séquences cyberchic. Les habitués se saluaient bruyamment et s'envoyaient des baisers outranciers pour faire honneur à leur réputation de joyeux lurons, un rituel qui me rappelait Madrid vu qu'à Édimbourg, comme dans toute la Grande-Bretagne, les gens ne s'embrassent pas pour se saluer. Les clients de ce café avaient adopté l'usage continental afin de marquer leur sophistication et leur caractère de communauté soudée face au monde extérieur.

Au début, je lui rendais visite au café. Je m'asseyais sur un tabouret et je prenais plaisir à la voir se démener en tous sens derrière le bar, sans jamais se départir de son sourire et de sa grâce féline, dissimulant sa célérité. Avec le temps, je cessai d'y aller car je m'ennuyais. J'étais incapable de comprendre cette bande de tantouzes hystériques, outrageusement maquillées, qui babillaient des bêtises en pouffant comme des grues. Les minutes devenaient interminables, et j'avais hâte de rentrer à la maison pour me plonger dans un bon livre et jouir de la solitude. Mais quand je disais à Cat que je ne supportais pas l'excès de frivolité régnante, elle se fâchait comme si la remarque la concernait directement. La frivolité n'a rien de répréhensible, rétorquait-elle. En outre, elle est un trait essentiel de la culture homo. Normal, puisque c'est le meilleur moyen de cacher la souffrance ou de la sublimer. Je m'étonnais d'entendre de sa bouche un plaidoyer aussi enflammé et passionné, puisqu'elle n'était absolument pas frivole, alors même qu'elle avait beaucoup souffert. Je ne sais pas à quoi on le remarquait. Peut-être à son besoin désespéré d'avoir toujours du monde autour d'elle ou à son incapacité de rester seule, comme si au fond elle ne se supportait pas ou avait peur d'elle-même.

Elle me raconta alors en rigolant qu'un groupe de jeunes clientes assidues avait créé un Fan's Club de Cat et cela ne me surprit guère. Elle me plaisait tant qu'il me semblait que toute la ville devait me suivre dans mon euphorie, partager mes sentiments, et je tenais pour acquis que tout le monde devait l'aimer comme je l'aimais.

Au début, c'était comme si j'éprouvais en moi ce que je déclenchais en elle. C'était une sensation inconnue et terrible, parfois déchirante : je comprenais parfaitement tous les besoins de son corps, je me sentais submergée par ses fluides. Alors, quand je ressentis en moi à quel point elle m'aimait, j'eus peur. J'eus peur lorsque je me rendis compte que, contrairement à Mónica, Cat attendait quelque chose de moi. Cela me terrifia, car je ne voulais pas me perdre. Je considérais notre intimité comme un trésor, mais je me pris à penser que je le payais trop cher. Je suppose que Cat me rappelait trop ma mère, de sorte que je commençai aussitôt à prendre mes distances et fis tout mon possible pour ne pas l'aimer. Parfois je me demande même si je l'ai aimée pendant notre vie commune. Pourtant, je me souviens l'avoir aimée ou, si ce mot a un sens, l'avoir presque aimée les premiers jours, avant de tomber sur les photos. Si Cat avait été maligne, elle aurait profité de ces moments-là. Elle aurait dû exploiter ces premiers instants où elle m'avait à sa merci, elle aurait dû m'attraper par le cœur, déployer les stratégies de séduction dont usent généralement les amants, cultivant la jalousie et l'incertitude, alternant les temps de repli et les overdoses de sexe débridé. Mais elle n'en fit rien. Elle n'aurait pas su. Elle était trop bonne. Si bien qu'elle m'a perdue.

En réalité, notre cohabitation ne fut jamais envisagée comme le fruit d'une décision fondamentale, mais plutôt comme une solution de bon sens, la plus raisonnable compte tenu des circonstances, puisque l'appartement de Cat était suffisamment grand pour loger deux personnes et que, comme je l'ai dit, je détestais la résidence pour étudiants où j'habitais. Caitlin était tombée du ciel.

J'aimais bien cette fille douce et aimable rencontrée à un moment où je me sentais perdue, en mal de compagnie. Le mot amour m'a-t-il traversé l'esprit alors que je déménageais mes deux valises ? Si incroyable que cela paraisse, je ne m'en souviens pas. L'émotion des premiers temps m'avait quittée, j'avais déjà élevé ma muraille de réserve, je me sentais à l'abri d'une quelconque menace de dépendance. Ma présence assurée dans son lit semblait la ravir, sans que cette joie signifie grand-chose attendu que Cat avait déjà cohabité avec de nombreux camarades, amis, maîtresses ou simples relations. De plus, au moment de notre rencontre, sa dernière colocataire, Shelli, venait d'entreprendre un voyage en Thaïlande, une aventure dans laquelle elle avait investi tous les pourboires gagnés en un an comme serveuse et où elle avait mis son dernier espoir de se « trouver », ainsi que me l'avait raconté Cat avec une pointe d'ironie. Je n'ai jamais osé lui demander si la Shelli en question était sa petite amie ou pas, toujours est-il que mon installation fut placée dès le début sous le signe du provisoire : c'était chez Cat, elle payait le crédit de l'appartement et, qui plus est, j'étais une étrangère dans cette ville. J'y étais pour étudier. Point.

Cat avait besoin des gens aussi désespérément que d'autres ont besoin d'alcool, de drogue ou de livres. Elle ne pouvait vivre sans contacts humains. Elle ne savait pas être seule et ne l'était quasiment jamais. À la maison, il lui fallait quelqu'un dans les parages, que ce fût moi, bien sûr, ou un ami. Au bar, elle était entourée d'une horde de connaissances et d'admirateurs. N'ayant aucune activité qui réclamait de la solitude (elle n'écrivait pas, n'écoutait pas de musique en tâchant de la comprendre, n'étudiait pas, ne connaissait aucune occupation exigeant concentration ou isolement), elle la redoutait. Si je n'étais pas à la maison ou si je m'enfermais dans la chambre pour lire, comme cela m'arrivait fréquemment, elle se jetait sur le téléphone pour que quelqu'un vienne lui tenir compagnie. Elle détestait être seule. Elle disait très souvent qu'elle avait peur de mourir seule et je n'arrivais pas à la comprendre. D'où lui venait cette obsession de la mort ? La mort est indissociable du genre humain et il n'existe pas d'homme qui l'ait trompée ; il faut l'accepter. Je n'en ai jamais eu peur. Plus d'une fois je l'ai même désirée. L'idée de la mort m'apparaissait comme une promesse infinie de paix, un chaud néant débarrassé des soucis quotidiens. Je ne crains pas davantage la solitude qui, tout comme la mort, me semble être un espace accueillant.

– *Penser sereinement à la mort n'a de valeur que si on le fait en solitaire,* ai-je tenté de lui expliquer un jour. *La mort accompagnée n'est pas la mort, pas même pour les incrédules, car ce qui fait le plus mal, ce n'est pas de quitter la vie, mais d'abandonner ce qui lui donne un sens.*

– Non, je ne crois pas ça. Je n'y ai jamais pensé de cette façon. C'est quelque chose de plus animal, de moins élaboré : une terreur primaire, instinctive, m'a-t-elle répondu.

Bien sûr, elle ne comprenait pas ce que je lui disais. Elle ne savait même pas que je citais quelqu'un, que j'avais appris ces mots par cœur à l'âge de dix-sept ans. Comment pouvait-elle s'en douter, puisqu'elle savait à peine lire. Non, elle ne me comprenait pas, pas plus que je ne la comprenais. Peut-être avait-elle raison et ses pieds, bien sur terre, la menaient-ils à travers des territoires plus sûrs que ceux que je connaissais. Je n'étais peut-être qu'une idiote, une prétentieuse condamnée à trébucher éternellement, une pédante incapable de la comprendre ; pire encore, je crois que secrètement, en mon for intérieur, une partie de moi-même la méprisait, même si une autre partie avait besoin d'elle à ses côtés.

Cat attirait les gens autour d'elle comme la lumière attire les mites. Elle avait le même effet sur eux que Mónica, mais pour des raisons différentes. Cat éveillait l'affection parce qu'elle la cherchait, parce qu'elle avait tant besoin de compagnie qu'elle savait bien payer en retour ; et elle se montrait toujours disposée à écouter les misères d'autrui, à faire ce qui était en son pouvoir pour soulager le chagrin d'un ami ou résoudre un problème. Les gens pensaient que Cat était gentille. Mónica, en revanche, ne montrait vraiment d'intérêt pour personne, mais peu de gens résistaient au rayonnement presque lunaire qui émanait de sa confiance en elle : Mónica semblait capable de broyer des pierres avec ses mains. Si on aimait Cat en raison de sa bonté, on adorait Mónica en dépit de sa méchanceté apparente. Cat était passive et Mónica active. Théoriquement, Cat était meilleure en tant que personne. Mónica était bien plus intéressante.

Notre appartement était toujours rempli d'amis et d'amies, la plupart homos, qui venaient raconter leurs malheurs à Cat. Elle irradiait une sérénité particulière qui attirait les gens autour d'elle. Elle devenait leur confident, leur confesseur, leur sœur. Elle ne répétait jamais un secret qu'on lui confiait, pas même à moi, et cela lui valait la gratitude et la dévotion inconditionnelles de sa bande d'acolytes. Et je dis *sa*, car ses amis ont toujours été les siens et non les miens, et je n'ai jamais approfondi mes relations avec aucun d'entre eux. Certes, ils m'acceptaient dans leur cénacle, mais je crois qu'ils ne m'auraient jamais prêté attention si je n'avais pas été la conjointe de Cat. Je crois qu'on se rendait bien compte que je ne me sentais pas à l'aise dans cette congrégation de rabat-joie et de garçons manqués aux cheveux ras et décolorés, percés jusqu'à la mortification, qui mangeaient macrobiotique et buvaient intelligent, portaient des tee-shirts taille enfant, des blousons en peluche et des chaussures de footballeur bulgare, et qui faisaient des efforts excessifs pour avoir l'air originaux et différents alors qu'en réalité ils étaient des copies conformes les unes des autres. Ils se voyaient comme un corps de combat, l'avant-garde du chic et du moderne, et s'efforçaient dès lors de porter l'uniforme.

Deux d'entre eux constituaient le noyau dur de cette confrérie, le corps d'élite, la tête pensante de l'armée. C'étaient les amis intimes de Cat : Aylsa et Barry.

Aylsa était une petite mince pas très attirante aux cheveux coupés en brosse au-dessus d'un grand front sur lequel rien ne semblait avoir été écrit. Ses yeux bleus étaient prodigieusement inexpressifs et éteints, une traînée de taches de rousseur marquait son nez en trompette et sa bouche constituait une ligne à peine dessinée sur son petit visage triste et banal, un visage qui rappelait le portail de l'immeuble où j'habitais à Madrid : large, nu et mal éclairé, obscurci par l'ombre de la tristesse qui planait au-dessus de lui et qui suggérait des malheurs et des abandons précoces. Elle parlait peu et ne faisait en général que souligner les affirmations de Cat d'un *hum*, d'un *mmmm* ou de tout autre monosyllabe oiseux tandis qu'elle contemplait *ma* chatte bouche bée. Elle se comportait comme de la glaise que Cat aurait façonnée de ses mains et à laquelle celle-ci aurait insufflé la vie. Mais je crois que, pour Cat, elle n'était guère plus qu'un moustique qui vrombissait autour d'elle. De temps en temps, Aylsa mixait des disques dans une boîte d'ambiance – je dois reconnaître qu'elle avait assez bon goût et un excellent flair pour dénicher des nouveautés –, mais je soupçonne que la plupart de ses revenus provenaient des allocations chômage. Je pense qu'elle me détestait et me craignait à la fois. Si l'on se rencontrait quelque part, elle évitait de croiser mon regard en me saluant et souriait piteusement en fixant ses chaussures, mais passait ensuite la soirée à me zieuter du coin de l'œil. Je la trouvais si insignifiante que je ne daignais même pas en être jalouse, même si je savais qu'elle était amoureuse de Cat et qu'elle s'était juré de l'avoir un jour.

Puis il y avait Barry, le pourvoyeur. Pourvoyeur de drogue pour tout le monde, pourvoyeur de sérénité pour Cat. Il travaillait comme DJ chez Negotians, une boîte pour fils et filles à papa située face à l'université, mais nous savions tous que sa principale source de revenus était le deal.

C'était un type rusé, doué d'un sens de l'humour très écossais, sarcastique et incisif. Il était indiscutablement attirant même si, en raison de son lymphatisme habituel, on ne s'en apercevait pas tout de suite. Il était très grand, si grand qu'il était impossible de ne pas le remarquer. Sa silhouette s'érigeait à la verticale, imposante au-dessus de la marée humaine qui envahissait la piste du Negotians. Une épaisse tignasse rasta tombait sur ses immenses épaules, fils de fer rougeâtres auxquels les spots du bar conféraient des reflets chatoyants. Quand il souriait, ses lèvres fines et crispées laissaient entrevoir deux petites rangées de dents jaunes et pointues. Il arborait en permanence un petit sourire indolent et fanfaron, éclairé par un air de dédain sur la courbe placide de ses lèvres. Au-dessus de ce sourire, un petit nez épaté constellé de taches de rousseur séparait ses petits yeux de rat, vifs et pétillants à l'excès, traversés de fulgurantes étincelles émeraude qui lui donnaient un regard sympathique ou un air de drogué. Ses traits étaient excessivement anguleux en raison d'une maigreur extrême que même la superposition de tee-shirts et de pulls ne parvenait pas à masquer. Cette maigreur excessive alliée à sa taille démesurée lui donnait une allure dégingandée et légèrement claudicante. Et quand il marchait, ses membres semblaient glisser dans un mouvement pendulaire, comme s'ils exécutaient une étrange danse syncopée, à un rythme que Barry était le seul à connaître.

Barry avait un diplôme de dentiste, et cela lui permettait de se procurer en toute légalité la novocaïne avec laquelle il coupait la coke de merde qu'il refilait. Je me méfiais de lui comme de la peste. Ses ecstasys étaient cependant excellents, ça oui ! Les meilleurs d'Édimbourg. Comme je l'ai dit, Barry était loin d'être bête. Il était d'une grande prudence. Il vendait à une poignée de gens triés sur le volet, jamais à des inconnus. Il n'avait pas le téléphone et on ne pouvait le contacter qu'en lui laissant un mot au Negotians, la boîte où il travaillait comme DJ et qui lui servait de couverture pour organiser son bizness. Il ne fallait jamais prononcer le mot drogue (ou équivalent) devant lui, et encore moins l'écrire sur les messages qu'on lui laissait à son lieu de travail. Si vous aviez le malheur de le faire, il ne vous adressait plus la parole. Il était intraitable là-dessus. Cat lui laissait des petits mots du style : Barry, sais-tu où je peux trouver de vieux disques de Harold Lewis ? Une question qui n'avait rien de bizarre puisqu'il était DJ. Alors, il nous appelait et nous fixait un rendez-vous. Une fois informé de ce que nous voulions, il l'apportait chez nous le lendemain. Il vous dénichait n'importe quoi en vingt-quatre heures, tout ce que vous lui demandiez, que ce soit de l'ecstasy, de la coke, du shit ou des amphés. N'importe quoi. Il était très professionnel. Mais il exigeait qu'on le paie comptant et ne fournissait jamais de quantités excessives. Il ne voulait pas avoir la responsabilité d'un accident qui aurait pu le griller pour de bon.

Pourtant, quelque chose clochait dans son image de gros dur. Il essayait d'avoir l'air content de lui, mais sa nervosité permanente trahissait une piètre estime de soi : il fumait cigarette sur cigarette, sa langue fourchait quand il parlait et il ne fixait jamais un point précis plus de cinq secondes d'affilée. Son regard fuyant contredisait l'assurance écrasante qu'il aurait aimé avoir.

Cat l'adorait d'une autre façon, différente de l'amour qu'elle portait aux autres. Elle lui vouait une profonde admiration, respectait son jugement, ses idées, ses activités, et parlait toujours de lui d'un ton approbateur frôlant la révérence. Barry avait pris soin d'elle lorsqu'elle venait d'arriver en ville, lui avait trouvé son premier emploi de serveuse au Negotians, présenté la plupart de ceux qui étaient devenus ses amis. J'éprouvais quelque chose de très bizarre à l'égard de Barry. Je l'admirais, le respectais, le craignais, l'évitais… Si j'avais eu un rival, c'eût été Barry. Mais je jouissais d'un avantage : Cat ne couchait pas avec des hommes. Elle était lesbienne, elle le clamait haut et fort. Elle n'était pas bisexuelle et, si possible, évitait tout contact avec des femmes bisexuelles.

C'est absurde, lui disais-je. Comment peut-on être si radicale ?

Je connais bien ces personnes-là, me répondait-elle. Elles s'ennuient avec leurs petits amis et elles ont envie d'essayer de nouveaux trucs, mais au fond, ce qu'elles veulent, c'est un homme, si possible un homme qui les entretienne. Elles n'arrivent pas à s'enlever de la tête ce que leur mère leur a appris, et si absurde que ça paraisse, elles finissent par regarder les femmes exactement comme les hommes nous regardent : comme des jouets sexuels. Elles peuvent coucher avec des femmes mais elles ne les aimeront jamais.

Elle avait toujours su, disait-elle, depuis qu'elle était toute petite, qu'elle voulait être avec une femme. Pour rien au monde elle ne se serait laissé embrasser par un homme. Cette armure de certitude compacte et sans fissures, qui ne laissait pas filtrer l'ombre d'un doute à l'intérieur de Cat, me paraissait suspecte ; une conviction d'autant plus surprenante que cette femme si belle aurait inévitablement pu attirer beaucoup d'hommes autour d'elle. Non, me confirmait-elle lorsque je lui exposais mes réserves, jamais. Jamais je n'ai désiré un homme. Et ne crois pas que j'en tire une quelconque fierté. Au contraire, j'ai conscience qu'il s'agit d'une limite. Plus jeune, j'ai même pensé qu'on m'avait jeté un sort, à cause de quelques prétendants assez friqués qui auraient pu me faciliter la vie, mais dont je ne pouvais recevoir les avances sans un tressaillement de répulsion. Et quand une de mes maîtresses me racontait qu'elle avait couché avec des hommes, je me sentais écumer de rage, sans que je puisse en déterminer clairement la raison, je me demandais même si j'étais jalouse, si je les enviais. Définitivement, je n'aime pas coucher avec des femmes bisexuelles.

Cat avait eu beaucoup de petites amies, vraiment beaucoup, et elle finissait toujours par émailler ses propos, quel que soit le thème de la conversation – gastronomie, mode, jardinage, musique techno –, d'une allusion à l'une d'elles : *by the way, I once had a girlfriend that…* Un jour j'ai eu une petite amie qui était sommelier, mannequin, spécialiste de la culture des roses, serveuse dans une boîte acid à Londres. Aucune n'avait de prénom et, dans la bouche de Cat, elles renvoyaient simplement à un passé flou et fugitif dont je n'ai jamais su ni voulu savoir grand-chose, elles évoquaient les six années écoulées depuis son arrivée à Édimbourg jusqu'à ce qu'elle me rencontre, une épopée de drogues et de maîtresses dont seule Cat connaissait la trajectoire exacte, à moins qu'elle ne l'ignorât elle-même.

Mais, de cette époque, il subsistait une personne dotée d'un nom et d'un prénom, et même d'une réalité physique : Katriona MacCabe, une grande blonde aux yeux bleus et à la bouche en cœur, sorte de version humaine et féminine de Titi le canari, qui présentait une émission à la télévision écossaise et qui avait été la maîtresse de Cat, comme elle s'acharnait à me le rappeler chaque fois qu'elle apparaissait à l'écran. Katriona MacCabe était spectaculaire, et son imposante présence cathodique – ses longues jambes, ses grains de beauté, la sensation irréelle de pouvoir qu'elle dégageait – me donnait l'impression d'être mal dégrossie, rustaude en comparaison.

Quelquefois, quand je n'arrivais pas à trouver le sommeil, je les imaginais enlacées, leurs peaux confondues, blanches comme la neige, et je crois que je ressentais la même chose que Cat lorsque les filles lui parlaient de leurs petits amis : cette émotion universelle, mesquine et sordide qu'est la jalousie ; savoir que c'était un mal partagé par un grand nombre ne me consolait guère, peut-être parce que j'ai oublié d'être bête.

Katriona était comme Cat : elle ne couchait pas avec des hommes. Enfin, si Cat savait si clairement quel genre de femmes monochromes elle cherchait, tant mieux pour elle. Je n'étais pas en droit de contester ses idées ou de m'enquérir des causes de son ressentiment. Cependant, même si je n'avais jamais couché avec un garçon – plutôt par manque d'occasion que par conviction profonde quant à mes préférences –, j'avais trop souvent le sentiment d'être tombée au mauvais endroit. J'aurais aimé, par exemple, traîner de temps à autre dans des bars ou des boîtes vulgaires où des supporters du Manchester embrassaient les petites serveuses teintes en blond, où le sida et les triangles roses ne survolaient pas toutes les conversations, et j'avais parfois l'impression que nous étions marginalisées dans notre propre ghetto, qu'avant même d'en faire l'expérience, nous avions renoncé à un échange qui nous aurait peut-être enrichies. Nous évoluions dans un univers clos, dans notre constellation de clubs d'ambiance, et la plupart de ceux que nous fréquentions n'avaient pas davantage voyagé vers d'autres galaxies. Nous ne connaissions quasiment aucun hétérosexuel, hormis peut-être Barry dont les goûts n'étaient pas clairs. Nos amis et amies s'efforçaient d'être facilement reconnaissables : ils portaient des bagues au pouce, des tatouages sur les avant-bras, des petites plaques avec des triangles roses et des colliers aux couleurs de l'arc-en-ciel. La plupart avaient les cheveux très courts, surtout les garçons qui se les teignaient ou portaient une houppette à la Tintin. Tous les garçons possédaient au moins un disque de Barbara Streisand ; les filles, un de K.D. Lang. N'importe quel initié pouvait reconnaître au premier coup d'œil un autre membre de sa minorité. Ils vivaient selon leurs propres règles. Par exemple, lorsqu'un couple souhaitait officialiser sa relation, les deux personnes faisaient ensemble un test de HIV, puis elles enregistraient un message d'accueil sur leur répondeur, présentant leurs deux noms et ne laissant aucun doute quant à leur cohabitation. Tout le monde les considérait alors comme un couple marié.

Mais je n'ai noué aucune sorte d'intimité avec aucun des amis de Cat. Mes problèmes, mes doutes, mes inquiétudes, je les gardais pour moi. Aux yeux du groupe bigarré qui avait établi chez nous son quartier général, je n'étais que la Petite Amie de Cat, un élément exotique et relativement intéressant. Belle, intelligente et antipathique. Sans l'avoir cherché, j'étais devenue la moitié d'une unité, d'un couple, du moins c'était ainsi que les gens commençaient à nous percevoir : Caitlin et Bea. Je trouvais cette idée terrifiante et je souhaitais qu'une longue suite de points de suspension s'interpose entre nos deux prénoms, que l'on dise :

Caitlin .... et Bea.

Inévitablement, et à moins d'avoir comme Mónica une forte personnalité susceptible d'écraser complètement celle de son partenaire, on finit par vous définir à travers l'autre. Dès que vous devenez le conjoint de quelqu'un, ce dernier, et par extension les autres, commencent à penser que vous *devez* être toujours là. Or, je voulais me définir selon mon désir d'être là et non selon mon obligation d'y être.

Je crois que la situation fut décidée de façon unilatérale, dès le début de notre relation. À partir du moment où Caitlin coucha avec moi, elle commença à employer le *nous*, et moi je trouvais ça ridicule parce que nous n'étions pas « nous » : elle était Cat et j'étais Bea. Je ne voulais pas être la moitié d'un couple.

Le fait est que je la comparais constamment à Mónica et, dans toutes mes comparaisons, Cat était perdante. Néanmoins, l'on aurait pu me rétorquer à juste titre qu'il est facile d'être désavantagée lorsque sa rivale est l'image idéalisée d'une personne absente, dont on peut aisément souligner les vertus et supprimer les défauts dans sa mémoire. Il me semblait que Cat était trop dépendante, mais peut-être méjugeais-je simplement sa capacité d'abandon. Je regrettais l'humour, l'astuce et la vivacité verbale de Mónica. En comparaison, Cat me semblait grave et languissante. Et faible. Lorsqu'elle minaudait en prenant sa petite voix de fillette, j'avais envie de la secouer. Il arriva un moment où je ne la trouvais même plus si belle que ça. Je savais qu'elle l'était, car les gens ne cessaient de le répéter, mais je commençais à lui trouver des défauts : elle était si mince qu'on avait l'impression que, si jamais elle heurtait un mur, l'os saillant de sa hanche cognerait en premier. À d'autres moments, j'étais saisie d'un terrible sentiment de culpabilité parce que je ne l'aimais pas comme elle le méritait, compte tenu de son degré d'abandon et des soins qu'elle me prodiguait.

Je ne savais pas ce que je voulais faire de ma vie, mais j'imaginais quelque chose de grand : voyager, rencontrer des gens, écrire, que sais-je encore. Les années que je devais passer à Édimbourg, je les concevais comme une sombre parenthèse d'inactivité, et la vie que j'y menais, comme un simple entracte, un purgatoire sur le chemin de quelque chose de merveilleux, de définitif et de somme toute assez conventionnel qui finirait par advenir. Notre existence ne me comblait pas. Louer une cassette vidéo le week-end, recevoir des amis, danser la *trance* dans une boîte branchée le samedi. Était-ce tout ? Je n'arrivais pas à imaginer Caitlin comme la compagne idéale pour le restant de mes jours, de sorte qu'inévitablement je finissais par la comparer à Mónica. De petites et de grandes étoiles coexistent dans la même galaxie. Dans la Voie lactée, par exemple, il en existe une dont le diamètre est aussi grand que l'orbite de la Terre autour du Soleil. Elle s'appelle Pistole et elle émet une énergie équivalente à un milliard de soleils, avec des éruptions dont les nuages de gaz atteignent des dimensions de quatre années-lumière. Le problème de cette étoile mammouth, c'est sa propre force : ses phases éruptives ont formé une nébuleuse de gaz et de poussière tout autour d'elle, ce qui a rendu son atmosphère irrespirable. De toute évidence, Mónica a été ma Pistole.

Cat, me disais-je, serait un fardeau. Mónica, un moteur. Car Mónica inspirait, proposait, agissait, tandis que Caitlin s'asseyait pour voir passer la vie et vivait celle-ci par procuration, à travers les autres. C'est pourquoi, me disais-je, elle passait ses journées à écouter les malheurs et les soucis des autres, c'est pourquoi elle mourait d'envie de savoir ce que je faisais à l'université, parce qu'elle n'avait pas le courage de vivre par elle-même, parce qu'elle nous utilisait tous et qu'elle m'utilisait moi comme un levier pour hisser sa propre existence. Je ne sais pas si j'avais tort de la juger, peut-être avais-je si peur de reproduire ma relation avec ma mère que je prenais la générosité de Cat pour une dépendance névrotique.

Je n'étais pas amoureuse, diraient certains après avoir lu ce qui précède. C'est possible. Je n'admirais pas Cat, je ne pensais pas à elle à tout moment, je n'imaginais pas l'avenir avec elle. Pourtant, j'ai vécu auprès d'elle pendant trois ans, de sorte qu'on pourrait penser, et c'est d'ailleurs mon cas, que quelque chose nous rapprochait. Cette chose existe. Il existe un lien chimique, un sentiment épidermique qui m'attire vers Cat, balayant mes doutes et mes préjugés. Car la nuit, à ses côtés, peu m'importait qu'elle soit plus ou moins intelligente, plus ou moins forte. Peu m'importait qu'elle ne soit pas Mónica.

On entendait une musique de fond, peut-être une cassette qu'Aylsa nous avait enregistrée, à laquelle s'ajoutait de temps en temps le grincement étouffé des ressorts du matelas. Le halo jaunâtre des réverbères nous parvenait de la rue et musardait à travers la chambre. Des mers d'ombre tremblaient ici et là dans le noir, avançant vers nous comme des vagues gigantesques où nous nous immergions, noyées dans un abandon chancelant. Le froid de la nuit enflammait nos étreintes, nos soupirs allaient mourir sur l'édredon et ces yeux à peine perceptibles, ce nez qui se frottait au mien grossissaient devant moi. On se susurrait des promesses insensées dans le silence, des enfantillages absurdes, des fadaises mille fois répétées, multipliées par les réverbérations, et l'on passait notre temps à faire et défaire le lit. Un jour, après avoir découvert une parure de lit qu'elle avait héritée de je ne sais qui, je lui appris à rabattre un drap, opération inconnue dans cette terre de couettes. Elle déclara que cela ressemblait à une enveloppe, une enveloppe conçue pour y glisser des trésors, J'étais un trésor, je suppose, nue et pure comme un nouveau-né, accueillie dans la froidure et la blancheur de la toile, dans un utérus en tissu. Elle partageait avec moi cet abri, patinant vers moi à travers la plaine verglacée et glissante des draps que j'avais tendus et lissés avec soin. Elle me heurtait dans le noir et je sentais sa peau contre la mienne. Il en jaillissait des étincelles. Elle chuchotait de sa voix orangée et me racontait en traînant sur les mots le sort qu'elle me réservait. Elle me faisait rire et mes gloussements ricochaient sur la voûte de toile qui me couvrait tout entière. Je la sentais alors entrer en moi, une offensive lumineuse qui éclairait les draps. Avec ma langue je poursuivais la trace de sa langue plongée dans ma salive. La trace de sa langue que je déposais à nouveau en elle, au creux de son aine. C'était comme si j'avais eu une mini-caméra au bout de doigts qui me permettait de voir à l'intérieur d'elle. J'avançais, je la traversais, je franchissais des lacs, je suivais des méandres de rivière jusqu'à ce que j'arrive à une petite boule luisante qui se dilatait au contact de mon doigt. Alors je la sentais s'étendre tout entière, son tunnel s'élargissait et se contractait, emprisonnant mon doigt et moi-même. J'étais en elle et elle en moi. Je l'aimais parce qu'elle était différente, parce qu'elle n'avait rien à voir avec moi, parce que je ne parvenais pas à la comprendre. Tout ce montage de plis et de replis que j'avais réalisé en faisant le lit, tout cet appareil cartésien s'effondrait en quelques secondes pour redevenir un fouillis informe, réduisant à néant mes velléités domestiques. Les couvertures glissaient paresseusement jusqu'au sol tandis qu'un bout de drap s'entortillait autour de ses jambes. Et je n'avais pas envie de m'interroger, pas plus que je ne m'interroge à présent sur les raisons de cette plénitude. J'étais heureuse, j'appartenais à ce lit et à cet espace, comme si j'avais appartenu à la maîtresse de maison. Dans ces moments-là, je ne savais pas pourquoi et n'avais pas besoin de le savoir. Cependant, chaque fois qu'elle parlait, qu'elle me touchait, m'entourait de ses bras solides et présents, je savais que j'étais là parce que je devais y être, parce que c'était le lieu, le lit, l'espace et le temps qui m'étaient impartis. Quand je n'étais plus là j'y étais encore, je fermais les yeux et j'y retournais. Mon corps, ma réalité physique, tout ce qu'il y a en moi d'irrationnel et d'incompréhensible, tout ce qui ne connaît ni raisons, ni avenir, ni engagements lui appartenait, retournait vers elle en rêve et en état de veille, vers un endroit intangible et soi-disant irréel, vers un lieu et un temps qui échappaient aux coordonnées ; dans ma tête, au plus profond de moi-même. J'allais de moi-même à moi-même, vers l'intérieur, et je la retrouvais. Cette partie de moi qui était sienne, qui lui appartenait. Elle était un présent dans un emballage de draps et de couvertures, et c'est ainsi qu'elle fut désemballée. Je pouvais m'en servir ou la donner, la ranger dans un tiroir, l'oublier comme les enfants oublient leurs jouets, mais elle n'en cessait pas moins d'être mienne, car elle était un cadeau spécialement conçu pour moi et à ce titre je ne pouvais pas la rendre. Pas encore à ce moment-là.

Je suis à Madrid depuis cinq jours et je dois reconnaître que je n'ai pas fichu grand-chose. J'ai défait mes valises, j'ai mis trois machines en route, j'ai étendu mon linge et, une fois sec, je l'ai repassé et plié, j'ai peu à peu accroché pantalons, tee-shirts, vestes et chemisiers sur les cintres qui battaient des ailes comme des colombes dans mon armoire vide. Mes vêtements, à présent mollement suspendus dans l'obscurité, forment une rangée de fantômes de moi-même.

J'ai écouté les tirades interminables de ma mère sur mon allure et sur le besoin de m'acheter des jupes et de me laisser pousser les cheveux, sur le suivi médical de mon père et sur toutes les filles de toutes ses amies qui sont mariées et heureuses. Elle me cite des noms qui ne me disent rien et je feins de les connaître pour ne pas la contrarier. Tandis qu'elle s'étend sur la rrravissante tenue d'une telle le jour de son mariage et sur sa rrravissante robe en soie sauvage dessinée par Marilí Coll, je tente de m'abstraire et de ne pas me laisser embrouiller dans son bavardage, de ne pas céder à la tentation de me sentir à nouveau un laideron insignifiant, une ratée, comme chaque fois qu'elle me parle ainsi, insinuant la déception qu'elle éprouve quand elle me voit. Et je constate, désabusée ou soulagée, je ne sais, qu'elle est plus heureuse qu'avant, que mon absence lui a été bénéfique.

Les jours passent et je ne m'habitue pas. Je n'ai plus d'amis à Madrid. Pas un seul. Personne à appeler dans une ville hérissée de six millions d'habitants. Je fais de longues balades, je lis, par moments j'écris. Guère plus. La solitude n'est pas mauvaise, me dis-je. La solitude m'a appris à prendre des décisions sur les choses qui m'affectent, à analyser mes actes et à disséquer ce qui les motive avec la précision aseptisée d'un médecin légiste. Dans le noir, je peux accrocher des toiles colorées sur les murs, dans la solitude, je peux voir sous ma peau qui je suis.

Je descends acheter le pain et les journaux, je me rends à l'Institut britannique m'occuper des paperasseries et des démarches nécessaires pour obtenir une bourse de doctorat et, sur les trottoirs dont le bitume menace de fondre, dans l'autobus vibrant d'air conditionné, dans les bureaux fripés de transpiration, je me rends compte que les hommes me regardent et me sourient d'une façon particulière. Contrairement à ma mère, mes cheveux courts, mes bottes, mes pantalons ne semblent pas les déranger.

Caitlin se piquait de pouvoir reconnaître une lesbienne à première vue. Je me souviens d'une fois où elle a décrété qu'une présentatrice de MTV en était une, et moi je me suis moquée d'elle, arguant tout d'abord qu'il était impossible de deviner les préférences d'une personne sans la connaître, et ensuite que cette fille maquillée à outrance, siliconée et tirée à quatre épingles n'avait absolument pas l'air d'une lesbienne. Quelques années plus tard, quand cette fille rendit publique sa vie intime au cours d'une campagne de *outing*, je dus avaler ma langue. Cat attribuait cette espèce de clairvoyance à un long apprentissage qui lui permettait d'interpréter des petits signes muets, imperceptibles à qui ne les cherchait pas. Des gestes inconscients qui trahissaient les désirs de chacun. Elle observait attentivement, se rappelait clairement certains détails et opérait en silence une foule de déductions. Elle observait la façon de regarder différemment hommes et femmes, la façon de placer les jambes en position assise, les changements d'expression au cours d'une conversation. Un mot lâché imprudemment, un regard détaché ou au contraire anxieux, l'embarras, l'hésitation, la véhémence, l'inquiétude… Chaque petit détail apportait des indications à sa perception apparemment intuitive des désirs d'une personne. Caitlin ressemblait à un tricheur : le jeu de séduction était comme une partie de cartes. Quelques minutes après avoir rencontré quelqu'un, elle jouait avec chacun de ses gestes et elle les jetait à la face du monde avec la précision et l'assurance d'une joueuse qui aurait abattu ses cartes en connaissant parfaitement la main de chacun de ses adversaires.

Pendant très longtemps, j'ai pensé qu'une fille comme moi, à l'allure si négligée, lançait un message silencieux au monde : vous, les mâles, tenez-vous loin de moi. Mais tous ces hommes qui me regardent à présent ne semblent pas l'avoir capté et je me dis que je ne suis peut-être pas si dénuée de féminité que ma mère le prétend. Peut-être faut-il revoir l'acception de ce terme.

Chacun des hommes qui me regarde et me sourit cache sous son pantalon un pénis en érection, une poitrine plate, des épaules compactes, un corps d'homme, et il pourrait me prendre dans ses bras et me plaquer les mains sur l'oreiller. Cette âpre solitude me pèse d'une façon quasi physique, et je me demande parfois ce qui se passerait si je disais à un de ces beaux gosses croisés dans l'autobus : je suis là, fais de moi ce qui te plaira. Une femme est-elle censée agir ainsi ? Ou bien cette conduite n'est-elle possible que dans les bars réservés aux filles ? Ces bars où elles peuvent se conduire comme des hommes et aborder l'objet de leurs désirs de but en blanc, et même l'inviter à prendre un verre, comme Cat m'a accostée le premier soir où elle m'a vue ?

Je tape sur un ordinateur portable acheté d'occasion à Édimbourg peu avant mon départ. Les vingt et quelques lettres de l'alphabet s'enlacent les unes aux autres pour former des mots ; elles s'apportent tendrement cette chaleur qui me manque. Tout ce que je suis, ce qui me définit et me soutient de manière plus ou moins solide revient au moment où j'écris. Je ne sais être autrement que sincère devant le clavier. La vie que je menais me manque autant que je me languissais de Madrid à Édimbourg. Il se peut que ce soit faux. Il se peut que ce soit une question de mémoire, de religion ou d'art. La nuit, quand je ferme les yeux, j'imagine les yeux bleu-vert de Cat, capables d'inventer une réalité à chaque instant. Une réalité bicolore, comme eux, un espace et un temps plus dignes de moi. Ces pupilles inondées par la lumière du jour qui à leur tour irradiaient une lumière intérieure. La réalité que j'écris me renvoie à un autre temps, à un autre paysage, à d'autres jours ; je m'éloigne de cet été poisseux et je rejoins les heures où on s'embrassait, je sillonne les labyrinthes cernés par ses courbes où résonne encore l'écho de sa voix. J'enfile ses couloirs, je tourne au coin de ses rues et j'arrive au centre caché de son absence. Je descends dans les régions les plus profondes et les plus noires, là où mon départ devient plus infini, là où sa permanence semble plus profonde. Un arôme douceâtre émane du sol.

De l'autre côté de la mer, sur des terres verdoyantes et humides, fraîches de rosée et de glaise, Cat m'attend toujours, et quelque part sur cette péninsule baignée de soleil Mónica est vivante, totalement oublieuse, je suppose, des baisers qu'elle m'offrit il y a tant d'années. Mon inscription au doctorat, au cas où je déciderais de retourner à Édimbourg, peut attendre jusqu'en septembre, rien ne presse. Décider de rester et laisser Cat derrière moi. Cat serait alors une étape, un rodage, une préparation nécessaire pour la vie encore plus pleine qui reste à venir. Édimbourg n'aurait été qu'un refuge temporaire, étranger à ma véritable nature.

Au cours de ces quatre années, je n'ai eu aucune sorte de contact avec Mónica. Et ce n'est pas faute d'avoir essayé. C'est elle qui est restée éloignée, allez savoir pourquoi. Le fait est que, durant tout ce temps, elle n'a cessé de hanter mes souvenirs, logée dans ma tête comme l'obsession qu'elle a toujours été. J'ai toujours pensé qu'en rentrant, je la chercherais, que je tenterais de la revoir à tout prix.

Quand je suis arrivée à Édimbourg, l'image implacable de Mónica me poursuivait partout où j'allais. Comme par miracle, toutes les filles lui ressemblaient dans la rue, les traits de Mónica se superposaient à ceux de ces inconnues, les transformant toutes en Mónica, aussi bien la caissière du supermarché que la vendeuse de chez Boots ou cette fille brune assise à côté de moi à la bibliothèque. Je ne prétendais pas comprendre toutes les implications d'une ubiquité aussi prodigieuse de l'objet de mon amour. Je savais parfaitement qu'il s'agissait d'un des symptômes les plus évidents du syndrome de la nostalgie. Mais je ne voulais pas l'avoir près de moi en permanence, puisque j'étais justement partie là-bas pour l'oublier, de sorte que je faisais des efforts aussi pénibles que vains pour chasser son image de mon esprit.

Les jours, les semaines et les mois passèrent et elle cessa de m'apparaître à tout bout de champ comme une vierge miraculeuse. Curieusement, c'est alors que je commençai à me languir d'elle et j'essayai de la ramener. Quand je voyais une fille qui me la rappelait, je ne tentais plus de penser aussitôt à autre chose, je m'évertuais à accentuer la ressemblance dans mon imagination. J'évoquais ses traits avec un mélange aigre-doux de nostalgie et de dépit, et je ne pouvais contenir mon émotion lorsque je parvenais enfin à retrouver son profil exact.

Cependant, il devenait de plus en plus difficile de me souvenir d'elle. J'avais passé pas moins de deux ans sans la voir, sans nouvelles. D'autres préoccupations plus urgentes mobilisaient mon cerveau, qui finirent par reléguer l'image de Mónica dans un coin, au milieu d'un fatras de souvenirs inutiles amoncelés pêle-mêle au fond de ma tête.

Parfois, quand Caitlin partait travailler et que je restais seule à la maison, je me concentrais pour concéder à Mónica un territoire propre dans ma mémoire. Je m'allongeais sur le lit, je fermais les yeux et j'essayais de faire le vide dans mon esprit, d'en chasser tout ce qui n'était pas son souvenir. Je la retrouvais de l'unique façon que je savais, je faisais l'amour avec elle de l'unique façon que je pouvais. En imagination. Et je tentais de reconstituer son image. J'essayais de ramener les différents éléments (yeux noirs, cheveux frisés en bataille, sourire qui aurait fait ciller un sphinx), pour ensuite les rassembler. Mais quelque chose me manquait. Le visage qui surgissait n'était pas précisément le sien. Ma composition n'était que l'esquisse incertaine d'un portrait qui n'avait aucune ressemblance avec Mónica. J'avais beau m'échiner, au bout d'un moment je finissais par m'avouer vaincue. Même si dans l'abstrait je me rappelais sa physionomie et pouvais la décrire avec des mots, je n'arrivais pas à la voir, à la dessiner dans ma tête. Je ne retrouvais pas en moi cette image parfaite qui m'apparaissait, qui m'apparaît encore en rêve et qui m'avait hantée en arrivant à Édimbourg, celle que j'évoquais si facilement il n'y avait pas si longtemps…

Pourtant, son image surgissait au moment le plus inespéré ou, pire, quand je pensais à quelque chose qui n'avait rien à voir avec elle, une ombre sur un mur, une bouffée de parfum en provenance d'une étudiante blonde et chétive assise à côté de moi dans le bus, les accords d'un disque que nous écoutions ensemble. Mónica se présentait à moi aussi soudainement et brutalement qu'un coup de feu, parfaite, immensément

Mónica, alors que je ne l'avais pas appelée. Son image m'apparaissait aussi clairement qu'un hologramme.

Je perdis le pouvoir de l'invoquer quand je voulais et comme je voulais.

Je pris alors conscience du sinistre écoulement des heures, de la fragilité du désir, cette barque chancelante qui menace de sombrer dans la houle du temps.

Le principal, me dis-je, c'est de retrouver Mónica. Je compose son ancien numéro et je tombe sur un répondeur. Ce n'est ni sa voix, ni celle de sa mère ou de son beau-père qui parle. Je subodore qu'ils ont déménagé. Charo parlait toujours d'aller vivre à la campagne. J'essaie le numéro de Javier mais ça ne répond pas non plus. Cela ne me surprend pas davantage. Il y a quatre ans, il vivait dans un appartement loué et il serait étonnant qu'il l'ait gardé si longtemps. Voilà quatre ans que je suis sans nouvelles de Mónica. Elle a peut-être fait des études. De mathématiques, de physique ou d'astronomie ?

Je téléphone à la rédaction du magazine de mode que dirigeait Charo. On m'y informe qu'elle n'y travaille plus. Je commence à désespérer. Je me dis alors que Charo travaille forcément dans un autre magazine de mode. C'est son métier, sa spécialité, elle se rend à Paris deux fois par an depuis plus de vingt ans. Elle sait distinguer au premier coup d'œil un modèle Montana d'un Prada et prédire avec exactitude le style de pantalon que l'on portera dans deux ans. C'est une spécialiste des coupes et des formes, des tons et des matières, des tissus et des textures. Elle serait infichue d'écrire sur autre chose. Oui, elle doit travailler dans un autre magazine féminin. Mais lequel ?

Je descends au kiosque et j'achète *Elle, Vogue, Marie-Claire, Dunia, Telva* et *Cosmopolitan*. Incapable d'attendre d'être rentrée chez moi, je cours m'asseoir sur un banc et j'examine un à un les ours de ces revues en papier glacé. Je trouve enfin Charo Bonet, directrice adjointe. Le numéro de la rédaction est indiqué un peu plus bas.

Non, je n'appelle pas tout de suite. Avant d'appeler Charo, je dois rassembler mes forces, comme un nageur fatigué qui prépare son retour à la plage, conscient qu'une négligence pourrait lui coûter d'être emporté par le courant. Je ne veux pas que Charo m'emporte, qu'elle m'entraîne avec son petit ton de supériorité, qu'elle feigne de ne pas se souvenir de moi, qu'elle ne daigne pas prendre mon appel, qu'elle interrompe notre communication par une de ses petites phrases sèches, qu'elle me rappelle que je ne lui ai jamais plu, qu'elle n'a jamais compris pourquoi sa fille avait choisi pour amie une fille aussi effacée, avec si peu de goût, et qu'elle n'a jamais caché le fait qu'elle estimait mon influence déplorable. De sorte que pendant plus d'une heure, je prépare mentalement le ton suffisant que j'adopterai, l'assurance que je montrerai dans chacune de mes répliques, la sérénité avec laquelle j'affronterai sa voix.

Je franchis finalement le couloir et je compose son numéro. Charo Bonet est en réunion, elle ne peut pas répondre, me dit-on. Ce n'est pas grave, dis-je, je rappellerai. Et c'est ce que je fais tout au long de la journée : je rappelle toutes les demi-heures montre en main, en respectant l'intervalle pendant lequel Charo s'absentera certainement pour aller déjeuner. Chaque fois, je demande à la fille qui prend l'appel de bien noter mon nom. Enfin, à huit heures et demie du soir, alors que je suis sur le point d'abandonner tout espoir, on me passe Charo Bonet.

– Bea ! Ça alors, quelle surprise ! (Elle module parfaitement le ton de sa voix, s'interdisant de monter dans les aigus ; on dirait une présentatrice de journal télévisé.) Ça faisait un bail que nous n'avions pas eu de tes nouvelles.

À noter le pluriel de majesté.

– Ça fait exactement quatre ans. J'étais à l'étranger, je faisais des études en Angleterre.

– Sans blague ? Ça fait si longtemps que ça ? Mais j'ai l'impression que c'était hier, comme on dit. Tu étais tout le temps fourrée à la maison… En Angleterre, dis donc, mais c'est épatant ! Et qu'est-ce que tu as fait, comme études ?

– J'ai obtenu un diplôme de littérature anglaise contemporaine.

– C'est fantastique ! C'est toujours mieux d'étudier ça à l'étranger, sur place… Je suppose que tu parles l'anglais couramment.

– Je me débrouille.

Si elle a capté l'ironie, elle a fait comme si de rien n'était. Le ton de sa voix n'a pas varié d'un pouce.

– Et ta mère ? Comment va-t-elle ?

Ma mère, cette dame que vous ne pouviez pas blairer et que vous ridiculisiez à la moindre occasion.

– Très bien, merci. Ils vont tous les deux très bien.

– Tant mieux. Je m'en réjouis. (Je doute qu'elle s'en réjouisse le moins du monde.) Et dis-moi, Bea : tu appelles pour une raison précise ?

Allons au fait, veut-elle dire. Il est clair qu'elle en a assez de cet ennuyeux cérémonial protocolaire.

– Oui, enfin… J'appelais pour avoir des nouvelles de Mónica. J'aimerais bien reprendre contact avec elle. Je l'ai perdue de vue, tu comprends, et comme je suis rentrée, j'aimerais savoir comment elle va.

À l'autre bout du fil, une pause glacée pendant quelques secondes qui tombent comme des bombes sur la ligne muette.

– Charo ? je demande dans le vide.

– Oui, oui… je suis là. Excuse-moi… Et dis-moi, Bea… Cela fait combien de temps que tu n'as pas eu de nouvelles de Mónica ?

– Très longtemps, pratiquement depuis mon départ. C'est-à-dire quatre ans. Je lui ai écrit une fois, mais elle ne m'a pas répondu.

– Oui… Je comprends.

Je perçois une pointe d'angoisse dans sa voix. Je crains le pire. Quelque chose de grave est arrivé à Mónica, me dis-je.

– Charo… Dis-moi la vérité. Il est arrivé quelque chose ? Mónica va bien ?

– Écoute, Bea. Ça te dirait de passer me voir demain matin ? En réalité, je suis archi-débordée, j'ai du travail par-dessus la tête, mais je te ferai une petite place. Est-ce que tu pourrais venir prendre un café ? Disons à dix heures… Si ça te va, bien sûr.

– À dix heures ? Oui, d'accord. Mais tu ne m'as pas répondu. Est-ce que Mónica va bien ?

Un long soupir à l'autre bout du fil.

– Bien ? Enfin… Oui, je suppose qu'elle va bien. Mais tout dépend de ce que tu entends par aller bien.

Sa voix s'est brisée sur cette dernière phrase.

– Qu'est-ce que tu veux dire ? Il lui est arrivé quelque chose ?

– Écoute, le mieux, c'est que tu passes me voir et on en causera. D'accord ? Demain à dix heures.

Je me présente au journal à dix heures moins cinq. La réceptionniste me prie d'attendre et je tue le temps en feuilletant quelques vieux exemplaires du magazine où travaille Charo. Me farcissant la tête de futilités sur papier couché, j'apprends que les coupes asymétriques seront toujours en vogue cette saison, que le blanc sera l'une des couleurs de prédilection, en contrepoint du noir, du gris et du marron. Au bout d'un moment, une fille avec une coiffure de page et une démarche sinueuse se présente devant moi. Elle ressemble étrangement aux filles qui me regardent sur les photos. Elle me demande si je suis venue voir Charo Bonet. Je me rends compte qu'elle m'examine des pieds à la tête et je n'arrive pas à savoir si je lui plais, si je la désarçonne ou si elle désapprouve ma tenue. Afin de gagner la confiance de Charo, je porte un ensemble gris très sobre que je réserve pour les occasions spéciales et je me suis même maquillé les yeux pour adoucir l'effet de mes cheveux coupés à ras. Cela dit, j'ai l'impression que, dans ce décor, ma boule à zéro ne sera pas interprétée comme une provocation mais comme un signe ultramoderne, d'un chic achevé. La fille me prie poliment de la suivre et me conduit jusqu'au bureau de Charo. J'y fais une entrée moins brillante que je ne l'aurais souhaité, avançant à petits pas comptés.

Charo émerge de derrière sa table pour aller fermer la porte et je m'assois sur une chaise pivotante. Elle porte un tailleur chocolat à la coupe très masculine dont l'austérité est adoucie par une cravate rose pâle, nouée sur le col entrouvert pour plus de décontraction. Elle marche jusqu'à moi, s'assoit sur un fauteuil pivotant bleu et me demande si je veux prendre quelque chose, un café, peut-être. J'acquiesce. Une table encombrée de papiers nous sépare. Charo décroche le téléphone et demande deux cafés.

Elle n'a pas tellement changé. Elle porte toujours les cheveux courts, même si elle a changé de coiffure. Elle a adopté un look artistiquement négligé, style voyou, comme si on lui avait coupé les cheveux à coups de ciseaux à volaille, ce qui, je crois, a été mis à la mode par une actrice américaine.

Charo ne perd pas de temps en politesses et va droit au but.

– Bea, mon cœur, pardonne mon indiscrétion, tu vas trouver que je me mêle de ce qui ne me regarde pas… Mais, dis-moi : c'est vrai que tu n'as pas vu Mónica depuis quatre ans ?

– Ben… il me semble te l'avoir déjà dit au téléphone. Non, je ne l'ai pas vue, puisque j'ai été hors d'Espagne pendant tout ce temps.

Elle prend un paquet de cigarettes ultra-légères et me le présente. Je refuse d'un signe de tête. De ses mains tremblotantes, elle allume une cigarette avec un Dupont en or. Elle est bien sûr impeccablement maquillée et son visage respire un air intemporel de répliquant transgénique. Elle n'a pas la moindre ride, même si sa peau tirée n'a plus l'éclat ni la fraîcheur de cette jeunesse qu'elle aimerait éterniser.

– C'est que… Écoute, c'est curieux… N'est-ce pas un peu bizarre qu'en quatre ans tu ne sois pas rentrée à Madrid une seule fois pour voir tes parents, ni pour les vacances, ni à Noël ?

– En fait… Mes parents sont allés une ou deux fois à Londres et je les y ai rejoints, et puis on ne s'entendait pas très bien, tu sais. Oui, c'est vrai, ça paraît bizarre, maintenant que tu le dis, toujours est-il que quand j'étais là-bas, je n'ai jamais songé à revenir. L'université est très dure, là-bas, tu sais… Il faut y consacrer beaucoup de temps, mens-je. Alors bon, j'étais un peu recluse, vois-tu.

Cependant, si tant est que ce visage ravalé soit encore capable d'exprimer des émotions, j'oserais affirmer que j'y note une pointe de mélancolie à peine perceptible, encore absente il y a quatre ans. De minuscules ridules qui partent de la commissure de ses lèvres lorsqu'elle parle et que la chirurgie n'a pas réussi à supprimer trahissent un souci.

– Si je comprends bien, tu n'as eu aucune nouvelle, absolument aucune nouvelle de Mónica depuis tout ce temps.

– Oui, confirmé-je, exaspérée.

– Et, si tu permets que je te pose la question, pour quelle raison as-tu subitement envie de la retrouver ?

– Je ne vois pas ce qu'il y a d'étonnant, Charo. Nous sommes amies depuis l'école, tu le sais. Ce qui est vraiment bizarre, en revanche, c'est tout le mystère que tu entretiens autour de Mónica.

Charo tambourine nerveusement sur la table avec ses doigts. Ses ongles sont impeccablement limés et vernis d'une couleur corail assortie à son rouge à lèvres.

– Oui, ma grande, je comprends que tu trouves ça étrange. Mais tu dois comprendre que je suis la mère de Mónica et que je m'inquiète pour elle. Elle traverse des moments très difficiles, tu sais. Et nous devons surveiller ses relations d'ex-trê-me-ment près.

En somme, elle m'annonce qu'elle ne me considère pas comme une relation recommandable. Je suis si énervée que je ne relève pas son insolence. Je me mords la langue et je tâche de ne pas répliquer sur le même ton, afin d'éviter d'engager une joute verbale.

– Que lui est-il arrivé ? je demande, bien que je m'en doute et que j'en devine la cause.

Charo s'accoude à la table et prend sa tête dans ses mains telle une statue en prière, puis elle se frotte les tempes en un geste d'infinie fatigue.

– Je ne sais même pas par où commencer, Bea... Tu n'imagines pas le calvaire que j'ai enduré ces deux dernières années. On lit ça dans les journaux, mais on ne pense pas que cela puisse vous arriver à vous...

Son ton est devenu beaucoup plus posé, elle parle d'une voix terreuse et chuchotante, comme si l'articulation de chaque mot lui demandait des efforts surhumains. Elle égrène peu à peu un discours à la musicalité monotone, les mots tombent sur la table comme des ballots. Toute sa tirade est parfaitement prévisible.

– Tout allait bien… Elle faisait des études de physique, tu te souviens qu'elle disait toujours qu'elle voulait devenir astronome… et elle semblait prendre sa carrière très au sérieux… En plus, elle sortait avec un garçon mignon, adorable…

– Javier, deviné-je.

– C'est ça, Javier. Un amour de garçon. Ils formaient un couple idéal, mais j'imagine qu'il y a eu un tas de signes que je n'ai pas su déchiffrer, je ne sais pas… Par exemple elle a beaucoup maigri tout d'un coup, elle avait toujours l'air fauchée, alors que je lui donnais pas mal d'argent et que, sortant avec Javier, elle ne devait pas dépenser beaucoup… Ensuite, des choses ont commencé à disparaître à la maison, des petits objets de valeur : des cendriers en argent, des bijoux, que sais-je… des babioles. Et puis brusquement, du jour au lendemain, ça s'est précipité. Un matin, à l'aube, le téléphone me réveille et je me paie la trouille de ma vie. J'ai cru qu'il s'agissait d'un de ces cinglés qui t'appellent pour que tu les entendes se masturber, parce que depuis que je fais de la télé, ma pauvre, j'ai deux ou trois malades qui m'envoient des lettres obscènes à la rédaction…

– Ah, je te plains… Je ne savais pas que tu faisais de la télé…

– Mais ce n'était pas ça, c'était quelque chose de bien pire. On m'appelait pour me dire que ma fille était hospitalisée au Primero de Octubre à la suite d'une overdose. Voilà comment j'apprends, tout d'un coup, qu'elle est héroïnomane. Ensuite, ces deux dernières années, tout ce que tu peux imaginer : elle a volé, menti, disparu pendant des mois… Elle nous a fait de ces scènes, à la maison. Une horreur, ma pauvre, je te passe les détails… Un jour, en pleine crise d'hystérie, elle a menacé Manuel avec un couteau…

Elle tire nerveusement sur sa cigarette. La fumée trouble l'air déjà raréfié. J'aurais dû deviner ce qu'allait me raconter Charo. Je me dis que les cafés ont dû refroidir avant qu'on y ait trempé nos lèvres. Comment ai-je pu être aussi stupide… Croire que l'inévitable n'arriverait pas. Elle avait beau être Mónica, elle n'avait pas d'ange gardien spécialement chargé de la surveiller.

– Une horreur… Imagine la situation et, pour ne rien arranger, deux enfants en bas âge à la maison… Maintenant elle est dans une clinique de désintoxication. Elle peut recevoir des visites. Si tu veux mon avis, je crois que ça lui ferait du bien. Les docteurs insistent sur le fait qu'elle doit rompre avec son ancien cercle. Que veux-tu que je te dise, Bea, pour être franche, au début, quand tu m'as appelée, je me méfiais un peu. Mais je vois bien que tu es restée en dehors de toute cette histoire. Je ne sais pas… peut-être que cela ferait du bien à Mónica de te voir. Je sais qu'elle se sent très seule. Mais tu comprends, avant de me décider à tout te raconter, j'avais besoin de discuter avec toi pour m'assurer que…

– Que j'étais bien restée en dehors de tout ça, l'ai-je coupée, Que je n'étais pas accro comme elle. Non, je ne le suis pas.

– Exactement. Quoique je me doutais bien que tu n'avais rien à voir là-dedans puisque vous ne vous voyiez plus. Tu as cessé d'appeler, elle ne parlait même plus de toi, tu sais… Sincèrement, j'ai été très étonnée d'avoir de tes nouvelles, comme ça, aussi soudainement.

– Je comprends. Si tu me dis où elle est internée, je pourrai peut-être aller la voir.

– Oui, bien sûr, ma grande. (Elle griffonne une adresse sur un bout de papier qu'elle plie soigneusement et qu'elle me tend.) Il faut les prévenir, prendre rendez-vous.

– Merci.

– Et maintenant, tu m'excuseras mais je dois te demander de me laisser. Nous sommes surchargés, aujourd'hui. Je suis ravie de t'avoir vue, vraiment.

On se lève en même temps. Elle me tend la main que je serre d'un geste typiquement saxon. Nous n'aimons ni l'une ni l'autre les effusions et nous ne sommes pas assez hypocrites pour nous embrasser.

– Je ne t'ai pas dit que tu étais très jolie. Les cheveux courts te vont à ravir. Et dis donc, ma chérie, si tu vas la voir, rappelle-moi. Tu me tiendras au courant, n'est-ce pas ?

Elle a la délicatesse de m'adresser – pour la première fois depuis le début de notre entretien – un de ses sourires jusqu'aux oreilles, blanchi par la magie du laser.

– Compte sur moi, je n'y manquerai pas. Merci beaucoup, Charo.

Le bout de papier qu'elle vient de me remettre est le document qui ratifie la trêve. Pendant des années, nous n'avons pas pu nous souffrir. Pour elle, j'étais l'amie un peu cinglée de sa fille non moins cinglée. Pour moi, elle était la mère insupportable de ma meilleure amie. Mais maintenant j'ai grandi et je constate qu'elle ne peut plus me traiter comme une gamine. Quant à moi, c'est la première fois que je pressens un fonds humain sous ce masque de silicone et de maquillage couteux. Je n'ai pas revu Mónica depuis quatre ans. Depuis cette semaine où tout a basculé. Chaque minute de ces dix jours est gravée au fer rouge dans mon souvenir. Dix jours que je revis avec l'intensité d'un cauchemar.

3.

À L'ENDROIT DE LA PEUR

Là où commence le désir, à l'endroit de la peur,
là où rien n'a de nom et rien n'est, mais paraît.

Cristina Peri Rossi, *Désastres intimes*

Quiconque l'avait vue franchir le portail ce matin-là, avec son petit tailleur rose bonbon et ses lunettes à monture en écaille, d'un bras serrant contre sa poitrine sa chemise cartonnée recouverte de photos de bébés, de l'autre tenant le sac des courses, aurait pensé : voilà une gentille fille. Cette personne se serait dit qu'elle était vierge ou qu'elle avait peut-être fait l'amour une fois avec son fiancé mais, attention ! un fiancé officiel, ce fiancé avec lequel elle devait sortir depuis plus d'un an, qui lui avait sans doute offert une bague et envoyé une carte pour la Saint-Valentin ; elle aurait admis l'hypothèse selon laquelle, un soir où ses parents étaient partis en week-end dans leur maison à la montagne, elle avait perdu sa virginité dans sa propre chambre, le tout avec beaucoup d'amour et de tendresse, sans aucune perversion ni position bizarroïde, caressée et embrassée longuement, aussi bien avant l'acte qu'après.

Et c'est ce que devaient penser les voisins qui la virent entrer et la saluèrent comme chaque jour lorsqu'ils sortaient promener leur caniche et qu'elle rentrait de l'académie. Tous les matins, à la même heure, ils échangeaient le bonjour de rigueur, accompagnant celui-ci de leur plus beau sourire. Les leurs étaient appareillés, le sien parfait : sourire d'adolescente formé d'une rangée symétrique de dents d'un blanc éclatant qui attestaient d'une excellente mutuelle médico-dentaire et d'une éducation dans un établissement privé où on lui avait appris à se brosser les dents trois fois par jour pendant cinq minutes après chaque repas. La voisine lui demanderait si ses parents et ses frères allaient bien. Cela faisait longtemps qu'elle ne les avait pas vus. Étaient-ils à Madrid ? Elle expliquerait, comme elle l'expliquait à tous les voisins depuis le début de l'été, qu'ils étaient en vacances à Majorque et qu'elle avait dû rester à Madrid pour réviser ses examens de septembre parce qu'elle devait repasser quelques matières, et qu'à Majorque elle ne ficherait rien de la journée hormis buller sur la plage ou sur le bateau.

– Ma pauvre petite…, la plaindrait la voisine. Ça ne doit pas être rigolo d'être ici toute seule ! Avec la chaleur qu'il fait !

– On s'habitue à tout, répondrait-elle, souriante comme de bien entendu.

Et quand elle aurait disparu dans l'ascenseur, la dame dirait à voix basse à son mari :

– Quelle chic fille, tu ne trouves pas ? Il n'y en a plus beaucoup, des comme ça.

Et elle disparaîtrait sur l'avenue, au bras de son mari, avec son caniche, ses chaînes en or et ses varices.

Car c'était exactement ce que pensaient ses voisins : que c'était une chic fille. Belle, qui plus est. Et puis elle n'était pas imbue de sa personne, pas du tout. Mónica Ruiz Bonet était une fille sssi responsable. Mónica Ruiz Bonet accompagnait ses petits frères à l'école le matin. Mónica toujours si souriante, si naturelle, si agréable. Mónica Ruiz Bonet ne manquait jamais de saluer quand on la croisait dans l'escalier et sous le porche d'entrée. Pas comme d'autres, la fille du quatrième, par exemple, qui se contentait d'émettre un grognement, et encore.

Aucun de ses voisins ne trouvait bizarre que ses rideaux soient constamment tirés – c'est sûrement à cause de la chaleur, pour garder l'appartement au frais. Encore que s'il s'était agi de n'importe quelle autre fille – celle du quatrième, par exemple, qui, grâce au ciel, était partie en vacances –, toute sorte de spéculations auraient abondé à son sujet. Mais elle, personne n'avait le moindre doute sur ce qu'il y avait dans son appartement : un salon impeccable, très joliment arrangé, parce que tu sais que sa mère à beaucoup de goût, et la fille, à mon avis, pour peu qu'elle tienne de sa mère, elle doit le maintenir propre comme un sou neuf. Nous y sommes allés lors de la dernière réunion des copropriétaires, nous n'avons pas vu toute la maison, bien sûr, nous n'allions tout de même pas entrer dans les chambres, mais la cuisine, la salle de bains, les toilettes et le salon étaient ravissants, crois-moi. Enfin, il n'y a qu'à voir comme la mère a de l'allure et comme ses enfants sont mignons, ils sont à croquer, tellement elle les habille bien…

Or, ces jours-là, le salon n'était pas franchement propre. Des magazines et des bédés jonchaient le sol. *Víbora, Rock de Lux, Espiral, Hustler, Fantastic, 2 000 Maníacos, Ruta 66*… Toutes les revues que Coco dévorait quand Mónica n'était pas à la maison. Des boîtes de pizza à domicile avec des restes de pâte séchée et de fromage en caoutchouc encombraient la table signée Ricardo Chiara. Des slips et des culottes, des jeans râpés traînaient sur le kilim arménien. Les tee-shirts s'amoncelaient sur l'accoudoir du canapé Roche Bobois. Des canettes de bière et de Coca vides, des emballages en cellophane avec des restes de biscuits Foskitos, des bouts de papier alu ayant servi à préparer des pailles d'héro, des poches en plastique de la supérette du coin étaient semés au hasard un peu partout.

– Putain, c'est infect, ici. On se croirait dans une porcherie, répétait-elle vingt fois par jour. Ça pue et tout.

– Ben, t'as qu'à ouvrir les fenêtres et aérer, lui répondait Coco, assis sur le canapé. Évidemment, tu veux tellement qu'on se planque, qu'on ne peut même pas ouvrir les fenêtres.

Tandis qu'il parlait, Coco exterminait des petits asticots sidéraux à raison de vingt ou trente par minute. Il lui suffisait de presser un bouton de la manette de la console de jeux pour que les vaisseaux extraterrestres se désintègrent en un nuage violet, tandis qu'une voix métallique et mollassonne répétait sans répit, Fire, Fire, Fire, lui signalant le nombre d'asticots tués.

– Et toi, disait-elle, quand est-ce que tu vas arrêter de jouer à cette putain de console ? On dirait un môme de cinq ans, toute la journée scotché devant les petits Martiens.

– Mais c'est trop top, ce truc. Tes frères ne savent pas la chance qu'ils ont d'avoir des parents qui gaspillent leur fric en gadgets de ce genre. (Coco parlait sans décoller les yeux de l'écran de télé.) Moi, quand j'étais môme, ma reum elle m'achetait même pas un canard pour le bain. En plus, ces petits Martiens, ça me détend. Et comme j'arrive pas à dormir… Je sais pas, ça doit être la montagne de coke qu'on s'est enfilée hier.

Il lui venait alors une de ces crises d'hyperactivité domestique qui la prenaient de temps en temps, sans doute à cause des lignes de coke qu'elle sniffait pour avoir les idées claires après une nuit de bringue et avant d'aller à l'académie. Elle commençait à ramasser les emballages de Foskitos, les cartons de pizza, les canettes vides et les papiers des pailles d'héro et à les fourrer dans un sac de supérette.

Un matin identique à tant d'autres, la sonnerie retentit avec insistance. Elle rangeait sûrement la maison, comme tant d'autres matins, tandis que lui, pour changer, il exterminait des asticots cosmiques.

– Qui c'est qui sonne comme ça, bordel ? vociféra-t-elle sans doute. C'était la phrase qu'elle prononçait, invariablement, chaque fois que je sonnais. En près de sept ans d'amitié, elle ne s'était toujours pas habituée à ma manière d'écraser les sonnettes.

Elle se planta certainement sur la moquette d'un bond, enfila un tee-shirt et fila ouvrir. Elle vivait en état d'alerte permanente, n'importe quelle visite impromptue la mettait dans tous ses états.

Je vis qu'elle épiait par l'œilleton et j'agitai la main en guise de bonjour.

– T'inquiète pas, c'est Bea, l'entendis-je crier à l'adresse de Coco.

– Qu'est-ce qu'elle vient faire ici à une heure pareille et en foutant un tel souk ? demanda-t-il sans bouger du canapé.

Elle ouvrit la porte et j'entrai en tremblant, une véritable loque humaine. Je me jetai dans les bras de Mónica et mes sanglots finirent en une série de hoquets convulsifs. Mónica m'embrassa sur les tempes et me caressa les cheveux avec une indolence lasse qui révélait son habitude de ces scènes. Les hoquets s'espacèrent et, au bout de quelques minutes, je réussis à émettre un petit gémissement quasi inaudible. Alors elle me passa un bras autour des épaules et m'emmena jusqu'au canapé. Une fois assise, je fis comme si je venais tout juste de remarquer la présence de Coco.

– Qu'est-ce qu'il fabrique ici, çui-là ? demandai-je d'un filet de voix.

– Je te rappelle que « çui-là » s'appelle Coco, dit-il.

– Ben tu vois, intervint Mónica. Une transaction comme une autre. Je l'héberge et il me fournit en dope.

– Mónica, enfin, chaque fois que je viens ici, je trouve un mec avachi sur le canapé, et chaque fois c'en est un différent, dis-je, odieuse au possible.

Coco se demandait si c'était une plaisanterie entre nous ou pas. Mónica fit un signe de tête en direction du couloir, pour lui faire comprendre qu'elle préférait qu'il nous laisse. Coco se leva aussitôt de mauvais gré et quitta le salon.

Je n'avais pas besoin de lui expliquer quoi que ce soit. Mónica était témoin de mes crises depuis des années, depuis ce matin où elle m'avait trouvée dans les toilettes de l'école, essayant de me trancher les veines avec un rasoir. Je n'émettais pas le moindre son, je ne remuais pas un muscle du visage, mais les larmes glissaient le long de mes pommettes. Des gouttes de sang coulaient qui formaient une flaque rouge en parfait contraste avec le carrelage blanc. À l'époque, je ne savais pas (et j'écris cela afin de mettre en garde les candidats au suicide) que l'unique façon efficace de se couper les veines, c'est de pratiquer une franche entaille verticale dans le poignet ; alors que moi, pauvre idiote, je m'étais fait une série d'égratignures horizontales qui m'ont laissé des cicatrices quasiment invisibles. Un spectacle certes saisissant, mais inutile. Toutes les autres filles étaient dehors, en cours de gym, et l'attitude normale aurait consisté à sortir en courant prévenir la prof, me conduire à l'infirmerie pour éviter que la blessure ne s'infecte, me demander pourquoi diable j'avais eu une idée aussi monstrueuse. Au lieu de quoi elle resta plantée là, debout dans ces toilettes immenses qui sentaient le désinfectant, peut-être fascinée par le spectacle, ou alors bluffée par ce qu'elle considérait comme une marque de courage. On resta sans bouger pendant plusieurs minutes, jusqu'à ce que Mónica avance timidement que le mieux, c'était de nettoyer le sang et de sortir de là.

– Je ne la supporte plus, je te jure, disais-je, assise sur le canapé Roche Bobois, la tête posée sur l'épaule de Mónica. (Je ne hoquetais plus et je me sentais rassérénée.) Cette femme va me rendre cinglée. Depuis que l'école est finie, ma simple présence à la maison la dérange. Elle n'arrête pas de crier depuis trois jours, elle râle pour un oui ou pour un non. Sous prétexte que je me lève trop tard, que je ne fous rien à la maison, que je pars à la piscine… Et ce matin, elle s'est mise à hurler parce que je n'avais pas bien fait mon lit, qu'il y avait des plis et tatati et tatata, et tout à coup, le sang m'est monté à la tête et j'ai pété un boulon. Je me suis mise à balancer des trucs contre le mur, tout ce qui me tombait sous la main dans le salon. Tu me connais : je prends sur moi trois jours, mais après, j'explose, je pète les plombs pour de bon. Je te jure, je voudrais mourir. Je n'en peux plus de cette vie, je n'en peux plus d'elle, je n'en peux plus de moi-même.

Bien sûr qu'elle me connaissait. À l'école, tout le monde me trouvait un peu bizarre. Très mignonne, ça oui, estimaient les mères, mais pas le genre de fille qu'on voudrait comme amie intime pour sa fille, tu comprends ? Apparemment, elle est suivie par un psychologue et tout le tralala. Mais justement, Mónica aimait bien ma détermination héroïque à lutter contre vents et marées, à coups de colères et d'emportements, cette étonnante capacité qu'avait la douce et timide Bea de se transformer en la plus redoutable des gorgones au moment où on s'y attendait le moins, ce torrent de rage contenue que je portais en moi, capable de provoquer toute sorte d'inondations lorsqu'il débordait. Pendant des années, Mónica et sa famille avaient tenu lieu d'arbitres pour régler les conflits inépuisables qui éclataient chez moi. Il faut bien reconnaître que la mère de Bea, c'est vraiment pas un cadeau, disait la mère de Mónica. Pas étonnant que la fille en soit là, avec une mère pareille. C'est pas de la tarte. Quand ma mère appelait Charo, tout le monde tremblait chez Mónica. Ma mère était capable de rester des heures, littéralement des heures accrochée au téléphone à s'apitoyer sur son sort et à déverser son ennui. Ce qui lui manque, à cette dame, disait Charo, c'est une occupation. Je suis persuadée que si au lieu de passer ses journées à la maison à se tourner les pouces elle se rendait utile, tous ses problèmes seraient résolus.

– T'inquiète pas, me dit Mónica en essuyant mes larmes. Ta mère aurait besoin d'un bon petit coup de queue, c'est tout. Je parie ce que tu veux qu'elle n'a pas baisé depuis qu'elle t'a conçue.

– C'est sûr que, là-dessus, il faut pas trop qu'elle compte sur mon père. Et je ne vois pas ma mère aller faire ça avec un autre.

– Elle est vraiment trop starbée. Te prends pas la tête, va. Le mieux que t'aies à faire pour le moment, c'est de rester ici. Demain on appellera ta mère et on avisera. Et maintenant arrête de tirer cette tronche, je t'en prie. Moi, je vais ranger un peu ce boxon.

Je me dis que je devais me lever et aider Mónica, mais je restai clouée au canapé Roche Bobois, avec l'impression de rapetisser de minute en minute.

La Iguana a dû ouvrir au début des années 80 et on avait le sentiment que pas un cendrier n'avait été déplacé depuis l'époque. Des posters aux couleurs passées, du temps où Iggy

Pop, Bowie et les Stones avaient encore la cote, décoraient les murs. Les coussins des tabourets étaient pour la plupart déchirés, laissant entrevoir un rembourrage en mousse noir de crasse. On ne pouvait pas dire que La Iguana était le bar le plus cool du quartier, mais il avait ses fidèles. C'était le type même d'endroit où les copains se retrouvaient en bande pour boire tranquillement quelques bières en début de soirée, loin de la cohue et du niveau sonore assourdissant qui régnaient à coup sûr dans les bars plus branchés. Au passage, ils y dégotaient les quelques grammes nécessaires pour bien affronter la nuit de bringue qui suivrait. Vers deux heures, il ne restait en principe que quatre pelés à La Iguana, tandis que les autres bars étaient déjà bondés et qu'on commençait à y accéder difficilement.

Ce soir-là, à deux heures et demie, il restait précisément quatre pelés : Mónica, Coco, Pepe (le serveur) et moi. À nous quatre, nous n'avions pas cent ans.

– Putain, c'est mort, ici. Si vous voulez, je vous offre une dernière tournée et ensuite je lourde, proposa Pepe, aussi naturellement qu'un serveur peut s'adresser à ses habitués.

– Ça roule, sers-nous trois bières, dit Coco. Ça vous va, les filles ?

– Ça nous va, répondit Mónica, la bouche pleine de dragées au chocolat, puis elle revint à la conversation que nous avions elle et moi. Il est impératif que les voisins ne se rendent pas compte de ta présence à la maison, m'expliquait-elle. Parce que si jamais ma mère apprend que j'héberge toute la clique, elle nous fait un arrêt cardiaque. Tu sais comme elle est coincée, et tu sais comme les voisins sont cancaniers. Tant que tu seras à la maison, les rideaux devront rester tirés. Tu n'entres pas et tu ne sors pas avant neuf heures, après que le gardien sera parti. En plus, à cette heure-là, les voisins sont chez eux en train de dîner et de regarder les infos, ils ne surveillent plus les entrées et les sorties.

– Et toi, tu t'y fais, à cette vie de chauve-souris ? demandai-je à Coco de ma voix la plus douce. Je me sentais beaucoup plus détendue que le matin. Si on ne me connaissait pas, il était impossible d'imaginer que cette petite jeune à l'air candide avait balancé la porcelaine de sa mère contre le mur à peine quinze heures plus tôt.

– Enfin, quand c'est indispensable, je sors, répondit Coco. Mais en vrai, je ne m'en rends pas tellement compte vu qu'on sort quasiment tous les soirs. Je passe donc le plus clair de mes journées à dormir, et le temps que je m'arrache du lit, que je mange un morceau et que je me mette en route, il est déjà neuf heures…

Sa petite amie (il fallait bien l'appeler d'une façon ou d'une autre) l'interrompit :

– En ce moment, on ne rentre jamais à la maison avant six sept heures du mat. J'arrive, je prends une douche et je repars comme une flèche à l'académie. Au retour, je passe au supermarché et j'achète à manger. En rentrant, je mange et je dors jusqu'à la nuit tombée. J'ai changé mes habitudes horaires, alors ça me va très bien. Le seul inconvénient, c'est que je ne vois plus la lumière du jour. On va devenir transparents, à force d'être pâles. C'est pas grave. De toute façon, c'est craignos, d'être bronzé.

– Moi, ce que je trouve génial, c'est qu'on te laisse rester à la maison. Ma mère préférerait mourir plutôt que de me laisser seule chez moi. Elle n'a pas confiance en moi. Si elle part, je dois partir aussi. Et si je reste, elle reste… CQFD, soupirai-je à la fin de ma phrase, et une boucle rebelle se précipita sur le bout de mon nez.

– Qu'est-ce que t'as dit ? demanda Coco.

– CQFD, ce qu'il fallait démontrer. Une plaisanterie entre nous, lui expliqua Mónica.

– Vous en avez trop, des petites plaisanteries entre vous.

– Et toi, ma belle, enchaîna Mónica en l'ignorant, sache qu'on ne me laisse pas rester à la maison : on m'y oblige pour me punir, c'est différent. Ils s'imaginent que je souffre le martyre parce que je suis privée d'aller à Majorque flirter avec des snobinards et faire des balades en yacht… Tu ne peux pas savoir à quel point il est dif-fi-cile d'avoir à repasser des matières en septembre quand on est aussi intelligente que moi. (Je suppose que c'était de l'ironie, mais le fait est qu'elle le dit sans changer d'intonation.) Je crois qu'ils s'en rendent compte. L'autre jour, le prof de philo m'a convoquée à son bureau, il s'est assis devant moi et m'a dit (Mónica prit cette fois une voix nasale) : « Mademoiselle, vous avez rendu une copie désastreuse. Sincèrement, je crois que vous pouvez faire beaucoup mieux. » Bien sûr que je suis capable de faire beaucoup mieux, la bonne blague. Mais si je réussis, je sais ce qui m'attend : bateau, club nautique à tire-larigot, permission de deux heures, et m'emmerder avec un tas de Jean-Charles et de Thibaut. L'horreur, quoi.

Un retardataire entrait dans le bar à ce moment-là. Il était squelettique et portait des lunettes de soleil dont la fonction n'était évidemment pas de l'empêcher d'être ébloui par la lumière de deux heures du matin. Il ne lui manquait qu'une pancarte indiquant « junkie ». Il alla droit sur Coco et lui chuchota quelque chose à l'oreille. Coco et le squelette ambulant disparurent aux toilettes.

– Il va rester chez toi, Coco ?

– Bien obligé.

– Mouais, il est pas mal Coco. Un peu racaille, le genre que t'aimes bien, dis-je en mettant la bouche en cul de poule pour essayer de feindre l'indifférence, avec pour seul résultat de me rajeunir de cinq ans.

– Qu'il ne t'entende pas, il est persuadé d'être un modèle d'élégance, dit Mónica en riant. Écoute, je sais bien que tu ne peux pas le saquer, mais avec lui, je suis sûre d'avoir du matos gratuit et d'aller dans des endroits dont je ne soupçonnais même pas l'existence.

– Mais il te plaît ?

– Oui et non, comme tous les autres. Je ne sais pas, par moments je me dis que si je suis attirée par ce genre de mecs, c'est parce que je sais que Charo ferait un infarctus si elle me voyait avec.

– Te plains pas de ta mère, elle n'est pas cinglée, au moins.

– Par moments je me dis que je préférerais avoir une mère comme la tienne. (Mónica examinait ses jambes d'un œil critique, tâchant de savoir si elle avait besoin de s'épiler.) Comprends-moi, ce n'est pas que je t'envie, je conçois parfaitement que t'aies hâte de te débarrasser d'elle. Mais au moins tout le monde comprend que tu ne la supportes pas. Même ton père, il ne peut pas l'encadrer.

– Tu parles d'une consolation.

– Je ne sais pas si c'est une consolation, mais c'est très dur d'assumer une mère que tout le monde trouve merveilleuse, excepté sa propre fille. Elle est tellement bourge que ça me retourne l'estomac. Plus snob qu'un chou-fleur avec des rubans, soupira-t-elle en levant les yeux au ciel, comme pour exprimer sa résignation. « Mónica, arraange-toah, tu m'as l'air d'un sssac » et « Gonzalo, tu ne vas touuut de même pas sortir avec cette chemiiise, n'est-ce pas ? »

– Mais toutes les mères font ça. C'est même écrit dans le dictionnaire : mère, du latin *mater*, nom féminin. Personne qui n'aime jamais ce que tu mets pour sortir.

– Exactement, dit-elle en buvant une gorgée de bière.

Le comptoir, sombre et graisseux, encadré par un bataillon de bouteilles alignées, se dupliquait dans le miroir. Devant moi, sur le bar jumeau, buvait une Mónica jumelle, une brune imposante moins nette que celle que j'avais à côté de moi, aux contours estompés par la fumée et l'éclairage indirect, comme une image vue sous l'eau.

– Voilà ta dernière acquisition flanquée de Kate Moss version mec, dis-je en montrant Coco et le junkie qui sortaient des toilettes. De loin, ils avaient un air de famille parce que Coco lui aussi était maigre comme un clou. Pas très grand, il dépassait tout juste Mónica. Entre sa constitution chétive et sa nervosité permanente, il avait quelque chose du reptile fuyant ou de l'anguille.

Le junkie salua Pepe d'un signe de tête et fila vers la porte. Il allait sûrement se planter sous le porche le plus proche. Ils n'osaient pas se shooter à La Iguana parce qu'ils savaient que Pepe ne les aurait plus jamais laissés entrer ; ils ne s'amusaient pas avec le droit d'accès dans l'un des points de vente les plus centraux.

– Bon, les filles, dit Coco en passant son bras autour des épaules de sa copine. On se casse ? Et toi, Pepe, on t'attend ou quoi ?

– Non, je rentre chez moi, je vais pioncer. J'en ai plein les bottes.

– On devrait en faire autant, dit Coco. On a presque pas dormi, avec l'arrivée de cette demoiselle. On prend un taco ?

– Yeap, fit Mónica, et elle finit sa bière d'un trait, montrant ainsi qu'elle en avait assez de La Iguana et qu'elle souhaitait partir au plus vite.

À dix-huit ans, j'étais encore vierge. Quant à Mónica, elle avait déjà couché avec un tas de garçons. Nous n'étions pourtant pas si différentes, elle et moi. Le défaut ou l'excès en la matière signifiaient la même chose : fuir tout engagement, renoncer.

Depuis qu'elle avait quatorze ans, Mónica avait enchaîné les liaisons les unes derrière les autres. Tout le monde la voyait comme l'un des pôles d'un couple et Mónica elle-même était incapable de se percevoir autrement. Je lui ai connu dix ou quinze petits amis qui n'ont jamais duré plus de deux mois et que je n'ai jamais considérés comme des rivaux. Ce n'étaient que des benêts qui venaient la chercher à la sortie de l'école pour lui payer des verres et la peloter sur le siège arrière de leur voiture. Mónica avait le privilège de se sentir toujours sûre affectivement parlant, puisqu'il y en avait toujours un prêt à l'aimer ou à la désirer, ce qui présentait l'inconvénient de la rendre plus dépendante de jour en jour, aussi bien des hommes – je présume – que du sexe. Elle ne savait pas vivre seule, exactement comme Cat ; mais, contrairement à Cat, elle ne voulait pas non plus vivre accompagnée.

Elle était mon amie et me racontait tout, à moi qui étais encore vierge et qui n'avais même jamais embrassé un garçon. Contrairement à ce qu'on pouvait penser, je ne la jugeais pas et je n'ai jamais critiqué son attitude. J'étais même la seule qui l'acceptait comme elle était. Elle le savait et c'était l'une des raisons pour lesquelles elle se sentait si proche de moi, malgré notre grande différence apparente. Mónica savait bien qu'à l'école personne ne lui pardonnait ses mœurs légères. Elle devait affronter des tas de visages désapprobateurs et d'insinuations. Mais elle s'en moquait. Mon corps est à *moi*, disait-elle, et l'intensité qu'elle conférait à ce pronom en le prononçant en italique lui donnait le dessus sur ses agresseurs. Comme je l'admirais dans ces moments-là !…

En réalité, si indépendante qu'elle fût en apparence, Mónica vivait à travers les autres. (Et d'autres vivaient à travers elle, y compris moi.) Parce que Mónica ne concevait la vie qu'en couple : elle n'était jamais seule. Mais elle avait une conception très personnelle du couple : une relation fondée sur la compétition plutôt que sur la coopération, sur le parasitisme plutôt que sur l'intimité. J'étais son amie, ses jules étaient ses jules. Pas de confusion possible. Avec eux, elle aplanissait les différences à travers le sexe. Elle négociait toutes ses relations en faisant l'amour. Son corps était sa monnaie d'échange. À l'époque, j'étais vierge et j'attendais de grandes choses du sexe. Je croyais que s'il m'arrivait d'en faire l'expérience un jour, ce serait une sorte d'événement miraculeux qui m'ouvrirait les portes de la perception. Mónica n'en attendait en revanche plus rien, son corps, pas plus que ceux des hommes avec lesquels elle couchait, ne pouvait rien lui apporter de spécial ni de nouveau. Elle avait dépouillé cette illusion de son caractère de mystère promis pour la ranger dans la catégorie du simplement attendu, la transformant en une chose aussi banale et vulgaire qu'un match de football.

Mais je ne pense pas qu'elle profitait vraiment du sexe, bien qu'elle l'ait essayé sous toutes ses formes et manières. Alors que j'étais encore vierge, elle l'avait déjà fait dans des voitures, sous des porches, sur des trottoirs obscurs, dans le téléphérique. Elle avait connu le sexe oral, la position en levrette, les éclairages rouges, la lingerie fine. Elle passait sa vie à chercher des moyens de pimenter l'expérience banale du coït. Néanmoins, elle s'ennuyait. Dans la rage du désir, ce besoin de contrôler et de posséder, je ne l'ai jamais entendue parler tendrement d'aucun de ses amants. Il ne pouvait pas y avoir de tendresse dans ces baises trépidantes en coup de vent, ces culbutes entre deux portes que les bleus et les griffures se chargeaient de rappeler. Maintenant que j'ai mûri et que je considère avec recul les histoires qu'elle me racontait, je pense qu'elle assimilait le sexe à la violence, l'amour au sexe et la domination à l'amour.

Un grand nombre de femmes éduquées en bonnes catholiques ont cru urgent de commettre des péchés et ont passé des années à collectionner les aventures. Peut-être était-ce son cas, peut-être carburait-elle au sperme, avait-elle besoin de se sentir charnelle, peut-être le sexe devint-il pour elle une expérience mystique accordée par les hommes, de même que Dieu concédait l'extase à sainte Thérèse d'Avila. Je ne peux pas le savoir, je ne peux que l'imaginer, mais je suis presque sûre qu'elle s'évertuait à accumuler les hommes par pure rébellion et non par désir véritable.

Je l'ai toujours désirée, et lorsqu'elle me relatait ses aventures, je sentais monter en moi un puissant tourbillon intérieur, mélange de jalousie et d'excitation. Ses yeux noirs m'envoyaient d'obscurs messages sans paroles que je tentais de déchiffrer comme une écolière appliquée. Il suffisait que je la regarde pour que le désir me lance un ballon et m'invite à jouer avec Mónica. Pourtant, je la voyais toujours tourner ses yeux avides dans une autre direction.

Mónica franchit la porte d'entrée avec le sac des courses et sa chemise cartonnée, puis elle fila directement vers la cuisine de rêve. Charo avait acheté l'évier de granit ancien en Italie et l'avait assorti de vieux robinets en bronze de Trentin. Le carrelage à l'ancienne avait été spécialement commandé dans une fabrique de céramique d'Ibiza. La vaisselle, les verres et les ustensiles de cuisine étaient assortis. Mónica prit les légumes du sac et les posa sur la table en céramique blanche. Ensuite elle commença à ranger les yaourts dans le frigo. Lorsqu'elle se baissait, on voyait se dessiner la courbe de ses fesses pimpantes de jeunesse et d'exercice. Elle s'apprêtait à préparer une salade quand elle m'aperçut, adossée au chambranle de la porte, échevelée, les yeux chassieux, un tee-shirt Sonic Youth pour tout vêtement.

– Ce jean te va très bien, fis-je observer, tentant de justifier mon regard admiratif. (Qui s'explique s'accuse, aurait dit mon père.)

– Et mon tee-shirt te va très bien, répondit-elle, comme si de rien n'était.

– Toutes tes affaires me vont bien, affirmai-je, ce qui était vrai. J'ai un de ces maux de tête. Je n'ai pas l'habitude de boire comme ça.

– Il doit y avoir de l'Alka-Seltzer quelque part. Puisque t'es debout, tu pourrais en profiter pour appeler ta mère, histoire qu'elle sache où tu es, au moins. Elle doit s'inquiéter.

– S'inquiéter ? Tu rigoles : il lui suffit de ne pas me voir pour être heureuse.

– Franchement, t'exagères. En plus, je tiens pas à ce que tu restes ici si ta mère n'est pas au courant. Ça pourrait m'attirer des emmerdes.

Je me suis approchée de mauvais gré du téléphone en bakélite. Charo l'avait acheté dans une brocante : « J'ai eu le coup de foudre et j'ai dû marchander pendant des heures, mais ça valait le coup. C'est mignon tout plein, non ? » Le combiné était lourd comme la mauvaise conscience et, pour comble, on avait un mal fou à tourner le cadran. Je composai mon numéro à contrecœur.

– Maman, c'est moi… Je suis chez Mónica… Oui… Oui… Oui… D'accord, très bien… Oui. Au revoir. (Mónica me regardait d'un air interrogateur.) Ben voilà, elle m'a sorti trois conneries et elle a raccroché parce qu'elle avait rendez-vous chez le coiffeur.

Soudain, je sentis une rivière de lave incandescente, mélange d'impuissance et de rage contenue, monter le long de mon œsophage. Oh non, me dis-je, je vais encore fondre en larmes. C'est pire que dans un feuilleton télé.

– Je te préviens que si tu lâches une larme, tu prends la porte illico. Alors t'as le choix : tu vas te doucher ou tu m'aides à préparer le repas, me lança Mónica qui avait lu dans mes yeux et qui commençait à couper des tomates sur la planche en bois avec une énergie de psychopathe.

Une minute et demie. Voilà le temps qu'il avait fallu à ma mère pour modifier radicalement mon état d'âme. Combien d'années d'entraînement sont-elles nécessaires pour apprendre à toucher droit au cœur ? C'était comme si ma mère et moi jouions à tirer chacune un bout de la corde pour attirer l'autre sur son territoire, sachant qu'à n'importe quel moment, l'une des deux pouvait donner un coup trop fort, amenant l'autre à s'écraser le nez par terre. D'une certaine manière, nous n'avions pas coupé le cordon ombilical et nous avions grandi, nous étions devenues deux femmes étrangères l'une à l'autre, mais avec un tel besoin l'une de l'autre que nous étions forcées de communiquer au moyen d'un absurde jeu de dupes ; des peurs et des humiliations circulaient dans les deux sens à travers la brèche ouverte entre nous. C'était une relation de dépendance aussi aberrante que celle qui existe entre une rose et le ver qu'elle abrite en son sein, ver qui finira par la dévorer.

Pour mon père, je suis Beatriz ; pour mes amies, Bea. De temps en temps, Mónica, et rien qu'elle, m'appelait Betty. Petite, ma mère m'appelait en fonction de ma coiffure : « Viens ici, petites tresses » ou « Fais-moi un bisou, bouclettes », selon que mes cheveux étaient lâchés ou attachés.

Visage poudré, mèches dorées, rouge à lèvres, club de bridge, tailleur noir, collier de perles, chaussures de salon avec un talon de trois centimètres, chapelets fleurant le pétale de rose, l'Immaculée Conception sur la table de nuit, des tubes et de boîtes d'antidépresseurs, une femme seule et parfaitement respectable. Ma mère.

Je devais être le fruit de l'une des dernières étreintes de mes parents car, aussi loin que je me souvienne, ils ont toujours fait chambre à part et ne se sont jamais autorisé, du moins en ma présence, le moindre contact physique, jamais ne se sont pris la main ou ne se sont embrassés. Ils ne se regardaient même pas dans les yeux.

De même que le Soleil gouverne la Terre, j'étais gouvernée par ma mère, j'étais sa planète. Elle me réveillait, me lavait, m'habillait, préparait mon petit déjeuner, m'emmenait à l'école et m'attendait à la sortie pour me ramener à la maison. Elle veillait à ce que j'ôte mon uniforme et enfile une robe de chambre, me préparait à dîner, m'aidait à faire mes devoirs et, son avant-bras posé sur mon oreiller, tout en me caressant les cheveux, elle me racontait des histoires avant que je m'endorme, des histoires d'enfants pieux qui rencontraient la Vierge Marie.

Ma mère était ordonnée, méticuleuse à l'excès. Elle se rappelait religieusement les dates de tous mes anniversaires – naissance, première dent –, de ma fête et de la kermesse de l'école, sans avoir besoin de les noter sur le calendrier. Elle tirait une grande fierté de son extraordinaire efficacité en matière d'organisation domestique. Un étranger aurait pu pénétrer chez elle, ouvrir n'importe quelle armoire, n'importe quel tiroir, sans rien trouver dont ma mère puisse rougir, tant tout était impeccable et soigneusement rangé. On aurait pu manger sur le carrelage de la salle de bains. Oui, ma mère était la fierté de la Section Féminine, la sainte patronne de l'abnégation et du sacrifice. Elle cousait, raccommodait, repassait, tricotait et faisait des tableaux *en petit point**. À la différence de l'ensemble de ses amies, elle n'avait jamais eu besoin d'une femme de ménage et, qui plus est, comme elle le soulignait elle-même avec fierté, cette hyperactivité domestique lui laissait le temps d'honorer ses nombreux engagements sociaux : parties de bridge, thés avec petits gâteaux, dîners en ville, soirées au théâtre et aux spectacles de ballet.

Elle avait eu un mal fou à m'avoir et, de fait, lorsqu'elle me conçut, elle avait déjà perdu tout espoir, après avoir consulté les plus grands spécialistes de Madrid, dédié des neuvaines à sainte Sara, enceinte à l'âge de quatre-vingt-dix ans, à sainte Rita, patronne des causes perdues, et après trois fausses couches aussi douloureuses que trois coups de couteau dans le ventre et dans l'âme. L'année de ses trente-six ans, enfin, je naquis, fruit de ses entrailles attendu pendant seize années. Le bébé aux membres potelés que j'étais avait été son unique désir, sa seule obsession.

Par conséquent, elle me gâta autant qu'elle le put. Elle s'efforçait de rester à mes côtés le plus de temps possible. Elle m'achetait des livres, des bonbons, des jouets et répondait à toutes mes questions. Petite, je l'adorais.

Quant à mon père, il vivait reclus sur son lieu de travail du lundi au vendredi, n'en revenait que très tard et très fatigué, alors que j'étais déjà au lit. Le dimanche, il se retranchait dans son bureau, le journal déployé en guise de rempart, et il m'était interdit, sous quelque prétexte que ce soit, de troubler son repos. Je le voyais peu, il consultait constamment sa montre lorsqu'il était en ma compagnie. Le peu de temps qu'il passait à la maison, on le remarquait. Ils se disputaient souvent, tous les deux, généralement à grands cris. Au fil des années, j'ai pu déduire des insultes et des récriminations qui échappaient à ma mère que mon père avait des maîtresses et qu'il ne faisait pas beaucoup d'efforts pour le cacher.

Ma mère ne songea jamais à divorcer. Pensez donc, une catholique pratiquante. Sa religion était ce qui comptait le plus dans sa vie. Je ne comprends pas bien ce qu'est la foi, mais je sais ce qui motivait ma mère à être une croyante aussi dévote : avoir quelque chose à quoi s'accrocher, une justification, une raison de vivre. Son mari ne l'aimait pas (ou ne l'aimait pas comme elle aurait voulu), or elle ne pouvait être qu'épouse et mère : elle n'avait ni désiré ni appris autre chose. Qui plus est, les divorcées étaient mal vues dans le milieu où elle évoluait et où elle avait grandi, ce monde du club de bridge et des réunions de paroisse. Dans ce milieu, on jaugeait les hommes à leurs actions ; les femmes, d'abord à leur physique et, plus tard, à ce que faisaient leurs maris, et toute la vie s'organisait de l'extérieur vers l'intérieur. Aussi simple que cela.

Sa situation n'avait rien d'exceptionnel, elle était plutôt monnaie courante. Tous les hommes allaient chercher des bouffées d'air en dehors de la maison. Cette opinion, issue de la vague compréhension des relations conjugales que pouvait avoir une fillette qui ne voyait pas bien ce qu'il y avait de bizarre pour un couple marié à ne pas partager le même lit, mais qui savait que faire chambre à part était signe de problème, prit tout son poids quand j'avais quinze ans, au cours d'un dîner au country club où je surpris une conversation qui n'aurait jamais dû tomber dans mes oreilles : deux associés de mon père assis à côté de moi discutaient, trop éméchés pour baisser le volume. L'un racontait que, lors d'une fête à la veille des vacances, il avait fait venir une prostituée et que tous les associés du cabinet se l'étaient tapée dans les toilettes. Excepté Carlos Franco, disait l'un, tu sais comment il est ; pédé, sûrement, à moins qu'il n'appartienne à l'Opus Dei. Le type pas normal, c'était celui qui n'avait pas accepté ce commerce. Tous les autres tenaient pour acquis que l'infidélité était une marque, une preuve incontestable de virilité.

Ainsi, mon père ne songea-t-il jamais à nous abandonner, je crois, en dépit des disputes et des hurlements permanents. Dans le monde de mes parents, les messieurs avaient une légitime qui restait à la maison avec les enfants et les accompagnait aux réceptions : une femme comme ma mère, cultivée sans être pédante, discrète sans être niaise, belle mais pas tape-à-l'œil, attentionnée sans être envahissante. Bref, un brillant moyen terme. Une dame qui ne jouait pas trop mal du piano, qui parlait français et qui avait fait sa scolarité chez les bonnes sœurs.

Pour ma mère, le mariage était le lieu de l'amour, un amour fait de dévouement, d'obéissance et de respect. Des qualités qui allaient, bien entendu, de la femme vers l'homme et non l'inverse. Mais la liberté de choisir ou de refuser l'amour, les abandons et les repentirs, l'espérance et la désespérance, tous les éléments qui constituent la passion, en somme, n'avaient rien à voir avec le mariage. Elle avait contracté cette union comme on contracte une grippe, et je ne pense pas que les sentiments aient joué un rôle dans son choix. Au début, elle aimait mon père, mais si elle ne l'avait pas rencontré lui, elle en aurait épousé un autre du même acabit. J'ai l'impression qu'entre la maternité et la vie religieuse, les deux seules possibilités qui se présentaient à sa conscience, ma mère pencha pour la première.

Rien, au cours de mon enfance, ne laissait prévoir que nos relations se détérioreraient de la sorte. J'aimais beaucoup ma mère, au point que lorsque les filles de l'école me demandaient qui j'aimais le plus, ma mère ou mon père, je répondais sans hésiter : ma mère. Invariablement. Et les filles qui répondaient « tous les deux pareil » me semblaient suspectes. Je ne me fiais à quiconque vivait dans les demi-mesures et n'avait pas choisi son camp.

Oui, ma mère était mon soleil et gouvernait mon existence. Mais le soleil est moins stable qu'il ne paraît, il connaît les saisons, les orages et différents rythmes d'activité, les variations solaires influent directement sur les planètes. Le Soleil est un facteur de changements sur la Terre : son intensité joue sur les températures, les rayons ultraviolets sur les vents et sur la production d'ozone, ses orages de champs magnétiques et de particules sous-atomiques sur les pluies et la quantité de nuages. D'une façon ou d'une autre, si le Soleil se fâche, s'il explose en un bombardement cosmique, l'écorce de la Terre subit son changement d'humeur.

Ma mère changea, et moi avec.

Le soir tombait, bien qu'il ne fût pas facile de s'en rendre compte derrière les rideaux tirés de la chambre des parents de Mónica. Des rideaux Nina Campbell, un couvre-lit en soie Pierre Frey, une banquette en fer dessinée par Pedro Peña, recouverte du même tissu que le dessus-de-lit. Une boîte à couture en vieux pin tenait lieu de table de nuit, Mónica fumait un joint, allongée près de moi sur le lit deux places de Charo et Manuel, dont la tête avait naguère appartenu à un portemanteau. Charo l'avait trouvé dans une de ses brocantes et l'avait encore payé les yeux de la tête. Mais, comme d'habitude, elle pensait avoir fait une affaire.

Je fermai les yeux et pensai à El Escorial. On s'y rendait généralement en été. Mais cet été-là, mon père ne prendrait pas de vacances et, même si nous n'avions pas encore discuté de nos projets, il était évident que ma mère et moi ne pourrions nous supporter, enfermées ensemble dans la même maison. Je me revoyais montant les marches recouvertes de petits cailloux blancs qui menaient à la maison. Le soleil me caressait les épaules. J'avais dix ans. Petite, je passais mes étés dans une résidence, scène de mes jours heureux. Les filles et les garçons de la résidence nous retrouvions en bande pour vivre de passionnantes aventures collectives : chapardage de poires dans le verger attenant (avec comme circonstances aggravantes la préméditation et l'escalade), maraudage de maillots de bain étendus sur les cordes à linge des villas (avec préméditation mais sans escalade), sanglants combats de pierres contre la bande de la résidence d'à côté et audacieuses expéditions dans des territoires non urbanisés, jamais visités par l'homme blanc. Ces étés constituent l'un des rares souvenirs heureux de mon enfance.

– La vache ! Elle vaut au moins deux cent mille patates, cette veste !

La voix de Coco me ramena à la réalité. J'ouvris les yeux et je revins à mes dix-huit ans. Coco était en train d'essayer une veste en cuir de chez Loewe qu'il venait de sortir de l'énorme placard encastré et il étudiait sur l'un des miroirs l'allure qu'elle lui donnait.

– Rêve pas, c'est la veste du vieux, dit Mónica. Et puis t'as tort de faire attention aux marques, c'est ringard.

Coco s'assit à côté de Mónica, la veste encore sur le dos. Elle lui passa le joint.

– Fais super gaffe aux cendres, si ma vieille trouve une trace de brûlure sur son dessus-de-lit, elle me tue, maugréa-t-elle. En parlant de vieilles, il serait peut-être temps que tu retournes chez la tienne, non ? reprit-elle à mon adresse. Tu ne peux pas rester ici éternellement. Surtout, j'ai pas envie que ta mère appelle ici à n'importe quel moment.

– Tu ne vas appeler personne, ma petite, et ta copine va rester ici. Ça va nous rendre service, qu'elle reste, dit Coco.

– Qu'est-ce que tu racontes ?

Mónica le regardait bouche bée, n'en croyant pas ses oreilles qu'un minus comme lui, qui en fin de compte tapait l'incruste chez elle, se permette de la contredire.

– Il me semble que ta copine est la personne idéale pour faire notre coursier. J'adore sa dégaine. La Vierge du Rocío a l'air d'une dealeuse, à côté.

Coco rendit le joint à Mónica qui le regardait mi-surprise mi-furieuse.

– Si tu crois que tu vas embarquer la pauvre Bea dans ton bizness, tu te mets le doigt dans l'œil, répliqua-t-elle.

Elle tira une taffe et repassa le joint à Coco.

– Je te parle de porter un petit paquet de rien du tout, bordel. J'ai pas dit que j'allais l'obliger à braquer une pharmacie. (Il tira une longue bouffée, passa le joint à Mónica et enchaîna.) Et puis tu vois, elle risque pas de se retrouver dans la merde, elle. C'est pas comme moi, on a trop vu ma gueule et il y a des quartiers où je me ferais repérer illico.

– Dans ce cas, c'est moi qui livre, ou bien tu t'arranges pour filer rendez-vous au client quelque part.

Mónica porta encore le joint à ses lèvres et le passa aussitôt à Coco.

– Toi, on t'a vue avec moi et je me suis engagé à livrer à domicile. Alors y a pas à tortiller.

Coco éteignit le joint dans le cendrier d'argent posé sur la table de nuit, puis il s'étendit sur le lit et commença à caresser les petits seins ronds de Mónica, une paire de flans couronnés chacun d'une cerise. Il pressa son entrejambe contre la cuisse de Mónica, lui effleura la lèvre supérieure du bout de l'index et vit sa bouche s'entrouvrir. On comprit tous les trois qu'il était temps de remettre la discussion à plus tard. Je me levai du lit et me dirigeai vers la porte, consciente d'être de trop.

– Je ne sais pas si vous vous rendez compte que j'ai mon mot à dire, dans l'histoire. Ça me concerne, finalement, dis-je, appuyée contre le chambranle de la porte, avant de m'éclipser.

– Allez, laisse-nous, s'il te plaît, dit Mónica.

Je claquai la porte.

J'avançais dans le couloir de chez Mónica. Au bout, je trouvai une porte que je ne me rappelais pas avoir vue auparavant. Je l'ouvris et je découvris qu'elle donnait sur un autre corridor, plus large et plus sombre que celui que je connaissais. Je continuai et je remarquai une seconde porte. Je la poussai et me retrouvai dans une chambre aux murs blancs, vide et plongée dans le noir. L'un des murs était percé de plusieurs fenêtres fermées par des volets en bois blanc. Je les ouvris une à une, la lumière inonda la pièce, les murs devinrent éblouissants. Je m'assis au milieu de la pièce et je me sentis heureuse. Soudain, je vis la porte se refermer toute seule, lentement, comme tirée par une main invisible. Je n'essayai pas de me lever pour la rouvrir car je savais que je n'y arriverais pas. Elle était verrouillée de l'extérieur. J'étais coincée dans la chambre, nue.

J'ouvris les yeux et tâchai de me rappeler où j'étais. Il me fallut quelques secondes pour comprendre que je m'étais endormie sur le canapé du salon. Quand on se réveille, on a tout d'abord besoin de se repérer dans l'espace et dans le temps, de sorte que je cherchai instinctivement des yeux la pendule en forme de tour (achetée chez un antiquaire à la porte de Tolède, une affaire) et que je regardai l'heure : neuf heures dix. Coco et Mónica se pointeraient d'un moment à l'autre par la porte qui donnait sur le couloir, le même que j'avais vue en rêve. Il suffisait que je me concentre, que je fixe mon regard et que j'attende. Je clouai les yeux sur la porte et ne les bougeai plus, pas même pour voir l'heure, de sorte que je ne savais pas combien de temps s'était écoulé au moment où elle s'ouvrit pour laisser entrer Mónica, les yeux chassieux, encore à moitié endormie.

En ouvrant, Mónica buta sur mon regard. On aurait dit qu'elle avait eu la trouille de sa vie, même si, au bout de tant d'années, elle connaissait par cœur ce qu'elle considérait comme mes bizarreries.

Elle avança jusqu'au canapé d'une démarche d'automate, s'assit à côté de moi, prit la télécommande et la braqua sur le téléviseur 46 pouces avec rétroprojecteur, stéréo, technologie japonaise, ce qu'on trouvait de mieux sur le marché.

– Soma, je veux du soma, murmura Mónica pour elle-même.

Mónica appuyait sur le bouton « programme » de façon mécanique, et elle zappa une à une sur les quarante et quelques chaînes captées par l'antenne parabolique. Dans un bureau, appuyée sur la table de réunion, une Barbie de feuilleton embrassait passionnément le Ken de service ; un petit rouquin aux oreilles en chou-fleur tentait de deviner le prix exact d'un réfrigérateur ; une présentatrice jurassique – faux tailleur Chanel, quincaillerie à la pelle et liftings – proposait un café à une starlette sur le plateau, starlette qui portait la pointe d'un mouchoir à ses yeux pour essuyer une fausse larme ; des gamins noirs, osseux et ventrus venaient d'arriver dans un camp de réfugiés ; des géantes aux courbes sculpturales défilaient sur une passerelle, jetant des regards de profond mépris à un public ébahi qui les applaudissait ; un journaliste qui semblait être en train de s'étrangler avec sa cravate présentait les informations, assis à sa table de rédaction ; une énorme voiture rouge glissait en silence sur une route déserte et pleine de virages ; un super-monstre japonais sur les ruines d'une ville de dessins animés ; une mégère éplorée suppliait son mari de revenir ; une blonde éblouissante chantait en play back ; un extraterrestre en combinaison de ski aux commandes d'un vaisseau spatial ; un combat de boxe ; encore un journal ; encore un feuilleton ; encore un reality show ; encore un sitcom ; encore une pub pour voiture ; la même actrice qu'on avait vue parler tantôt anglais, tantôt français ou allemand ; le même jeu dans différentes versions et différents pays.

Finalement, Mónica se décida pour MTV. On y voyait des garçons britanniques déprimés qui avaient besoin d'une bonne coupe de cheveux et hurlaient des chansons d'amour tristes tout en masturbant leurs guitares sans le moindre entrain. Mónica reposa la zapette sur la table Ricardo Chiara et sourit.

– Le monde est immense, dit-elle ; regarde tout ce qu'on peut y faire entrer. Pourtant, à l'échelle de l'Univers, la Terre ne représente rien. Un point microscopique perdu dans une immensité de milliers d'années-lumière. Par rapport à l'âge de l'Univers, la Terre n'a même pas une nanoseconde d'existence, et on a l'impression qu'elle ne va pas durer une deuxième nanoseconde de plus…

Coco entra dans le salon d'un air placide. Il s'assit sur le canapé à côté de nous.

– Oh putain, Primal Scream, dit-il en montrant l'écran et en interrompant la tirade de Mónica.

– Ils existent encore ?

– Purée ! C'qu'elle est géniale, cette téloche, dit-il en ignorant la question de Mónica. On se croirait au cinéma. Si c'était chez moi, je foutrais plus jamais les pieds dehors.

– Oui, ben, c'est ni chez toi ni chez moi, c'est chez Charo. Et quand Charo va rentrer, il va falloir que tu retournes d'où tu viens, alors ne t'y habitue pas trop, dit Mónica.

On resta muets pendant un moment. La musique se propageait dans le salon, effaçant nos pensées. Je m'étais peu à peu raidie, assise sur le bord du canapé, le dos en angle parfaitement droit par rapport à mes cuisses, les mains posées sur les genoux. Coco lança un regard à Mónica en quête d'approbation. Il sortit un paquet de cigarettes de la poche de son jean et en alluma une avant de rompre le silence.

– Mónica et moi, ou voudrait te demander un service, Bea.

– Quel genre de service ? demandai-je avec méfiance.

– Rien de sorcier. On voudrait que tu apportes un colis quelque part, c'est tout, dit Mónica.

– Et pourquoi vous ne l'apportez pas vous-mêmes ?

– Parce qu'il faut aller à La Moraleja. T'imagines Coco à La Moraleja ? me répondit Mónica.

– Non, mais toi, je t'imagine parfaitement, dis-je.

Coco intervint d'un ton offusqué.

– Et on peut savoir pourquoi tu ne m'imagines pas à La Moraleja ?

– Si tu ne veux pas y aller, tu le dis, point, reprit Mónica, totalement sourde à l'intervention de Coco, ce qui laissait entendre que la raison pour laquelle il détonnait à La Moraleja était si évidente qu'elle ne méritait même pas d'être précisée. Mais sache qu'on aurait besoin que t'y ailles. On n'a plus un rond. On est dans l'urgence.

– Je ne sais pas… Les micmacs pas nets, c'est pas mon truc, argumentai-je, hésitante.

Au fond, je ne trouvais pas du tout cela risqué de porter un paquet où que ce soit. Je présumais que j'allais livrer de la drogue à un bourge de La Moraleja assez friqué pour se payer une livraison à domicile. J'étais persuadée que c'était du petit trafic. Il était clair que Coco dealait, comme il était clair qu'il n'était qu'un fournisseur à la petite semaine. Sans compter qu'il allait à La Moraleja. À La Moraleja, il n'y a pas de policiers ; il n'y a que des agents de sécurité entraînés pour protéger les propriétés et non pour s'immiscer dans la vie privée des habitants.

– Bea, ma chérie, tu me connais depuis dix ans. Tu crois que je te demanderais de faire quelque chose si c'était un tant soit peu dangereux ? Je te promets que tu ne cours aucun risque. Allez, Betty, je t'en prie (elle prit une voix mielleuse), fais-le pour moi.

– D'accord. (Et puis merde, elle ne me demandait pas non plus de me jeter du haut d'un précipice.) Je le fais une fois mais pas deux, que ça soit bien clair. Je ne sais pas ce que je vais livrer et je ne veux pas le savoir. Tu m'entends ? Je préfère ne pas le savoir.

Se rendre à La Moraleja était toute une expédition. Il fallait d'abord aller jusqu'à la place de Castilla en métro, ensuite prendre un bus qui mettait une bonne demi-heure pour sortir de Madrid. Je comptai cinq arrêts à partir de la place de Castilla avant de descendre. En sortant de ce véhicule climatisé, la chaleur me fouetta le visage comme une insulte. La chaussée décuplait les rayons du soleil et la poussière desséchait la gorge. Heureusement, Coco m'avait donné des instructions très précises sur la façon d'arriver à Los Tilos, la villa où je devais me rendre, si bien que je la trouvai juste au moment où je crus m'évanouir. « Los Tilos » était inscrit en carreaux de céramique sur un mur de plus de deux mètres de hauteur qui empêchait de voir l'intérieur de la propriété. Je sonnai, et le pilote d'une caméra s'alluma. Celui qui m'observait décida de me laisser entrer, de sorte que quelques secondes plus tard on entendit le clic indiquant que la porte métallique avait été déverrouillée.

Les murs en brique blanche qui cernaient la maison étaient revêtus, côté intérieur, d'une claie en bois. Un massif de pétunias et de giroflées se détachait à l'ombre d'un grand cèdre ; au fond, une rangée de buis poussait en ligne droite, encadrée de grands arbres. J'observai qu'il y avait des cèdres et des chênes, mais pas un seul tilleul, et je me demandai à quoi renvoyait le nom de la maison. Peut-être ses habitants ne savaient-ils pas reconnaître un tilleul. Au bout d'une sente carrelée qui traversait le jardin, je gagnai la porte et je sonnai, déclenchant un tintamarre de carillons qui fit voler en éclats le silence de l'après-midi. Une bonne vint m'ouvrir aussitôt, de celles comme on n'en fait plus, affublée d'un uniforme noir, d'une coiffe et d'un tablier.

– Je viens voir Jaime, annonçai-je d'un filet de voix.

La servante anachronique me fit entrer et me pria d'attendre dans un immense salon présidé par une cheminée en pierre qui aurait rendu Charo verte de jalousie, cheminée flanquée d'une petite niche qui abritait le panier du bois. Le sol était magnifique : pas du parquet similichic mais du véritable chêne rouvre américain. Je m'assis dans un vieux fauteuil de cuir d'où je pouvais observer, au fond, l'escalier en pierre et en bois. Je vis descendre un jeune aux cheveux courts et gominés, en jean et en chemise rayée rose et blanc soigneusement amidonnée, des mocassins en cuir aux pieds. À vue de nez, il avait une vingtaine d'années, encore que son style apprêté le vieillissait un peu. Il me tendit la main. Le fauteuil en cuir était si moelleux que j'eus du mal à me relever.

– Tu montes ? me demanda-t-il. Vaut mieux qu'on discute dans ma chambre.

Je le suivis. Sa chambre ressemblait à l'appartement d'un courtier en bourse. Il y avait une télé, une chaîne hi-fi, des baffles encastrés dans une armoire métallique contenant des tonnes de livres et de CD rigoureusement rangés par taille ; deux canapés en cuir noir, un futon blanc à rayures noires. Près de la fenêtre, sur une table noire, reposaient plusieurs maquettes d'avions de la Seconde Guerre mondiale. Les murs peints en blanc étaient vierges. Les objets décoratifs avaient apparemment été bannis de la pièce. Un espace fonctionnel, moderne, cher. Terrifiant.

Je sortis de mon sac à dos un paquet enveloppé de papier chiffon et ficelé, puis je le lui tendis.

– C'est vachement lourd ! dis-je en souriant, dans l'espoir d'engager la conversation.

Il sortit de la chambre sans me répondre.

En attendant son retour, je m'amusai à lire le dos des livres rangés dans la bibliothèque. J'en reconnus certains : *Verlorene Siege*, du maréchal Erich von Manstein ; *Panzer Battles*, de Von Mellenthin ; *Signal* (revues brochées) ; *Histoire de la Seconde Guerre mondiale* (fascicules brochés) ; *Panzer Leader*, du général Guderian ; *Rommel's War in Africa*, de Wolf Heckmann ; *European Volunteers*, de Peter Strassner ; *The Other Side of the Hill*, de sir Basil Liddellhart… Des ouvrages sur la Seconde Guerre mondiale que je connaissais car, comme n'importe quel homme de droite, mon père s'intéressait beaucoup au sujet. Pendant des années, il avait collectionné une masse de livres. Ce que j'avais du mal à comprendre, c'était pourquoi un jeune de mon âge accumulait de telles curiosités.

Le gars revint au bout de quelques minutes.

– Tout est en ordre, me dit-il.

Il sortit une enveloppe d'un tiroir de la table noire et me la tendit. Je savais déjà que c'était pour Coco.

– Je t'accompagne jusqu'à la sortie, me dit-il d'une voix guindée.

Il s'arrêta un instant au milieu de l'escalier et me regarda comme s'il s'apprêtait à m'annoncer un événement fatidique.

– Tu sais quel jour on est ? me demanda-t-il.

– Non, répondis-je, légèrement intimidée. Je suis censée le savoir ?

– On est le 18 juillet, déclara-t-il d'un ton solennel.

– Bon, très bien.

Il me jeta un regard désapprobateur qui me glaça le sang et nous n'échangeâmes plus un mot jusqu'au portail. Au soir tombant, la lumière miroitait sur la crête des arbres balancés par le vent, promesses de tranquillité luisantes et silencieuses. Suspendue dans le calme du jour agonisant, je me dis que je passerais bien le restant de mes jours dans ce jardin.

– Au revoir, dit-il d'un ton on ne peut plus désagréable.

– Au revoir, répondis-je tout aussi sèchement.

L'opération s'était révélée facile.

En rentrant chez Mónica, j'allai droit au canapé et m'y affalai pour exsuder toute la chaleur, la poussière et l'ennui accumulés. Coco me réclama l'enveloppe, je la lui tendis avec une moue dégoûtée et il me la prit des mains d'un air satisfait : ses yeux pétillaient, un sourire lui traversait le visage comme une balafre au couteau. Il regarda Mónica et les yeux de sa petite amie (façon de parler) lui renvoyèrent son expression de bonheur décuplée.

– L'abondance revient, dit-elle.

J'avais moi-même déclaré ne pas vouloir savoir ce que j'avais transporté, mais le fait est que la curiosité me rongeait.

– Pourquoi est-ce qu'il était si lourd, ce précieux colis, demandai-je.

– Franchement, ma jolie, moins tu en sauras, mieux ça vaudra, dit Coco.

Dans d'autres circonstances, je l'aurais envoyé chier avec son arrogance, mais il avait la mine si sérieuse que j'ai préféré me taire. Il ne me faisait pas peur, pourtant ; au contraire, je dirais presque qu'il me faisait pitié.

– Je ne peux pas croire que ce mec-là se drogue à quoi que ce soit, dis-je, sans m'adresser à Coco en particulier mais en réfléchissant à voix haute. Il n'avait pas la tête à ça. Franchement… on aurait dit un élève modèle de chez les maristes.

Les toilettes de La Iguana n'étaient pas vraiment design. La cuvette était un modèle ordinaire avec abattant en plastique de la marque Roca. La peinture écaillée laissait deviner différentes couches successives de différentes couleurs qui, tout comme les anneaux des arbres, permettaient d'estimer l'âge de l'établissement. On y tenait à peine à trois, Mónica, Coco et moi, mais on y tenait. Penchée au-dessus du réservoir de la chasse d'eau, Mónica préparait trois lignes de coke sur une carte de crédit.

– N'en fais pas trois, je n'en prends pas, dis-je.

– Pourquoi t'en veux pas ? me demanda Mónica.

– Parce que j'ai pas envie. Ça me speede trop, ça me file mal au crâne et ça m'insensibilise les gencives, à part ça je ne vois pas l'effet que ça me fait.

– Tu vas en prendre pour la bonne raison que nous, on en prend et que j'ai pas envie d'être la seule à me défoncer, trancha Mónica.

– Laisse-la, intervint Coco. Si elle en prend pas, tant pis pour elle et tant mieux pour nous, on en aura plus.

– Toi, ferme-la.

D'une main de fer, elle plaça la carte sous mon nez et, de l'autre, elle me tendit un tube bricolé avec un billet de mille roulé. Je sniffai la ligne. Je crois que j'aurais ingurgité du poison si elle me l'avait présenté dans une coupe. En montant, la poudre me chatouilla les narines, puis elle descendit jusqu'à ma gorge en me laissant un goût amer.

– C'est dégueulasse, dis-je en grimaçant.

Ils rigolèrent à l'unisson.

– La vache, il est super, ton couteau, s'exclama Coco.

Coco avait remarqué le couteau dont sa petite amie (façon de parler) s'était servie pour couper la coke : un cran d'arrêt automatique au manche rouge laqué, la couleur des cœurs amoureux dans les dessins animés.

– C'est un dealer rasta avec qui je suis sortie à Amsterdam qui me l'a donné, expliqua Mónica. Il est beau, hein ? Mais il n'a aucune valeur sentimentale ni rien. Je m'en fichais, de ce mec, alors s'il te branche à ce point, tu peux le garder.

Il resta un moment à regarder le couteau bouche bée, tel un séminariste devant la page centrale de *Playboy*.

– Ah putain, merci beaucoup, je l'adore.

Et pour le prouver, il prit sa (disons) petite amie par la taille et lui roula un patin.

Je sentis un coup de couteau en pleine poitrine assené par une lame à double tranchant : la jalousie et l'envie. Au fond, ces deux notions ne signifient-elles pas la même chose ?

Elle se dégagea des bras de Coco et sortit du cabinet. Elle s'appuya sur le lavabo et examina longuement son image dans le miroir. Son rouge avait débordé, si bien qu'elle prit un tube dans son sac, redessina le contour de sa bouche avec un soin exquis, puis elle sortit, la confiance à nouveau peinte sur les lèvres.

Comme chaque soir à la même heure, assise à sa coiffeuse, ma mère devait se préparer sans doute pour sortir. Ses cheveux éclaircis devaient être impeccablement peignés, les mèches rebelles plaquées, les boucles marquées au fer à friser puis fixées à la laque. Elle portait certainement des pendants d'oreilles et un collier de perles, une broche en or sur un tailleur d'un noir irréprochable. Ces gestes quotidiens, dignes d'une jeune fille en fleur s'apprêtant à retrouver son premier amant, prenaient une teinte mi-amère mi-pathétique lorsqu'on savait que les destinataires de tous ces chichis étaient ses copines du club de bridge, une bande de pipelettes de La Moraleja aussi frustrées et apprêtées qu'elle, avec lesquelles ma mère passait ses soirées depuis des années. Ma mère était devenue une joueuse hors pair, une spécialiste des impasses et des slams petits ou grands. Je lui disais parfois, avec une sincérité crue maladroitement déguisée en ironie, que si tout le mal qu'elle s'était donné pour le bridge, elle l'avait plutôt réservé à des études universitaires, elle aurait à présent un doctorat *cum laude*, elle posséderait un appartement à elle et une voiture de fonction au lieu de partager ses soirées avec une clique de sorcières qui ne savaient parler que liftings et upliftings ou cancaner sur les maris adultères des autres en feignant d'ignorer les leurs avec un culot quasi émouvant. J'imagine parfaitement comment elle décrocha le combiné de son téléphone couleur crème, un deuxième poste qu'elle avait installé dans sa chambre en vue d'une intimité dont elle aurait souhaité avoir besoin (ce qui n'était pas le cas, puisqu'elle n'avait ni amants ni amies intimes) et pour s'assurer que, les jours de migraine où elle décidait de se cloîtrer dans sa chambre, aucun prétexte ne la tirerait de sa tanière aux rideaux tirés. Je l'imagine en train de composer le numéro qu'elle connaissait par cœur, de se mordiller les lèvres en un geste que nous seuls pouvions percevoir, qui la connaissions depuis toujours et qui avions appris à déchiffrer ses expressions lorsqu'elle s'apprêtait à agir à contrecœur. Et le ton digne qu'elle emploierait pour s'arroger une supériorité qu'elle avait perdue – elle savait – depuis longtemps.

– Mónica, dirait-elle. Herminia Martínez de Haya à l'appareil, la mère de Bea… Tes parents ne sont pas là, ma jolie, n'est-ce pas ?… J'appelais pour avoir des nouvelles de ma fille… Elle est sortie, dis-tu. Et quand revient-elle ?… Je me doutais qu'elle était chez toi. Cette fille vénère le sol que tu foules, Dieu sait pourquoi… Ah, cette gamine, je te jure. Elle va finir par nous tuer, son père et moi. Elle n'en a toujours fait qu'à sa tête. Elle ne veut rien entendre, elle tient de son père… Dis-lui d'avoir la délicatesse d'appeler, au moins… Enfin, ne faites pas trop de bêtises…

Lorsque Mónica raccrocha, elle se mordilla les lèvres. Il était surprenant de constater à quel point ma mère et ma meilleure amie se ressemblaient à certains moments.

– Je te préviens que c'est la dernière fois que je mens pour toi. En plus c'est ta mère, me dit-elle. Tu devrais l'appeler.

– Plutôt mourir, répliquai-je avant de filer m'enfermer dans la salle de bains.

Coco regarda Mónica d'un œil interrogateur et celle-ci se contenta de hausser les épaules d'un air narquois.

Ma mère m'a beaucoup aimée, quand j'étais toute petite.

Mais subitement, du jour au lendemain, j'ai grandi et ce fut la fin des haricots. Ma mère me considérait comme une partie d'elle-même et elle n'était pas disposée à accepter que nous ne formions pas une unité, que chacune existait par elle-même. Tant que j'ai été sa fillette, je faisais partie d'elle. Dès que j'ai grandi, elle s'est aperçue que le compte à rebours avait commencé, que j'étais désormais comme dans une vitrine, avec une pancarte marquée « en solde » autour du cou, et que le fait d'être achetée, sortie de ce présentoir et promenée dans le monde extérieur n'était qu'une question de temps.

À l'époque, je ne savais rien de tout cela.

Je me rappelle parfaitement que, dès le début, ma mère s'est mise dans tous ses états lorsque les hommes me remarquaient dans la rue. La religion était l'alibi idéal. Dès qu'un homme me sifflait, elle me reprochait d'avoir une attitude provocante qui stimulait la lascivité des hommes, les poussait au péché. Ils n'y étaient pour rien, c'était moi qui les allumais. J'ai compris très tôt que peu importait mon attitude ou ma façon d'être habillée. Je pouvais porter des tee-shirts taille XXL ou marcher dans la rue en regardant mes pieds, on me sifflait quand même. À moins d'endosser l'habit de nonne, j'attirais l'attention. Et qui sait, même en habit, je l'aurais peut-être attirée aussi… Cette situation confirmait l'idée que je m'étais forgée chez les bonnes sœurs : quoi que je fasse, quelque effort que je déploie pour l'éviter, j'étais destinée au péché. Au fond, en dépit de mon éducation catholique, j'avais grandi avec des idées calvinistes.

J'ai commencé à haïr ma mère de tout mon cœur, avec la même force que j'avais mise à l'aimer. J'en avais assez qu'elle critique tout : mes jeans, mes cheveux lâchés, ma façon de marcher et même de regarder.

C'est alors qu'ont commencé les vrais ennuis.

Jusqu'à l'âge de onze ou douze ans, mes souvenirs d'enfance s'accompagnent d'une bande-son particulière : les disputes acharnées entre mon père et ma mère. Mais, quand j'ai atteint la puberté, elle a canalisé son agressivité vers quelqu'un d'autre : moi. Ce changement d'attitude a bien sûr coïncidé avec une nouvelle posture face à mon père qui cessa d'être l'ennemi déclaré pour devenir un allié objectif. Il est vrai qu'ils ne dormaient pas ensemble, qu'il n'était pas fidèle, qu'ils ne s'aimaient probablement pas, mais ils s'accordaient sur un point : ils n'étaient pas disposés à permettre que je sois maîtresse de ma vie. À compter de ce jour-là, ils prendraient les décisions me concernant à ma place : comment je m'habillerais, à quelle heure je me coucherais, avec qui je frayerais, quelle musique j'écouterais, quels endroits je fréquenterais.

Dans cet univers privé, les raisons, les excuses qu'on invoquait pour me contrôler (j'étais mineure, sans défense, j'avais besoin de quelqu'un pour veiller sur moi) n'étaient qu'un détail. Ce qui importait, c'était le renoncement, la soumission à un pouvoir extérieur, imposé, absolu, qui exigeait l'abandon de l'intime au nom des valeurs sacrées de l'obéissance à la famille. J'étais censée apprendre à nier ma propre personne et m'adapter, accepter des normes et des conventions si incompréhensibles fussent-elles, tenir pour acquis qu'elles étaient établies parce que bonnes pour moi. Et cette exigence trouvait sa justification dans la force d'affirmation de leur jugement, si écrasant qu'il excluait l'existence d'aucun autre.

Mon père, qui jusqu'alors avait semblé être l'ennemi de ma mère, est devenu soudain son allié ; du coup, je suis passée du statut d'alliée à celui d'ennemie. J'ai cessé d'être la consolation de ma mère face à l'incompréhension de mon père pour devenir sa nouvelle raison de désespérer. À la différence que mon père n'était pas un appui aussi solide pour ma mère que je l'avais été au cours de la première guerre, quand nous luttions toutes les deux contre lui. Pour lui, ce n'était qu'une coalition de circonstance, une *entente cordiale**, mais sa confiance en elle n'était pas absolue comme l'avait été la mienne. J'avais été son refuge, sa forteresse imprenable, tandis que mon père n'était qu'une armée de mercenaires qui pouvaient abandonner le combat à tout moment si jamais il se présentait une offre plus alléchante.

D'une certaine manière, c'est au cours de cette seconde campagne que ma mère a découvert sa propre force. C'était la première fois de sa vie qu'elle allait au combat seule, puisqu'en réalité elle n'a jamais entièrement compté sur mon père. La détresse l'emplissait de rage et la rage la rendait plus forte, beaucoup plus forte qu'elle ne l'avait jamais été. Elle fulminait et m'insultait, m'accusait d'être égoïste, frivole, insensible ; au fond, ce qu'elle tentait d'exprimer, à sa manière hystérique et désespérée, c'était le sentiment que je l'abandonnais, que je me préparais à partir en la laissant plantée dans cet appartement, dans cette vie dénuée de sens à laquelle je pouvais échapper, contrairement à elle.

Dès lors, nous passions notre vie à nous chicaner. Les disputes étaient quotidiennes, pour un oui ou pour un non. Ma mère n'aimait rien de ce que je faisais, rien de ce sur quoi elle n'avait pas prise. Elle n'aimait pas que j'affirme ma personnalité, indépendante de la sienne. Par conséquent, elle n'aimait pas mes vêtements, les livres que je lisais, la musique que j'écoutais. Elle n'aimait pas que j'aie un monde à moi, un monde qu'elle ne pouvait ni partager ni transformer, ni même comprendre, où elle ne pouvait entrer qu'en qualité d'invitée. Quand je faisais le ménage ou que je rangeais, je ne le faisais jamais aussi bien qu'elle. Elle n'aimait pas que j'aie une existence propre en dehors de la maison, de sorte qu'elle contrôlait mon emploi du temps et mes sorties. Et, surtout, elle n'appréciait pas que j'aime d'autres personnes comme je l'avais aimée elle. Inutile de dire qu'elle détestait Mónica et qu'elle ne ratait jamais une occasion de la disqualifier.

– Je voudrais vous montrer quelque chose, dit Mónica.

Nous la suivîmes jusqu'au dressing de sa mère comme deux fiancés qui suivent la grande prêtresse jusqu'à la chambre secrète du temple. Je connaissais déjà ce réduit caché dans un coin de la chambre des parents de Mónica. C'était une niche recouverte de miroirs qui abritait toute la garde-robe de Charo. Robes hors de prix – chaque modèle pouvait coûter l'équivalent du salaire mensuel d'un père de famille de Carabanchel – qui pendaient mollement des cintres comme des suaires, tenues en nombre suffisant pour habiller toute une congrégation de clarisses le jour où elles décideraient de quitter les ordres. Au fond, appuyé contre le mur, trônait une coiffeuse de star de cinéma surmontée d'une immense glace, elle-même encadrée d'un chapelet de petites ampoules. Mónica ouvrit le dernier tiroir et en sortit des porte-jarretelles noirs bien pliés qui évoquaient sinistrement des chauve-souris endormies.

– Attendez, vous allez voir. Vous allez tomber sur le cul.

Elle déposa soigneusement toute cette lingerie sur la coiffeuse, révélant le trésor que recelait cette première couche de soies et de dentelles, puis, au fond du tiroir, empilées comme des briques, surgirent plus d'une vingtaine de boîtes de médicaments. Mónica ne semblait pas étonnée par la découverte. Moi non plus.

– Mesdames et messieurs, voici le secret des cinquante kilos constants de Charo Bonet. Des amphétamines pour garder la ligne et des calmants pour combattre l'excitation provoquée par les amphétamines.

Il y avait suffisamment de comprimés pour fournir un car entier de clubbers en bordée à Ibiza. Coco poussa un sifflement de stupéfaction.

– J'ai déjà pensé à dégommer ma mère d'une overdose de Valium, reprit Mónica. Elle s'enfile tellement de cachets que personne ne se douterait de quoi que ce soit.

– Et comment tu les lui enfournerais ? Avec un entonnoir ? demandai-je.

C'était une question que je m'étais souvent posée. Moi aussi, je fantasmais souvent sur la possibilité de supprimer ma mère. Par la même méthode.

– Sacrée Charo ! s'exclama Coco en examinant les boîtes une par une d'un air professionnel. Y a un véritable arsenal, dans ce tiroir. Franchement, avec une mère pareille, ça m'étonne pas que tu soies junky.

– Excuse-moi, mon chou, mais je ne suis pas junky, corrigea Mónica. Je me défonce de temps en temps, c'est pas pareil.

– Eh ben, avec tout le Valium et les amphés que t'as ici, tu pourrais t'économiser tout le fric que tu dépenses en coke. Trois petites pastilles de ça dans le gosier que tu fais descendre avec une bonne gorgée de whisky, et t'es déchirée pour la semaine.

À mon grand étonnement, plusieurs des médicaments que collectionnait Charo étaient les mêmes qui remplissaient l'armoire à pharmacie de ma mère. Finalement, nos mères n'étaient pas si différentes qu'elles (surtout Charo) le prétendaient.

Charo faisait beaucoup plus jeune que ma mère, bien qu'elles n'eussent que dix ans de différence. Son corps, retapé au bistouri, remodelé à la silicone, raffermi par les cours de gym, adouci par les crèmes et les saintes huiles, n'avait pas d'âge. Elle était fière d'être encore aussi bien roulée qu'à vingt ans, même si je suis persuadée qu'à vingt ans elle n'avait pas la paire de seins défiant les lois de la gravité que je lui connaissais. À quarante ans passés, elle pouvait se vanter d'être mieux balancée que n'importe laquelle de nous deux.

Elle allait chez le coiffeur tous les quinze jours pour entretenir au cheveu près sa coupe faussement négligée, elle se les teignait d'une couleur acajou improbable, si luisante qu'on aurait dit un casque bien astiqué, encore qu'elle devait penser que sa chevelure avait un aspect naturel et juvénile.

Son visage avait connu le lifting, le peeling, le modelage, ce qui lui donnait une ressemblance suspecte avec nombre de présentatrices télé, clientes comme elle d'Enrique Moreno. Ses lèvres de canard rappelaient celles de Michelle Pfeiffer (collagène) et son petit nez retroussé était identique à celui d'Isabel Preysler (bistouri). Elle prétendait ne s'être fait faire que des petites retouches. Par précaution, personne ne savait où elle rangeait les albums photo antérieurs à son ravalement.

Elle porta des sacs à dos avant tout le monde, quand on n'en voyait qu'à New York. Elle passa à Cerruti au moment où les autres en étaient encore à Prada. Elle se teignit les cheveux en blond platine avant même Linda Evangelista et porta des pattes d'eph (de chez Cedosce) alors qu'on était encore sous le règne des pantalons cigarette. Elle n'était pas pour rien rédactrice en chef d'un magazine de mode.

Beaucoup de gens la trouvaient craquante, y compris des tas de copains de notre âge, mais Mónica et moi la trouvions épouvantable. Et ce n'était ni par dépit ni par jalousie. Son visage me semblait inexpressif à un point terrifiant. Je suppose qu'avec tout ce collagène et tous ces liftings, elle devait avoir du mal à sourire. Ou bien, comme cela faisait trop longtemps qu'elle n'avait pas souri naturellement, c'est-à-dire portée par un élan irrépressible et non pas forcée par des conventions sociales, elle avait peut-être oublié comment on remuait les lèvres pour esquisser un sourire spontané. Non maquillée (c'est-à-dire au petit déjeuner), sa peau présentait une texture opaque et terne ; maquillée (tout de suite après le petit déjeuner et avant de filer à la rédaction), on aurait dit qu'elle portait un masque ; pour peu qu'on s'approche d'elle, on pouvait distinguer la poudre compacte sur la couleur argileuse du fond de teint et son visage rappelait alors une pâte à tarte grumeleuse et enfarinée. Mais je répète que beaucoup de gens la trouvaient craquante. Ce genre de répliquantes ont toujours un franc succès ; pour preuve, il suffit de prendre la télécommande et de zapper sur toutes les chaînes de télévision à neuf heures du soir.

Charo se maria très jeune et fut mère à vingt ans et des poussières. Son mariage fit long feu, le temps pour Mónica de garder un vague souvenir de sa cohabitation avec son père. Lorsque ses parents se séparèrent, son père partit en Argentine d'où il téléphonait deux fois par an : une fois pour Noël, une fois pour l'anniversaire de sa fille. Bien que le jugement de divorce stipulât que le père avait le droit de prendre sa fille un mois pendant les vacances, dans la pratique, Mónica avait reçu à peine quatre visites de lui depuis son départ et il n'était jamais resté à Madrid plus d'une semaine. Son père ne versait pas davantage la pension qu'il devait pour l'entretien et les frais scolaires de sa fille, ainsi que Charo se chargeait de le rappeler à Mónica au moins deux fois par jour.

La petite Charo avait commencé comme secrétaire de rédaction dans une radio, et petit à petit elle avait fait son trou, comme on dit, dans le monde du journalisme. Que ce soit en couchant avec la personne indiquée, en déployant d'énormes efforts ou en montrant un certain talent pour les relations publiques, toujours est-il que Charo finit à la tête d'un des trois principaux magazines de mode du pays.

Charo estimait que le corps féminin était chosifiable, transformable en objet décoratif, utilisable avec du style, exploitable avec élégance dans les pages glacées. Charo croyait qu'elle pouvait imposer son opinion à des milliers de femmes mais en réalité elle n'était qu'une pièce infime dans l'engrenage d'une des nombreuses machines d'une gigantesque usine. Elle se croyait très importante, à diriger un magazine, mais le fait est qu'elle comptait pour du beurre dans le monde de la mode ; la pauvre, elle était aussi insignifiante que la Terre à l'échelle de l'Univers.

Elle rencontra Manuel dans la cafétéria de l'immeuble où elle travaillait. Il dirigeait un magazine sur les bébés appartenant au même groupe éditorial que le journal de Charo et deviendrait, dans l'ordre, le mari de Charo, le beau-père de Mónica et le père des petits frères de Mónica, deux rouquins insupportables âgés de neuf et dix ans qui connaissaient déjà par cœur le nom et la puissance de toutes les consoles de jeux existant sur le marché, qui préféraient les Bollicaos aux Foskitos pour leur goûter, qui savaient différencier des Nike et de Reebok, des blousons Charro et des Pepe. Nous ne faisions jamais référence à eux par leurs prénoms. C'étaient les enfants, ou alors, si nous devions en parler séparément, mega et micro, les surnoms que Mónica leur avait collés. Nous ne les appelions jamais autrement. De fait, je ne me souviens même plus de leurs prénoms.

En principe, Mónica n'avait aucune raison de se plaindre de Charo ou de Manuel, car ils étaient censés être l'exemple même de parents compréhensifs sacralisés par les sitcoms américains. Charo, pas plus que Manuel, ne criait jamais, Mónica recevait une somme mensuelle qu'on ne pouvait qualifier que de généreuse. En outre, Charo se targuait d'être conciliante et tolérante. Tu veux sortir ce soir ? Eh bien, parlons-en et discutons en êtres civilisés de l'heure à laquelle tu vas rentrer. Tu veux que je te prête ma voiture ? Même topo. Tu as besoin de t'acheter des vêtements ? Vous m'en remettrez une louche. Contrairement à moi, Mónica n'avait pas la consolation de se dire que tout le monde comprenait parfaitement pourquoi elle ne pouvait pas sentir sa mère.

Mónica a eu son premier petit ami à l'âge de douze ans. C'était un élève des jésuites qui lui a demandé de sortir avec elle à l'arrêt du bus. Mónica a dit oui parce qu'il avait quinze ans et que sortir avec un garçon plus âgé, qui plus est des jésuites, vous donnait une certaine prestance au sein de l'institution du Sagrado Corazón. Par un accord tacite, leur flirt consistait à s'asseoir côte à côte et à se tenir la main sur le trajet qui allait de notre quartier aux jésuites. Et c'est grâce à ce garçon que Mónica s'est rendu compte que sa mère ne lui avait jamais pris la main de sa vie. Pas une seule fois.

Il y avait une foule de détails qui faisaient de Charo une femme insupportable : son manque absolu d'humour, son obsession de la propreté et de l'ordre, appliquée aussi bien à sa salle à manger qu'à ses enfants, sa manie d'avoir toujours le dernier mot dans quelque conversation que ce soit, ses efforts pour montrer constamment qu'elle était à la page dans tous les domaines, des produits de beauté à la littérature en passant par le football. Quand je dormais chez Mónica, le lendemain matin au petit déjeuner, j'avais toujours l'impression que le verbiage de Charo allait m'écraser contre ma tasse. Tout ce qu'elle disait sentait le café refroidi.

Elles ne se disputaient jamais, mais elles ne s'entendaient pas bien non plus. Charo ne se privait jamais de faire des commentaires désobligeants sur tous les amis de Mónica, y compris moi, et le seul qui trouvait grâce à ses yeux, c'était Javier López de Anglada, le premier petit ami officiel que dégota sa fille. Beau gosse, studieux et de très bonne famille, Mónica le largua au bout de quelques mois. Charo tenait Mónica très en marge de son monde et de ses relations, bien que la moitié de l'équipe du magazine qu'elle dirigeait eût à peu près l'âge de Mónica et que celle-ci n'eût détonné dans aucune des mondanités – vernissages, soirées, hommages et défilés – auxquelles Charo assistait avec assiduité. Mais Charo n'emmenait pas plus sa fille que celle-ci ne songeait à l'en prier. Je me souviens encore de l'automne où j'ai vainement prié Mónica de demander une invitation à Charo pour la passerelle Cibels. La mode ne m'a jamais attirée, mais j'avais une certaine curiosité, surtout parce qu'on ne parlait que de ça à l'école. Sa mère reçut des invitations à gogo, mais Mónica refusa catégoriquement de lui en demander une, et je ne voulais pas insister car je connaissais trop bien la relation qu'elles avaient et je savais que Mónica ne pouvait se permettre de supplier Charo pour quoi que ce soit.

La rivalité entre Charo et Mónica n'était pas aussi évidente que celle entre ma mère et moi, et c'est précisément la raison pour laquelle elle s'avérait beaucoup plus pernicieuse. Cela se limitait à des allusions d'une extrême subtilité : une remarque sarcastique de la part de Charo sur l'état de la chambre de Mónica, et pour toute réponse le silence obtus de Mónica qui se prolongeait un dixième de seconde de trop eu égard aux règles de la politesse ; la manie de Charo d'offrir des tailleurs Benetton à Mónica et l'obstination de Mónica à ne jamais les porter ; les tee-shirts de groupes indies que Mónica achetait aux puces et qui un beau jour disparaissaient mystérieusement de ses tiroirs ; Charo, fichtre Dieu, avait encore rangé les placards et s'était débarrassée de ce qui selon elle n'était plus mettable.

Si Charo avait eu le choix, elle aurait voulu une Mónica plus élancée, avec de moins gros seins, qui sache s'asseoir avec les jambes bien serrées et distinguer au premier coup d'œil une authentique ceinture Moschino d'une imitation. À moins qu'elle n'ait préféré ne pas avoir de fille, ou alors une fille qui stationne dans la puberté, qui ne rappelle pas constamment à Charo et au reste du monde que la directrice de *Carina* avait passé les quarante ans depuis belle lurette. Sans une fille de l'âge de sa fille, Charo aurait pu maintenir éternellement l'illusion de la trentaine mal conservée. C'est du moins ce qu'elle devait croire.

La Metralleta était une sorte d'immense nef entièrement peinte en noir où des serveuses au look gothique, tout droit sorties d'une crypte, apportaient à boire aux clients d'un air renfrogné. Deux hommes d'une trentaine d'années franchirent la porte d'entrée. L'un était grand et plutôt attirant, l'autre avait quelques kilos en trop. Bien qu'en tenue décontractée (jean, blouson, tee-shirt en coton), leur dégaine tranchait de façon criante avec le style « indie pop » très étudié des habitués du lieu (tee-shirts taille enfant aux couleurs criardes, minijupes en vinyle, pantalons baggy, cheveux teints de couleurs impossibles, piercings aux sourcils, lèvres et nombrils) ; avant tout, parce qu'ils étaient tous deux bien rasés et bien coiffés. J'entendis une serveuse – brune canon au crâne rasé – dire à une autre :

– Oh, quelle chierie… Encore eux. Ça leur suffit pas d'effaroucher la clientèle, il faut encore qu'on leur paie à boire.

– Les pauvres, on les repère à des kilomètres, lui répondit l'autre, un clone de Morticia Adams. Et le pire, c'est qu'ils sont censés être en tenue de camouflage.

Nous étions tous les trois accoudés au comptoir. Coco commanda un Johnnie Walker tandis que j'exprimais mon opinion sur l'endroit :

– C'est naze, ici !

– Fais pas ta chochotte, me répondit Mónica en me prenant par la main pour m'entraîner sur la piste de danse.

À l'époque, la techno n'avait pas encore envahi Madrid et je me souviens que nous dansions au rythme assourdissant des timbales, peut-être celles de Red Hot Chili Peppers. J'avais appris à danser sur ce genre de musique que je n'aimais pas particulièrement mais dont Mónica raffolait. J'essayais d'abord de sentir le rythme dans ma tête afin d'anticiper chaque temps et, dès que j'avais trouvé la cadence, je tâchais de faire en sorte que mes mouvements coïncident avec chaque coup de percussion. Je soulevais une épaule, puis l'autre, je hochais la tête d'un côté et de l'autre en suivant la mesure, de sorte que mon menton touche mes humérus à chaque nouveau martèlement. Les rotations de la taille étaient simultanées à la montée et à la descente des clavicules, tandis que les jambes s'avançaient synchrones aux bras. Au bout d'un moment, si l'on était suffisamment concentré, la coordination devenait mécanique. C'est alors que je me sentais bien car mon corps, entièrement livré aux exigences de la musique, cessait d'être mien pour se soumettre aux désirs d'un dieu mystérieux qui s'en chargeait temporairement. Ainsi, je perdais la conscience de moi-même et j'oubliais mes soucis.

À un moment donné, Mónica se jeta sur moi, me prit par la taille et commença à danser avec moi. Les yeux fermés, elle s'ajusta parfaitement à mon rythme. Elle posa sa tête sur mon épaule (je sentais son haleine chaude dans le cou), trop fatiguée ou trop soûle, étrangère à la curiosité générale que nous suscitions, notamment chez l'un des trentenaires en tenue décontractée, le plus grand, lequel ne nous quittait pas des yeux.

Nous étions venus là pour mener à bien le dernier projet génial de Coco : proposer aux adolescents ici présents, à court d'énergie pour danser toute la nuit, du bon matos à petit prix. Nous allions leur vendre des amphétamines. Amphétamines réquisitionnées dans la coiffeuse de Charo Bonet. Nous avions pris une boîte de coupe-faim intacte – Charo en avait plusieurs en stock et nous pensions qu'elle ne remarquerait pas sa disparition – contenant vingt comprimés bleus que nous espérions fourguer à cinq cents boules pièce. Du gâteau, selon Coco. On les vendait très bon marché, de sorte qu'on aurait écoulé la boîte dans la nuit. Dix mille pesetas d'un coup, par l'entremise de Charo et de Dieu.

Enlacée à moi, Mónica releva la tête pour me chuchoter quelque chose à l'oreille. Le volume de la musique ne me permit d'en capter que des bribes, suffisamment cependant pour comprendre qu'elle voulait que je me charge de fourguer les amphés.

– T'es dingue ? lui dis-je. J'ai jamais fait un truc pareil.

– Raison de plus. Tu verras que tout se passera bien. Ce sera amusant.

Elle me prit par la main et m'entraîna en dehors de la piste. On s'adossa à une colonne, dans un coin obscur.

– C'est super fastoche, crois-moi. On l'a déjà fait plein de fois. Il suffit que tu restes ici. Je m'occupe de faire circuler le message. Je vais le dire aux serveuses et à deux ou trois gugusses qu'on connaît. Ensuite, ça ira tout seul. Normalement, les uns vont le raconter aux autres et tu vas les voir se radiner ici sous peu. Mais tâche quand même d'être discrète, s'il te plaît. Faut pas que ça se voie. Ils te donnent le fric et tu leur donnes les comprimés en douce. Tiens, prends mon sac à dos.

Elle me tendit le sac qu'elle avait toujours avec elle – un Gautier authentique en vinyle orange, cadeau, cela va de soi, de Charo – et je me l'accrochai au bras.

– Fouille dans la poche extérieure.

Je lui obéis. Au toucher, j'avais l'impression que la poche était remplie de petits cailloux de rivière.

– On a enveloppé chaque comprimé dans de la cellophane. Une fois qu'on t'a filé la thune, et pas avant, t'en donnes un ou deux, enfin, le nombre qu'ils demandent. Tu les prends dans la poche extérieure, tu les comptes en les tâtant et quand tu les sors, assure-toi qu'ils aillent direct de ta main à une poche. Ne les sors pas pour les compter, c'est trop risqué. C'est simple, non ?

J'opinai de la tête.

– Autre chose très importante, reprit-elle. S'il y a un type un peu plus âgé qui se ramène, l'air bourge, en chemise, enfin, le look un peu suspect, tu laisses couler. Tu lui dis que tu ne comprends pas ce qu'il te raconte. Vaut mieux perdre cinq billets que nous mettre dans la merde.

– Et pourquoi tu t'en occupes pas, toi ?

– Parce que moi, je me charge de faire courir le bruit, ce qui t'est impossible vu que tu ne connais personne. D'habitude, on le fait Coco et moi : y en a un qui reste à un endroit fixe pour vendre, et l'autre qui traîne dans le bar en faisant l'article, si tu veux. Mais là, avec ces deux mecs plantés au bar, je ne veux pas prendre de risque, dit-elle en montrant les deux trentenaires bien sapés. Coco, il passe vraiment pas inaperçu, tu sais. S'ils voient un tas de mecs le brancher, ils vont piger ce qui se passe. Mais on ne va pas trouver louche qu'on te branche, toi. Une fille mignonne, seule, dans un bar comme celui-là, à pas d'heure... c'est normal que les mecs la draguent. En plus, tu ne seras pas tout le temps seule. Je viendrai te rejoindre.

– Mónica, sincèrement, ça ne me dit rien d'être mêlée à ça.

– T'inquiète, tu ne risques rien, Betty. On s'est jamais fait choper. Et même si c'était Coco qui le faisait, je crois qu'il n'arriverait rien. J'essaie juste de prendre un maximum de précautions, au cas où. Allez, fais-le pour moi, insista Mónica d'une voix doucereuse.

J'acceptai, que voulez-vous. En fin de compte, j'habitais chez elle et je me disais que je devais participer aux frais. Réminiscence de ma mère qui, passant ses journées à me rappeler qu'elle m'entretenait et que par conséquent je lui devais obéissance, m'avait appris à me croire obligée de rendre la pareille chaque fois que quelqu'un faisait quelque chose pour moi ; l'altruisme était impensable dans mon univers et je ne pouvais donc refuser ce que me demandait celle qui me donnait le vivre et le couvert.

Mónica disparut et je restai dans mon coin, le sac à dos accroché au bras et l'esprit bourré de soucis. Au bout de cinq minutes s'approcha un jeune freluquet affublé d'une barbichette – la dernière mode grunge, à l'époque. Il me demanda de but en blanc si j'avais des amphés. Je trouvai que ce ton direct contrastait avec l'extrême prudence avec laquelle Mónica prétendait mener l'affaire. Je lui demandai combien il en voulait et il me répondit cinq. Deux mille cinq cents, annonçai-je après avoir calculé. Il me passa trois billets de mille. D'une main, je séparai cinq boulettes de cellophane dans la poche du sac à dos, de l'autre, je fouillai dans ma poche de jean en quête de cinq cents pesetas, mais je constatai que je n'avais pas un sou.

– J'ai pas de monnaie, lui dis-je. (Mes débuts comme dealer étaient un échec retentissant.) Pourquoi t'en prendrais pas six ? lui proposai-je avec le sourire le plus doux de mon répertoire. Je faisais ouvertement la coquette parce que je flippais et que je voulais conclure l'échange au plus vite. À ma grande surprise, mon truc fit mouche. Il me rendit mon sourire et ferma à demi les paupières d'un air charmeur.

– Ça marche, dit-il. Je voudrais pas qu'on dise que j'ai radiné cinq cents pesetas à une nana aussi mignonne que toi.

– Tiens.

Je lui glissai les six comprimés dans la main et il en profita pour presser la mienne. Un observateur aurait pensé qu'on flirtait. Et c'était un peu vrai.

– Rends-moi un service, lui dis-je en lui donnant un billet vert. J'ai besoin de monnaie. Tu crois que tu pourrais aller m'en chercher au bar ?

– Bien sûr. Tu veux boire quelque chose ?

– Oui, un whisky.

Avant qu'il ne revienne avec mon verre, deux autres gars m'abordèrent et m'achetèrent deux comprimés chacun, si bien qu'en moins de quinze minutes j'avais déjà écoulé la moitié de la boîte. Tout se déroulait le plus normalement du monde, si l'on peut parler de normalité concernant une activité pareille. On me demandait les cachets, on me fourrait un billet de mille dans la main et je glissais dans la leur deux boulettes de cellophane. Simple comme bonjour. Puis le garçon du début revint un verre à la main.

– Tiens, me dit-il en me tendant le verre et une poignée de pièces étincelantes.

– Combien je te dois ? lui demandai-je.

– Laisse, voyons, je t'invite. Tu veux danser ?

– Désolée, je ne peux pas. Je dois rester là… au cas où quelqu'un d'autre viendrait… quelqu'un comme toi… tu vois. Mais on se retrouve tout à l'heure.

Je le baratinais pour me débarrasser de lui. Heureusement, ce n'était pas le genre collant parce qu'il sourit, l'air d'avoir compris mes explications, puis il disparut dans le noir.

Je sifflai mon whisky d'une traite, dans le vain espoir que mes inhibitions se dilueraient dans l'alcool et que la situation que je vivais me semblerait moins angoissante. Je vis alors arriver l'un des deux trentenaires, le plus grand. Mónica le croyait de la police. Il traversait la piste d'un pas si assuré que je lui prêtai moi aussi la même profession. Mon cœur battait à tout rompre et mes jambes flageolaient comme deux colonnes de gélatine.

– Que fait une fille aussi charmante toute seule dans un coin ?

– J'attendais d'être abordée avec une phrase moins cliché que celle que tu viens de me servir, lui répondis-je de façon intentionnellement abrupte pour avoir l'air sûre de moi, ce qui était loin d'être le cas.

Sur le coup, je pensai que j'avais gaffé, que vu les circonstances, provoquer la colère de ce type était la pire des solutions. Quand je vis qu'il souriait, comme si ma repartie l'avait amusé, je fus rassurée.

– T'as peut-être raison. Je n'ai pas été très inspiré. Mais avoue que ni l'endroit ni les circonstances ne se prêtent à mieux…

Coco surgit soudain de derrière la colonne. J'étais si concentrée à observer les réactions de ce grand échalas, que je ne l'avais même pas vu arriver. Il me prit par la main et m'attira vers lui.

– Ça fait une plombe que je te cherche, Bea, ma chérie…, me dit-il à l'oreille, mais suffisamment fort pour que l'autre entende. J'essayai de me dégager, mais Coco serra plus fort. T'énerve pas, va, me dit-il, puis il s'adressa au grand type : Tu crois pas que t'es un peu trop vieux pour draguer ma nana ?

Je me laissai entraîner jusqu'à la piste de danse sans opposer la moindre résistance. Je ne me rebiffai qu'une fois sûre que le type ne pouvait plus m'entendre.

– On peut savoir ce que tu fous ? hurlai-je.

– Putain, Bea, t'énerve pas. Je voulais t'éviter de faire une gaffe.

– Alors toi t'arrives et tu gaffes à ma place, c'est ça ? Je n'avais aucune intention de filer quoi que ce soit à ce type. Mais dès que t'es arrivé, ça s'est tout de suite vu qu'on pétait de trouille. Je te signale que je suis majeure et vaccinée et que je sais prendre soin de moi. J'ai pas besoin que tu viennes jouer les sauveurs.

– Ça va, ça va… Chuis désolé. J'ai un peu perdu mon sang-froid, je reconnais. Allez, embrasse-moi.

Il m'attira vers lui et j'en fus toute gênée, peu habituée que j'étais aux marques d'affection. Quelques secondes plus tard, mon embarras s'accentua parce que je sentis que cette étreinte se prolongeait plus que nécessaire. Je me dégageai de ces énormes bras enlacés autour de ma taille et je m'éloignai de Coco, furieuse.

Le jour se levait sur la place Chueca. Le ciel, encore voilé par une fine gaze orangée, gonflait lentement, se soumettait à la chaleur. On était sortis de La Metralleta avec un tas de papiers verts froissés, fruit de la vente de la boîte de Dicel, et maintenait nous allions les dépenser en achetant un peu d'héro pour Mónica qui était après tout la propriétaire de la boîte qui nous avait tant rapporté.

– Si j'avais su que ça marcherait aussi bien, j'aurais insisté pour qu'on prenne deux boîtes, m'expliquait Coco. Finalement, ça part comme des petits pains, les amphés. C'est pas cher et ça se démode pas. Mais je suppose que le fait que t'étais toute belle a dû jouer aussi. (Il disait cela parce que je m'étais habillée pour l'occasion. Je portais une minijupe et un tee-shirt hyper moulant que j'avais empruntés à Mónica, sans compter que, pour la première fois depuis des années, j'avais mis des boucles d'oreilles qui m'étiraient les lobes ; le fait est que, quatre jours auparavant, je ne me serais pas crue capable de sortir dans la rue attifée de cette manière.) T'as battu le record, sérieux. Tu devrais te consacrer à ça.

– Laisse tomber, répondis-je. C'est la première et la dernière fois. Je n'ai pas arrêté d'avoir les jetons.

Deux Noirs assis sur un banc dirent bonjour à Coco comme s'il s'agissait d'un vieil ami et ils firent des commentaires enjoués sur la beauté de « sa nouvelle femme ». Je ne savais pas s'ils parlaient de Mónica ou de moi. Coco s'assit à côté de l'un d'eux et entama avec lui un échange de chuchotis. Au bout d'un moment, ils se levèrent et Coco fit signe à Mónica, qui se leva à son tour et les suivit.

– Attends-nous ici, me dit-elle. On revient tout de suite.

Ils disparurent tous les trois dans la bouche du métro et moi, obéissante, je restai sagement à ma place en regardant le pavé.

Le Noir assis près de moi me frôla le coude comme pour attirer mon attention.

– Moi c'est Salif. Toi… Comment tu t'appelles ?

– Bea, répondis-je, laconique, les yeux obstinément cloués au sol.

Il posa sa main sur ma cuisse nue et il commença à me caresser ouvertement. Je tournai mon visage vers lui et lui lançai un regard de stupéfaction. Je me levai d'un bond et partis m'asseoir sur un autre banc, tandis que le Noir me suivait des yeux, un sourire insolent aux lèvres, comme si le spectacle de ma dignité blessée l'amusait. Pour éviter son regard moqueur, je me mis à fixer à nouveau le sol et à compter les dalles (cinquante-deux du banc à la bouche du métro), jusqu'à ce que Mónica et Coco reviennent en arborant un air de satisfaction. Je me levai d'un bond, comme si le banc était devenu brûlant, je courus vers Mónica et m'agrippai à son bras.

– Dernière fois que tu me laisses toute seule au milieu de cette place avec un inconnu. Il voulait déjà me sauter, çui-là…, protestai-je, indignée.

– Écoute, me répondit Coco, ces mecs sont habitués à ce que les bourges baisent avec eux pour de l'héro. Alors s'ils te trouvent mignonne, ils tentent le coup.

– Toi, on t'a pas sonné.

La dispute qui aurait dû s'ensuivre n'eut pas lieu, avortée par un crissement aigu de pneus. Nous vîmes alors une voiture de la police municipale surgir de la rue Gravina et s'arrêter à côté de la place. En un clin d'œil, trois agents en uniforme descendirent du véhicule. Même moi, je me rendis compte qu'il s'agissait d'un coup de filet.

– Garde ton calme, me chuchota Mónica d'une voix autoritaire.

Deux des policiers allèrent directement fouiller les dealers noirs. Un autre se dirigea vers nous et, avant même de nous saluer, nous cribla de questions : que faisions-nous là de si bonne heure, quel âge avions-nous, aurions-nous l'obligeance de lui montrer nos pièces d'identité ; je me rendais compte que, en dépit de son insolence, le policier se montrait infiniment poli à notre égard, comparé à la façon dont ses copains traitaient les Noirs. Pas une seconde Mónica ne perdit son sang-froid et, faisant étalage de ses bonnes manières (ce n'était pas pour rien que Charo avait déboursé en écoles privées), elle raconta au policier qu'elle habitait rue Almirante, que nous étions des camarades de classe, que nous avions passé la nuit à réviser les examens de septembre et que nous cherchions un bureau de tabac ouvert pour acheter des cigarettes, vu qu'on avait épuisé nos provisions durant notre longue nuit de labeur.

– À propos, monsieur l'agent, vous ne sauriez pas où on peut trouver un tabac ouvert dans le coin ? conclut-elle avec son sourire le plus hypocrite. Ça fait trois heures qu'on cherche.

Le type prit une expression moqueuse et me regarda fixement.

– Et qu'est-ce que vous avez révisé, ma jolie ? me demanda-t-il.

– L'histoire, répondis-je sans hésiter. C'était le premier mot qui m'était venu à l'esprit, probablement parce que c'était une matière que j'avais toujours aimée.

– Ah, l'histoire…, répéta le policier en riant avec les yeux.

Il était clair qu'il n'avait pas gobé, mais on l'avait fait rigoler. Il s'en fichait de nous, au bout du compte. Ce qui l'intéressait, c'était de coincer des trafiquants, pas des acheteurs. Je craignais qu'ils ne fouillent Mónica et Coco et qu'ils ne trouvent ce qu'ils venaient d'acheter, mais, à ma grande surprise, le policier engagea une conversation animée avec Mónica. Elle s'emballa et lui raconta qu'elle avait toujours vécu à Salamanque, jusqu'à ce qu'elle décide de venir faire ses études à Madrid, qu'elle partageait un appart avec des copines, que c'était vraiment dur de vivre dans ce quartier, parce que la place Chueca la mettait mal à l'aise, avec tous ces junkies et ces travestis, il lui arrivait d'avoir très peur, en rentrant chez elle. Je suis persuadée qu'il ne croyait pas un traître mot de ce qu'elle improvisait, mais que, fasciné comme moi par le numéro qui se déroulait sous ses yeux, par la grâce et le charme de l'actrice, il choisit de la laisser continuer. Nous n'avons jamais su jusqu'où aurait pu aller Mónica, parce que les deux autres policiers réclamèrent la présence de leur collègue à grands cris. Il nous fit un signe de la main et se dirigea vers la voiture. Les autres étaient en train d'installer les deux Noirs sur la banquette arrière, menottes aux poignets.

Quand ils eurent disparu, je regardai Mónica bouche bée.

– T'en rajoutes plus qu'un curé au bordel… mais t'es incroyable ! J'ai adoré, m'écriai-je, même si je savais que la pire des choses à faire, c'était de l'encourager dans sa carrière de dealeuse. Mónica sourit, contente d'elle, clairement flattée par l'admiration qu'elle suscitait, aussi fascinante, aussi délicieusement puissante qu'un papillon d'acier.

Dans la salle de bains de Charo, je trouvai un flacon d'eau oxygénée. Je supposai que Charo s'en servait pour se décolorer la moustache. Ce n'était sûrement pas pour ses cheveux, puisqu'elle se les faisait teindre chez le coiffeur (au salon d'Angela Navarro, bien sûr, la coiffeuse des mannequins de l'agence Sybilla, le plus sélect, le plus actuel).

Le flacon d'eau oxygénée à la main, l'heureuse idée de me faire des mèches qui partiraient des tempes et encadreraient mon visage illumina soudain mon esprit. Je n'osais pas couper la toison ambrée que vantaient tant ma mère et ses amies, mais j'avais conscience que cette coiffure nunuche détonnait dans un décor comme celui de La Metralleta, ce monde que je venais de découvrir et auquel je voulais m'intégrer, avant tout parce que Mónica y était déjà immergée et que je ne voulais pas m'éloigner d'elle. Deux mèches blanches apporteraient à mon image la touche rebelle qui lui manquait, et si ma mère piquait une crise, tant mieux. Au bout du compte, c'était le but recherché, non ? Écouter un certain genre de musique, s'habiller d'une certaine manière, se coiffer n'importe comment. Autant de choses que les parents ne pouvaient ni comprendre ni accepter. Si on ne réussissait pas à les choquer, c'était signe qu'on faisait fausse route, qu'on n'était pas assez cool.

Nos anniversaires tombaient le même mois, à tout juste cinq jours d'intervalle, mais Mónica et moi ne les fêtions jamais, en tout cas pas de la même manière que les filles de notre école. Nous n'organisions pas des boums à la maison, nous n'invitions pas nos amies à prendre un verre dans le quartier, nous n'espérions ni cadeaux ni cartes de vœux, mais nous combinions nos propres rituels, nos réunions intimes à deux chez Mónica, profitant du fait que sa mère n'était jamais là et qu'elle ne nous dérangerait pas. Pour mes treize ans, Mónica prépara un grand gâteau au chocolat avec treize bougies blanches – pour moi – et quatorze noires – pour elle – que nous éteignîmes à deux, d'une haleine commune. En une seconde, nos souffles en finirent avec ce bataillon de flammes. Ensemble, on se sentait invincibles. Je lui offris une paire de boucles d'oreilles en forme de soleil et un livre de vulgarisation sur le cosmos, elle m'offrit une petite boîte émaillée en forme de cœur que j'ai toujours, bien sûr, où cette année-là je rangeais des épingles à cheveux et plus tard des cachets. Elle me raconta ensuite qu'elle avait trouvé les bougies noires dans un magasin d'articles ésotériques et que le magicien présumé qui les vendait l'avait mise en garde car les bougies noires étaient celles utilisées lors des rituels sataniques. Elle l'évoquait en riant et en laissant échapper des miettes de gâteau au chocolat de sa bouche. Par précaution, mes treize bougies étaient blanches et non pas noires. Tout le monde sait que le treize n'est pas un chiffre heureux et Mónica était moins incroyante qu'elle voulait bien le montrer.

Un an après, lors de notre anniversaire, on s'enferma dans sa chambre, stores baissés et rideaux tirés, des bougies plein la chambre et, allongées sur son lit, nos profils estompés par la lueur jaune et chancelante des dizaines de flammèches éparpillées dans la pièce, on énuméra à tour de rôle – un coup Mónica, un coup Bea – tous les désirs qu'on pensait voir réalisés au cours de l'année. Je lui offris un album de Betty Boop (acheté bien sûr chez Metropolis), parce que je trouvais que Betty ressemblait beaucoup à Mónica. Elle m'offrit un disque de Siouxsie and the Banshees, car elle adorait leur version de *Dear Prudence*, une chanson qui me persuaderait qu'il existait des raisons de s'accrocher à la vie : *The sun is high, the sky is blue, it's beautiful and so are you… Dear Prudence, won't you open up your eyes ?* Le titre de l'album, *Caleidoscope*, me fit penser à elle : sa personnalité kaléidoscopique était composée de multiples facettes (il existait une Mónica tranquille qui passait des heures à lire et adorait les mathématiques, une Mónica voyoute qui adorait chahuter en classe, une Mónica sceptique qui chaque semaine couchait avec un mec différent et une Mónica sensible qui aspirait à se marier un jour et à avoir des enfants...), et tous ces différents aspects de sa personne se recombinaient à chaque mouvement, de sorte que chaque fois que je tournais la tête pour la regarder, je croyais voir une nouvelle Mónica.

Quinze ans me paraissait un âge très sérieux, doté d'une signification magique, quasiment cabalistique. On avait déjà recours aux tampons et aux soutiens-gorge, on se maquillait les yeux et les ouvriers nous sifflaient dans la rue. Pour bien marquer qu'on était devenues des femmes à part entière, on décida de se teindre les cheveux en même temps : moi en blond platiné, elle en noir bleuté. Moi avec de l'eau oxygénée, elle avec une teinture L'Oréal. Ce fut un rituel de salle de bains qui changea le sens et la couleur de notre monde. Mes cheveux châtain clair devinrent blancs, l'eau oxygénée me fit pleurer ; quant à la teinture bleue, elle bousilla une serviette de toilette de Charo et il fallut en racheter une. On passa près d'une heure à nettoyer la baignoire constellée de coulures bleu foncé comme une performance d'Yves Klein. On récurait comme des folles avec des Spontex imbibés d'eau de Javel, mettant toute notre énergie dans ce frottement frénétique. Si Charo arrive et qu'elle voie ça, elle nous égorge, cette fois elle nous tue pour de bon. Putain, disait Mónica, mets-y la pêche. Remue tes poignets, bordel. Partie comme t'es, t'apprendras jamais à branler. Après avoir frotté la fameuse baignoire à n'en plus finir, et être allées au Corte Inglés avec une charlotte sur la tête pour acheter une serviette à un vendeur qui nous regardait comme si on était des Martiennes, on se sécha les cheveux, on se planta devant la glace et on tomba nez à nez avec deux versions épurées de nous-mêmes. À partir de ce moment-là, les choses seraient blanches ou noires et il n'y aurait pas de place pour les demi-teintes.

Je me doutais bien que ma mère n'aimerait pas ma nouvelle couleur, mais je n'étais pas pour autant préparée à la petite scène que déclencha ma décoloration. Dès qu'elle me vit entrer, ses yeux lancèrent des étincelles, son visage s'empourpra et elle se mit à crier comme une possédée. Elle me dit que je ressemblais à une fille des rues et que je ferais bien de prendre rendez-vous chez le coiffeur illico pour qu'on répare ce massacre. Je lui répondis que je voulais garder mes cheveux tels quels, que c'étaient mes cheveux et pas les siens, et ainsi s'engagea une de nos plus retentissantes disputes. J'étais convaincue d'avoir toutes les raisons du monde pour moi. Je pouvais admettre qu'elle revendique un certain droit à surveiller les heures auxquelles je rentrais, puisque, comme elle me le rappelait sans cesse, elle m'entretenait, et pouvait dès lors exiger quelque chose en retour. Mais mon corps n'appartenait qu'à moi, c'était un territoire sous ma juridiction exclusive. Bien sûr, elle ne pouvait pas comprendre cette logique car, selon elle, mon corps appartenait à Dieu et non pas à moi, et elle, en tant que ma mère et ma surveillante morale, devait s'assurer que je l'honore ainsi qu'il était écrit. Les cris redoublèrent, le ton montait à mesure qu'on essayait de s'imposer l'une sur l'autre, puis, au bout d'une demi-heure, j'en eus assez des hurlements et m'enfermai dans ma chambre en claquant la porte. Comme cela m'était arrivé si souvent, je restai immobile sur mon lit, tâchant de ne pas bouger un seul muscle, de ne presque pas respirer ni même ciller. C'était devenu ma manière de me calmer après avoir passé un mauvais quart d'heure. Je disparaissais. Je fixais la fenêtre et m'amusais à regarder passer les nuages, à voir comment l'écoulement du temps changeait la couleur du ciel.

La nuit était tombée, je contemplais les étoiles à travers la vitre, de minuscules points ambrés et lumineux, la lune comme une boule rose au milieu. Quand tu étais petite, me disait ma mère, tu avais peur de la pleine lune. Encore aujourd'hui, j'ai peur de la pleine lune. Cette boule malfaisante maîtresse des meurtres et des marées, suspendue dans le ciel, insensible aux désastres qu'elle provoque.

Je pensais à la lune lorsque j'entendis arriver mon père, et le martèlement aigu et nerveux des talons de ma mère traversant le couloir pour aller au devant de lui. C'était rare qu'elle l'accueille avec un tel empressement, de sorte que je collai l'oreille à la porte pour m'informer de ce qui se passait. Je saisis quelques mots, des bribes de conversation. Je compris qu'elle lui racontait ce que j'avais fait à mes cheveux et qu'elle lui demandait de prendre parti. Comme si la couleur de mes cheveux et nos disputes pouvaient l'intéresser. J'entendis la vibration retentissante de ses pas qui devenaient de plus en plus lourds à mesure qu'ils approchaient de ma chambre. Je retournai à mon lit et fis semblant de dormir. Je l'entendis entrer. J'ouvris les yeux et vis les siens, enfoncés et égarés. Il fronça ses épais sourcils d'un air féroce, ce que je perçus comme un signal d'alarme. Trop tard, je n'eus pas le temps de réagir.

Il se jeta sur moi, les poings en avant, et me secoua comme un prunier. Qu'est-ce que t'as fait à tes cheveux ? Son haleine chargée d'alcool me chauffait le visage. ON PEUT SAVOIR CE QUE T'AS FICHU À TES CHEVEUX ? Il me secoua encore plus fort. J'avais un bourdonnement assourdissant dans les oreilles. Tu cherches à nous rendre fous ou quoi ? Ta mère ne sait plus quoi faire de toi. Tu vas la rendre cinglée et elle va me rendre cinglé. Il me saisit au cou et continua de me secouer. Je me laissais faire, molle comme une poupée de chiffon. J'avais l'impression d'être un ballon sur le point d'éclater. Je manquais d'air. Il ne se contrôle plus, me dis-je. Il ne se rend pas compte comme il serre fort. Je respirais péniblement. J'avais mal à la gorge. J'étouffais. Je fermai les yeux. Une lumière blanche inonda ma tête. De moins en moins d'air. Ses cris provenaient de très, très loin. Déformés. Il va me tuer, pensai-je. Il ne se sait plus ce qu'il fait. J'aurais voulu crier, mais je n'y arrivais pas. J'étais incapable d'émettre le moindre son. Il y avait beaucoup de choses auxquelles je voulais dire adieu. Ou alors très peu. Mónica. J'essayai d'évoquer ses traits. Si je devais mourir, je voulais au moins partir avec son image dans l'autre monde. Ce qui fait le plus mal, ce n'est pas de quitter la vie, mais d'abandonner ce qui lui donne un sens. Ses yeux noirs dans mes yeux gris. Une bouffée d'air envahissant mes poumons. Je pouvais enfin respirer. Il m'avait relâchée. Nausée, envie de vomir. Ma gorge émettait des râles saugrenus et dénués de sens. Comme un animal, comme l'aboiement cassé et rauque d'un vieux chien. Il partit en claquant la porte. Je rouvris les yeux au monde. Éblouie et désorientée, je tâchai d'habituer mes pupilles à l'éclat blessant de la lumière électrique. Nausée et une douleur horrible au cou. Je continuai à tousser et à haleter un bon moment. J'avais l'impression que je ne respirerais plus jamais normalement. La chambre dans le noir et, au fond, la lune au visage rose qui contemplait la scène, impassible.

Je me glissai sous les draps, tentant de retrouver mon calme, l'immobilité absolue d'auparavant. Les larmes roulaient sur mes joues. Lorsqu'elles atteignaient mes lèvres, je les essuyais du bout de la langue pour savourer leur goût salé. Je ne voulais pas me mettre à penser à quoi que ce soit, je ne voulais pas chercher des explications, je ne voulais ni juger ni comprendre, parce que quand je commençais à réfléchir j'avais mal à la tête. Il y avait tant de choses dénuées de sens chez nous qu'il était inutile de chercher une logique, un fil conducteur, un mode d'emploi. Il valait mieux rester couchée et ne pas penser, ralentir mon rythme cardiaque qui s'était emballé et me concentrer pour retrouver une respiration posée et régulière.

Les épreuves et les soucis ne m'ôtaient pas le sommeil. Bien au contraire, ils m'engourdissaient. Je m'évadais vers des territoires nocturnes peuplés d'images floues. Je pouvais dormir des heures et des heures, errer sans boussole à travers des paysages oniriques. Mourir, dormir, peut-être rêver… Penser qu'un seul rêve met fin à toutes les angoisses et à tous les maux… Je dormis, dormis, dormis encore. J'assoupis tous les cris de ma mère. On ne me réveilla pas le lendemain matin, quand j'ouvris les yeux il était dix heures. J'étais en retard pour l'école. Je supposai que ma mère s'était enfermée dans sa chambre, comme d'habitude, en prétextant une de ces migraines qui la prenaient lorsqu'elle avait subi une contrariété. Elle fermait alors les volets à double tour et se barricadait dans sa chambre pendant des heures. Personne ne pouvait la déranger.

Je traversai le couloir sur la pointe des pieds en direction de la salle de bains, tâchant de passer inaperçue. Une blonde platinée – trop jeune pour ça – me regarda dans la glace, le visage pâle et les yeux cernés. J'eus peur en découvrant l'état de son cou, gonflé comme si on avait tenté de l'étrangler, cerclé d'une sorte de collier mauve, la marque des doigts de mon père. Je me dis que je ne pouvais pas aller à l'école dans cet état, étant donné que je n'avais aucune excuse pour justifier mon aspect. Je songeai à mettre un col roulé ou un foulard mais, comme il faisait trop chaud, j'y renonçai. Je décidai finalement de ne pas y aller. De toute façon, j'étais en retard, cela ne changeait donc pas grand-chose. Je n'avais pas envie de me casser la tête à imaginer des ruses pour cacher ces marques. Je ne voulais voir personne. Les autres filles de ma classe avaient des pères jeunes et charmants qui allaient les chercher à la sortie. Certains jouaient même au tennis avec elles. Je savais que toutes ces filles me trouvaient très bizarre, voire un peu folle, mais j'avais fini par me persuader que je n'en avais rien à cirer de l'opinion de ce troupeau de créatures aussi douces que bovines, qui allaient encore à la messe tous les dimanches et écrivaient sur leurs livres d'école le nom du garçon avec lequel elles batifolaient au country club ; je me répétais à moi-même que tant que j'avais le soutien de Mónica, peu m'importaient la commisération et le mépris de ces filles coupées du monde réel, dociles comme des agneaux affublés de rubans roses. Au milieu de ce monde couleur pastel, Mónica était la seule à partager avec moi cette impression diffuse de désarroi et de déracinement, ce sentiment d'avoir grandi trop vite.

L'armoire à pharmacie de ma mère, adossée à un des murs de la salle de bains, était toujours fermée à clé. La belle affaire. Avec une épingle à cheveux et un peu de doigté, on pouvait l'ouvrir en vingt secondes. Tous les comprimés de ma mère étaient rangés là. Haldol, Xanax, Néoride, Gardénal, Tégrétol, Valium, benzodiazépine, phénobarbital. Un cercle noir sur la boîte signifiait qu'ils étaient dangereux et que je risquais de mourir si je les avalais tous. Le simple fait de savoir que j'avais cet arsenal de neuroleptiques sous la main me donnait des forces pour aller de l'avant, car je savais que si la situation devenait invivable, je pouvais toujours y mettre un terme quand je voulais. Penser tranquillement à la mort n'a de valeur que si nous le faisons en solitaire… C'était aussi simple que d'avaler trente cachets, trente gorgées d'eau, et de les sentir glisser le long du gosier jusqu'à l'estomac. À condition que mon père ne m'ait pas déjà étranglée, bien sûr. Non, il n'aurait jamais pu le faire. Même pour ça, il était trop lâche.

Il y avait des jours où je n'existais même pas, la plupart des jours. Mon père se comportait comme si j'étais transparente, il m'ignorait. Il y avait des jours où j'aimais moi-même ne pas exister. Il y avait des jours où j'étais incapable de ressentir de la douleur. Tout se déroulait sous mes yeux mais rien n'avait de signification pour moi ; cela n'avait pas lieu. Il y avait un même visage devant le miroir qui tantôt souriait tantôt pas. Parfois il avait un œil au beurre noir, parfois il avait des marques dans le cou. Il y avait des baffes et des insultes de la part de ma mère. Il y avait des larmes et des cris. Il y avait des coups de pied, des bousculades et des grognements. Il y avait des trêves, des silences qui duraient des semaines, du calme vide et tendu. La haine flottait constamment dans la maison, parfois contenue, parfois déchaînée. Je gardais ma douleur, je la comprimais pour qu'elle tienne dans le plus petit espace possible, puis je l'enterrais soigneusement sous mes pieds.

Je sortis dans la rue et je marchai longtemps sur des trottoirs fumants, jusqu'au parc du Retiro. Je m'allongeai sur l'herbe, face au soleil, et je fermai les yeux pour que le reflet des rayons dessine sur mes paupières des figures kaléidoscopiques composées d'une infinité de petits points brillants qui frétillaient. Je dus changer trois fois d'emplacement à cause d'autant de casse-pieds qui s'obstinaient à m'accoster. Je laissai passer les heures en contemplant les nuages et les canards, les touristes et les chiens, les amoureux en barque, dans l'attente du moment où je pourrais retrouver Mónica devant la grille de l'école, la raccompagner chez elle et lui raconter tout ce qui m'était arrivé la veille. Je ne voulais le raconter à personne d'autre. Je ne pouvais le raconter à personne d'autre.

Car ce qui fait le plus mal, ce n'est pas de quitter la vie, mais ce qui lui donne un sens.

J'entrai dans la salle de bains de Charo et décidai de m'atteler à changer mon image. Je pris une mèche, je la trempai dans l'eau oxygénée. Puis je recommençai avec une autre mèche. Une fille me regardait de l'autre côté du miroir. Une fille jolie, ou peut-être pas. Je n'étais pas très sûre de ma beauté et je ne le suis toujours pas. La beauté est une qualité très subjective. Au bout du compte, elle tient davantage à l'œil qui l'apprécie qu'au corps ou au visage de celui qui la possède. Cependant, dans l'univers où j'avais grandi, on accordait une telle importance à la beauté féminine – apparemment bien plus précieuse que l'intelligence – que je ne pouvais m'empêcher d'estimer ma propre valeur dans le miroir. J'avais – j'ai – des yeux bleus. Mais pas le genre d'yeux bleus que les gens trouvent beaux. Pas un bleu ciel, ce bleu idéal de fée ou de poupée que l'on associe aux regards purs et innocents, mais un bleu sale et grisâtre, tacheté de minuscules points marron, perceptibles seulement de très près. À l'époque, il leur manquait, je crois, la vivacité de ceux de Mónica. Ils étaient plus petits que les siens et n'étaient pas voilés par les mêmes cils épais. Les traits de mon visage paraissaient bien proportionnés. Le nez peut-être un tantinet aquilin, les dents blanches et régulières, même si elles n'étaient pas spectaculaires, mais j'avais l'impression d'avoir un visage trop rond, j'aurais aimé avoir des pommettes plus saillantes, un ovale du visage plus marqué, moins enfantin. En somme, je ne me trouvais pas aussi jolie que les gens le disaient. Je l'avais entendu dire à de multiples reprises, notamment des lèvres des amies de ma mère qui ne tarissaient pas d'éloges sur mon physique chaque fois qu'elles passaient à la maison. « Qu'elle est mignonne, ta fille, Herminia…, si fine, si mince. » Mais n'était-ce pas ce qu'elles étaient censées dire ? Elles n'allaient tout de même pas lâcher : « Dis donc, Herminia, qu'est-ce qu'elle est antipathique et bizarre, ta fille, raide comme un piquet, sèche comme un coup de trique », même si plus d'une devait le penser. Si j'avais été un garçon, elles n'auraient sûrement pas insisté autant, et peut-être ne serais-je pas aussi obsédée par mon physique.

Voilà les observations et les divagations qui m'occupèrent pendant vingt minutes, le temps que l'eau oxygénée fasse son effet. Ensuite, je me rinçai les cheveux sous le pommeau de la douche et les séchai avec le sèche-cheveux de Charo (Braun Silence 1200, trois vitesses et plusieurs accessoires). Je me regardai encore une fois dans la glace pour vérifier le résultat. J'aimais ce que j'y voyais. Il ne manquait plus qu'une chose : que Mónica aime aussi.

Je trouvai Mónica affalée sur le canapé du salon, les pieds sur la table basse, les yeux rivés à la télé. Elle sentit ma présence derrière elle et se retourna pour me regarder.

– Tu aimes ? lui demandai-je. J'ai fait ça avec un produit de ta mère que j'ai piqué dans la salle de bains.

Il y eut un silence tendu pendant lequel elle me contempla longuement avec des yeux ronds avant de donner son avis. Je retins ma respiration, tentant d'imaginer comment je pourrais faire disparaître les mèches au cas où elle n'aurait pas aimé. Finalement, elle trancha :

– Ça te va super bien, sans déconner. T'es belle comme tout.

– Tu crois ?

– Ben oui. De toute façon t'es toujours belle, toi. Il serait temps de changer un peu de style. Je ne comprends pas pourquoi une fille aussi belle que toi s'entête à ne pas se maquiller, à porter tout le temps le même jean et à se comporter comme sainte Thérèse de Jésus. T'as dix-huit ans. Il me semble que tu pourrais t'arranger un peu, sortir avec un mec…

– Les mecs ne m'intéressent pas.

– Qu'est-ce que tu veux dire ? Que t'es branchée nanas ?

Elle me lança cette question du tac au tac, comme si on jouait au tennis avec des vérités envoyées à toute blinde en guise de balle, tentant de prendre l'adversaire de vitesse.

– Non. J'ai juste dit que les mecs ne m'intéressaient pas, répliquai-je. C'est pas la même chose.

– Voyons… (prête pour le service) Tu t'es déjà fait un mec ou pas ?

Je savais qu'elle connaissait déjà la réponse et qu'elle jouait avec moi.

– Et combien tu t'en es tapés, toi ? répondis-je par une autre question, à la galicienne.

– Je ne sais pas. J'ai arrêté de compter au centième.

Le trille hystérique du téléphone interrompit notre conversation et je ne pus savoir si Mónica était sérieuse. En général, il était très difficile de savoir quand elle parlait sérieusement et quand elle plaisantait. On entendit deux sonneries, puis le silence revint dans le salon. La silhouette de Coco se découpa soudain dans l'embrasure de la porte.

– C'est mon code. Deux fois, on raccroche et on rappelle, dit-il. C'est pour moi.

Dix secondes plus tard, la sonnerie retentit à nouveau. Coco décrocha et se lança aussitôt dans une conversation inintelligible, ponctuée de pauses entre lesquelles il glissait de temps à autre une série de monosyllabes obscurs : « … oui… bien sûr, mon vieux… ouille… entendu… non, non… » Il resta plus de dix minutes pendu au téléphone. La seule chose que je réussis à comprendre, c'était que Coco avait besoin d'au moins deux jours pour trouver ce que lui demandait son interlocuteur.

Il raccrocha, l'air soucieux.

– On a une nouvelle commande, Mónica, dit-il à son amie en ignorant totalement ma présence.

– Dieu merci, dit-elle.

– Ce qu'on n'a pas, c'est la mise de départ.

– Eh ben, on la trouvera.

– C'est juste là, dit Coco.

Nous garâmes la voiture à l'angle des rues Conde de Xiquena et Bárbara de Braganza. C'était une nuit sans lune, la rue se perdait dans l'épaisseur des ténèbres, le bitume se confondait avec la nuit. Perçant cette obscurité, le reflet des yeux de Mónica brillait dans le rétroviseur.

– T'en as pour combien de temps ? demanda-t-elle.

– J'en sais rien. Ça dépend de la chance que j'aurai. De toute façon, si je n'ai rien trouvé dans une demi-heure, on décanille.

– D'accord. Je vais couper le moteur. Je le remettrai en route dans dix minutes et je le garderai allumé en t'attendant. Je laisse ta portière ouverte.

Coco l'embrassa hâtivement sur les lèvres avant de sortir de la voiture.

– Bonne chance, lui dit Mónica, puis elle se tourna vers moi : Tu veux une clope ?

– T'es sûre qu'on ne risque rien ? demandai-je d'une voix tremblotante.

– Sûre. Je te répète qu'on l'a déjà fait plusieurs fois. Mais si t'avais si peur que ça, fallait pas venir avec nous, merde. Si j'avais su, j'aurais fermé ma gueule et je t'aurais rien raconté.

– T'aurais pas pu. Tu m'as toujours tout dit. T'éclaterais comme le gamin du conte, si tu ne me racontais pas.

L'enfant du conte auquel je faisais allusion gardait un secret et celui-ci enflait comme une baudruche à l'intérieur de son corps. Voyant que Mónica ne répliquait pas, je me blottis dans le siège arrière et je respirai à fond, déterminée à prendre la chose aussi calmement que Mónica en avait l'air, et à ne pas m'inquiéter plus que nécessaire.

Ils m'avaient tout expliqué, point par point, car Mónica avait insisté pour que je sois au courant de tout, bien que Coco fût partisan de me tenir en dehors de l'affaire. Mais elle avait pleinement confiance en moi. J'étais sa meilleure, sa seule amie, et elle ne m'avait jamais rien caché, de sorte que Coco avait dû s'écraser et m'emmener avec eux en rouspétant. Je ne sais pas pour quelle raison Mónica voulait que je sois à ses côtés. Il me plairait de croire que c'était parce qu'elle m'aimait, parce qu'elle souhaitait continuer à partager son monde avec moi, même si on s'était quelque peu éloignées depuis ses dix-sept ans ; ou, en d'autres mots, depuis qu'elle avait commencé à prendre de la coke et à sortir avec Coco.

Comme m'avait expliqué Mónica, ce n'était pas la première fois qu'ils le faisaient. Ils s'étaient lancés par hasard, un matin à l'aube, alors qu'ils garaient la voiture rue Conde de Xiquena pour se rouler un joint. Ils virent approcher un couple d'amoureux se tenant par la taille. Ceux-ci s'approchèrent d'une Golf GTI stationnée devant la voiture de Mónica (plus exactement, la voiture de Manuel, que Mónica conduisait en son absence). L'homme s'apprêtait à ouvrir le véhicule lorsque la fille l'enlaça et l'embrassa sur les lèvres. Alors qu'ils se donnaient un baiser passionné, Coco eut une inspiration soudaine. Il sortit de la voiture et les rejoignit en deux enjambées puis, avant que l'homme ait le temps de comprendre ce qui lui arrivait, la pointe d'un couteau lui piqua les reins. Il donna son portefeuille à Coco sans moufter. Il ne cria pas, n'appela pas au secours. Il était clair qu'il ne voulait pas attirer l'attention sur son accompagnatrice. Le plan était enfantin. On se pointait à l'entrée du Tintoretto, une boîte très select et chère où le filtrage était sévère et où chaque boisson coûtait le prix d'un kilo de filet de premier choix. Le genre d'endroit que fréquentaient Machin de la Trucmuche et Bidule de la Machinchose lorsqu'ils voulaient prendre un verre. S'y rendaient également des cadres sup quinquagénaires accompagnés de jeunes demoiselles à croquer, d'un genre et d'un look très différents de celui de leurs légitimes. Secrétaires, aspirantes mannequin, prostituées de haut vol, allez savoir. Un détail important pour expliquer une telle affluence de portefeuilles bourrés d'argent : la maison était discrète et interdisait les appareils photo.

Coco, en costard cravate irréprochable (de chez Armani, bien sûr, puisque le modèle provenait de la garde-robe du beau-père de Mónica), attendait à un coin de rue en fumant, appuyé sur une moto d'un air décontracté, comme s'il attendait un rendez-vous. Si tout allait bien, d'ici un moment surgirait un couple aussi hétérogène en âge qu'en apparence : lui visiblement plus vieux et plus riche qu'elle. Ils sortiraient enlacés et chancelants, légèrement éméchés, et ne remarqueraient pas le jeune homme qui les suivrait. Avec un peu de chance, ils ne porteraient même pas plainte. Pourquoi attirer l'attention sur les circonstances du braquage ? Il se pouvait aussi qu'aucun couple ne sorte de l'établissement, ou que la rue ne soit pas suffisamment déserte et sombre, ou que, pour une raison x ou y, Coco ne se décide pas à exécuter le plan jusqu'au bout. Si tel était le cas, Coco reviendrait au bout d'une demi-heure car le moteur ne pouvait pas rester allumé trop longtemps.

Tandis que j'attendais dans la pénombre sur cette banquette arrière, aucune inquiétude morale ne rongeait ma conscience. Tout comme Coco et Mónica, je ne voyais aucun mal à soulager de son portefeuille un gros plein aux as. Ce qui me tracassait, c'était le risque. L'opération ne me paraissait pas évidente. Et si le mec criait ? Si la nana criait ? S'ils étaient armés – ce qui n'aurait rien eu d'étonnant chez ces gens, mon propre père avait une arme –, et si tout à coup se pointait un flic, si notre voiture ne roulait pas assez vite… ?

À ce moment-là, je vis Coco arriver en courant comme un recordman olympique. Je prévins Mónica qui se hâta de pousser la portière côté passager. Coco sauta dans la voiture qui démarra en trombe. Les pneus crissèrent sur la chaussée. On grilla un, deux, trois feux rouges. Dans les virages, on produisait des étincelles et la voiture gîtait dangereusement. Par chance, il n'y avait pas beaucoup de circulation à cette heure-là. On traversa la rue Sagasta, on enfila la rue San Bernardo, on descendit la rue Quintana sans respecter un seul feu rouge. On s'arrêta enfin au parc del Oeste. Tout s'était déroulé très vite, comme dans un rêve.

– Bonne pêche ? demanda Mónica.

– Bonne, très bonne… Putain de bonne pêche. (Coco souriait et hochait la tête, enchanté.) Le type était aussi couillon que celui de la dernière fois. Ils les fabriquent en série, ma parole.

– Qu'est-ce que t'as pris ?

– Le portefeuille. (Il l'ouvrit et commença à en examiner le contenu.) Sept billets de mille, des papiers d'identité, des cartes…

– Il faut tout jeter, sans quoi ça va nous brûler dans les mains, conjectura Mónica.

– Pas les cartes, objecta Coco.

– Les cartes aussi, insista-t-elle. Le mec doit être en train d'y faire opposition à l'instant même.

– On peut s'en servir dans les endroits où ils ont des sabots. Et puis sur l'autoroute. Ils vérifient pas le numéro. D'ailleurs dans les pompes à essence non plus, y a trop de monde. (Coco farfouilla dans sa poche et, tel un hypnotiseur, fit osciller une montre devant nos yeux.) C'est une bonne marque, je crois. Patek Philippe.

– Déconne pas ! (Une lueur de cupidité s'alluma dans les yeux de Mónica.) Ça vaut une fortune.

– Je crois que je sais où la fourguer. (Il sourit pour la première fois, détendu par la joie de celle qu'il appelait sa petite amie.) J'ai aussi les bagues de la meuf, mais elles m'ont pas l'air terribles. Je me demande si c'est pas du toc. Du toc haut de gamme, remarque. On en tirera bien quelque chose.

– Le coup de la montre, ça tombe pile poil. Tu pourras en tirer un bon prix. Et même si on ne nous donne que la moitié de sa valeur, ça nous permettra de tenir un bon moment. Tant mieux, parce que ça me dit vraiment rien de recommencer. C'est la voiture du vieux et on a déjà failli l'emplâtrer. Sans compter que j'ai pas mon permis.

Comme d'habitude, ils parlaient entre eux, m'ignorant totalement. J'étais trop naïve à leurs yeux ou, pire encore, ils ne me prenaient même pas en considération. J'aurais pu toucher Mónica en allongeant le bras, pourtant je la sentais s'éloigner de moi de plus en plus. Dans mes tentatives désespérées pour demeurer à ses côtés, j'avançais vers un horizon qui reculait d'instant en instant.

– Il faut que j'aille voir Chano, dit Coco à Mónica. On est obligés de prendre la caisse de ton vieux. On ne peut pas y aller en bus, ma cocotte. C'est au trou du cul du monde.

– Alors là, tu peux te brosser, dit-elle. Je t'ai dit hier que je ne prenais plus cette bagnole. Si ma vieille l'apprend, elle me tue. On ira en bus, même si on doit mettre trois plombes.

De sorte qu'on prit évidemment la voiture. On dut rôder longtemps autour du parking à attendre que la voie soit complètement dégagée, parce que Mónica ne voulait pas qu'un voisin nous voie partir avec. La malchance voulut qu'au moment même où la voiture montait la rampe, le couple au caniche passa devant nous et nous regarda fixement, la désapprobation affichée dans le regard.

El Cerro de la Liebre est un bidonville gitan situé à l'autre bout de Madrid. C'est aussi, avec La Celsa, le principal supermarché de la drogue. On gara la voiture sur le bas-côté (puisque le bidonville n'était pas goudronné) et on s'assura, avant de sortir, qu'aucun objet de valeur n'était visible. Mónica était un peu inquiète à l'idée de laisser le véhicule à cet endroit, alors je proposai d'y rester.

– C'est pas nécessaire, Mónica, faut pas exagérer, dit Coco. Elle va crever de chaleur, cette pauvre Bea.

Le bidonville était constitué en tout et pour tout de deux rangées parallèles de cahutes, l'une en face de l'autre et séparées par une sorte de sente poussiéreuse sur laquelle nous avancions.

Des tas d'enfants crasseux et loqueteux couraillaient autour de nous. Certains, encore trop petits pour marcher, progressaient à quatre pattes devant leurs maisons, portant parfois une poignée de sable à leur bouche.

Nous entrâmes enfin dans une baraque qui à première vue ne différait guère des autres. Une grand-mère somnolait sur une chaise de plage tandis qu'un adolescent maigre et noiraud était vautré de tout son long sur un canapé en skaï. Télécommande à la main, il zappait sur une Sony Trinitron de vingt-quatre pouces, probablement volée. Il salua Coco avec amabilité et, lorsqu'il nous vit entrer toutes les deux derrière, nous examina de la tête aux pieds, sans nous adresser un mot.

– J'ai ton truc, dit le petit Gitan en faisant un signe de tête en direction de ce qui semblait être une chambre, protégée par un rideau de douche qui faisait office de porte. Viens, on va parler à côté, entre hommes.

Ils disparurent quelques minutes pendant lesquelles Mónica grilla une cigarette à grandes bouffées nerveuses, tout en arpentant cette pièce minuscule dans un sens puis dans l'autre. Pendant ce temps, je demeurai immobile sur le pas de la porte, sans oser interrompre son silence car je la connaissais suffisamment pour savoir que quand elle était anxieuse, il valait mieux se taire. Coco et son ami revinrent au bout d'un petit moment. Coco tenait un paquet enveloppé dans du papier journal de la taille d'un sac à main. Le Gitan me jeta le même regard insolent avec lequel il m'avait reçue.

– Elle est belle, la fille, dit-il à Coco en me désignant d'un geste de la tête. Elle est quoi, pour toi ?

– C'est une amie de ma femme, répondit-il.

– Laisse-la-moi un petit moment et je te file cinq grammes de pure.

– Laisse tomber. Je ne prendrai jamais de ton héro, mon vieux. Autant fumer du Nesquick.

Je quittai les lieux furieuse et scandalisée.

Coco conduisit au retour. Le plus clair du trajet, j'observai un mutisme têtu auquel ni Coco ni Mónica ne semblaient prêter très attention. Enfin, peu avant d'entrer dans Madrid, j'explosai. Je dis à Coco que j'avais beau me casser la tête, je ne comprenais pas pourquoi il n'avait pas dit clairement que je n'étais pas à vendre, et que ce qui me dérangeait le plus dans l'affaire, c'était qu'il parle de moi comme si j'étais un objet lui appartenant. Il rit, l'air de ne pas accorder trop d'importance à l'affaire, puis il tenta de m'expliquer que les Gitans pensaient à leur manière et qu'il n'avait pas envie de perdre son temps à essayer d'inculquer à Chano des notions qu'il ne comprendrait pas. Pour Chano, j'étais une gadjé, et comme j'étais venue avec Coco, forcément celui-ci me sautait. Puisque je n'étais pas gitane et que Coco me sautait, j'étais fatalement une pute, et rien de ce que Coco pouvait lui dire ne l'aurait fait changer d'avis, de sorte qu'il valait mieux l'ignorer. Je n'engageai pas le débat car je savais d'avance que j'étais perdante, alors je me mis à regarder à travers la vitre en bougonnant et en maudissant Coco intérieurement. Je le haïssais. Je trouvais que Mónica n'était plus la même depuis qu'elle le connaissait. Je l'estimais coupable de cette distance entre nous.

Au bout d'un moment, Mónica dut avoir pitié de moi car elle se retourna et tenta de m'égayer.

– Voyons, Bea, fais pas la tête, y a pas de quoi. Personne ne t'a insultée. Ces gens-là sont habitués à ce genre de transactions. Allez… Si tu savais avec combien de Noirs j'ai couché juste pour un joint d'héro, tu serais fière qu'on en propose cinq grammes rien que pour toi.

Je ne savais pas si elle plaisantait et je ne voulais pas le savoir. Il était vrai que, depuis un an, Mónica me racontait de moins en moins de choses, mais je préférais ne même pas imaginer qu'elle avait déjà franchi des limites que je n'atteindrais jamais, et je feignais de ne pas remarquer une vérité qui flottait constamment devant mes yeux, douloureuse à accepter, impossible à ignorer. Je me souvins alors de Coco disant qu'il préférait fumer du Nesquick que le matos de ce mec. Et je me dis que si l'héro de ce Chano était aussi mauvaise que Coco l'affirmait, on était allés là-bas pour acheter autre chose… De la cocaïne ?

– Coco, demandai-je. Qu'est-ce qu'il y a dans le paquet que tu as pris ?

– Écoute, ma petite, moins tu en sais, mieux c'est, répondit-il sans quitter la route des yeux.

– Si vous ne voulez pas que je le sache, pourquoi est-ce que vous m'emmenez ?

– Vous comptez passer votre vie à vous engueuler ? Bea, à partir de maintenant, si tu ne veux pas nous accompagner, tu restes à la maison et t'arrêtes de nous casser les pieds, compris ?

– VOUS POUVEZ PAS LA FERMER VOUS DEUX ? vociféra Coco.

Au même instant, on entendit un bruit sourd et un hurlement de douleur, puis le crissement des freins. Coco s'était arrêté net. Il ouvrit sa portière et bondit dehors. Mónica le suivit et moi aussi.

– Merde ! s'écria Coco. Merde, merde, merde !

Sur le coup, je ne compris pas ce qui se passait. Il y avait une masse brunâtre sur la chaussée qui ressemblait à un vieux tapis en boule. Je regardai plus attentivement et je compris ce que c'était. Un chien agonisant, réduit à l'état de paquet de poils sanguinolents et tremblotants. Un mélange de panique et de résignation brillait dans ses yeux vitreux.

– Partons d'ici, dit Mónica.

– Comment ça ? dis-je en sanglotant. Cet animal est vivant. Tu ne peux pas le laisser là.

– Si, on peut, répliqua-t-elle.

– Il souffre, tu ne vois pas ?

Le chien ouvrait la gueule comme s'il tentait d'aspirer le maximum d'air à chaque bouffée.

– Tais-toi, s'il te plaît, Bea, me dit Mónica. On ne peut rien faire pour lui. Allez, remonte dans la voiture.

– On peut l'amener chez le vétérinaire, répliquai-je.

– Il sera mort avant qu'on y arrive. Et puis ce n'est qu'un corniaud des rues.

Elle m'agrippa le bras, me traîna jusqu'à la voiture et me poussa dedans.

Je n'ouvris plus la bouche. La voiture démarra, abandonnant derrière elle une charogne réchauffée par le soleil, ses viscères rappelant les couleurs d'une palette sale. Les immeubles défilaient à une vitesse vertigineuse à travers les vitres.

Quand nous arrivâmes au parking, Mónica inspecta soigneusement les garde-boue. Ils étaient cabossés. Il fallait conduire la voiture au garage et s'assurer qu'on la répare avant le retour de ses parents. C'était très ennuyeux car il leur faudrait davantage d'argent. À aucun moment elle ne parla du chien abandonné, de ses entrailles, de son agonie. Tandis que je la contemplais, accroupie devant les phares avant (l'un était cassé), je compris que je ne la connaissais pas, que je commençais tout juste à la connaître. Soudain elle leva les yeux et me surprit. Elle ne souriait pas, n'esquissait aucun geste. Peut-être avait-elle deviné mes pensées. Je me sentais plus proche du chien que d'elle, comme s'ils pouvaient m'abandonner sur la chaussée à tout moment, aussitôt que je deviendrais un obstacle sur leur route. Alors qu'elle me transperçait du regard, je sentis qu'elle me plantait profondément le couteau de la certitude.

– Cette chaîne hi-fi est super puissante.

Coco n'avait pas besoin de le préciser. Il avait tellement monté le volume que les murs vibraient. Il suivait le rythme avec les pieds pendant que sa petite amie (façon de parler) préparait les rectangles de papier alu nécessaires pour fumer une paille d'héro.

– T'en voudras ? me demanda Mónica.

– Non.

– Même pas une fois ? Essaie, avant de te décider. Peut-être que ça te plaira.

On sonna à la porte. Mónica cacha précipitamment le petit sachet d'héroïne et le papier alu et nous fit signe de sortir du salon. Nous allâmes donc dans le couloir et nous fermâmes derrière nous. Coco colla l'oreille à la porte et je l'imitai. Je reconnus la voix de la voisine au caniche. Cela faisait des années que je l'entendais, depuis que je venais chez Mónica, puisqu'elle-même venait souvent papoter avec Charo. On voyait que la pauvre n'avait pas beaucoup de gens à qui parler. Cette fois, elle était venue se plaindre du volume de la musique. Mónica se confondit en excuses et, à grand renfort de bonnes manières, lui assura que cela ne se reproduirait pas. Dès que Mónica eut refermé la porte, Coco et moi retournâmes dans le salon.

– Vous avez entendu, non ? Alors attention à ce qu'on dit, ces murs sont minces comme du papier à cigarette.

– Tout bien réfléchi, je vais peut-être fumer une paille d'héro. Mais une seule et juste pour cette fois. J'ai jamais essayé, je suis curieuse de voir ce que ça fait, marmonnai-je timidement.

– Fais pas ta petite chose… T'as pas à te justifier et t'as aucune raison d'avoir peur, me rassura Mónica. Il faudrait en prendre plein pour devenir accro. On dirait ta mère.

Mónica prépara donc trois pailles d'héro en brûlant l'héroïne dans trois petits bouts d'alu qu'elle nous passa aussitôt avec un tube de stylo Bic pour qu'on sniffe. Mónica aspira profondément et se laissa choir dans le canapé. Ensuite, ce fut mon tour. Je sniffai, je reposai le papier Albal et le tube sur la table, je m'étendis à côté de Mónica et lui pris la main.

– Ce que je ne comprends pas, lui dis-je, c'est qu'une nana comme toi ne sache pas s'amuser autrement qu'en se défonçant avec tout ce qui passe. Précisément toi… À l'école, tout le monde te prenait pour un génie.

Elle fixait le plafond les yeux mi-clos, une lueur infantile dans le regard.

– Je devais être la seule fille au monde qui adorait aller à l'école, dit-elle, sans que je sache si elle me répondait ou si elle pensait à voix haute.

Mónica me serra la main très fort. Tout à coup, je me rendis compte que Coco nous observait et je lâchai la main de mon amie.

Dans le monde où j'ai grandi, ce que signifiait être un homme et ce que signifiait être une femme semblaient aller de soi. Il était question d'activités jugées plus ou moins adaptées à la virilité des hommes, plus ou moins impropres à la féminité des femmes. On attendait des femmes une certaine docilité, du raffinement et de la sensibilité dans leurs goûts et leurs comportements. Eux, ils étaient plus forts et plus rudes, moins sensibles, mieux préparés au travail dur. Il existait en outre des hommes qualifiés de féminins et des femmes cataloguées masculines, ceux et celles qui étaient trop faibles ou trop rudes au regard des modèles.

En réalité, comme toujours avec les sœurs et les pères catholiques, les choses n'étaient pas aussi tranchées qu'ils voulaient nous l'enseigner. Les deux sexes n'étaient pas le négatif l'un de l'autre : il existait une infinité de nuances de gris. Si on les rangeait en file, les hommes auraient offert une ample palette des différents types de masculinité, aussi bien quant à leur aspect physique que quant à leur comportement, et les femmes auraient présenté une variété comparable, voir plus étendue, de sorte qu'une femme réputée non féminine pouvait l'être aux côtés d'un homme ultra masculin. Et si l'on plaçait un homme doux et délicat, réputé féminin, à côté de la plus douce version féminine, il paraîtrait bien plus masculin qu'elle. En fin de compte, tout n'était qu'une question de degré.

Le problème est que, dans le microcosme restreint où j'ai été élevée, il n'existait quasiment pas de modèle masculin, excepté celui de mon père qui n'était jamais là. Il faut rappeler que je fréquentais une école de filles, administrée par des femmes. Nos chances d'avoir des amitiés du sexe opposé étaient limitées, pour ne pas dire interdites, en particulier dans la période de la prépuberté et au début de l'adolescence. Je n'avais pas d'amis sans e et aucune possibilité d'en avoir. Je n'avais aucun moyen d'établir des relations en dehors de l'école.

Ma première identification fut facile : j'étais une fille. Il suffisait de voir mes habits, mon uniforme d'école et mes attributs en général (jupes, queues de cheval tenues par un ruban, chaussures à bout arrondi et à lanière…), attributs déterminés une fois pour toutes le jour de ma naissance, au moment même où la sage-femme avait constaté que rien ne pendouillait au-dessous de ma ceinture et quand, au bout de deux jours, l'on m'avait percé les lobes pour me parer de boucles d'oreilles. Plus tard, en grandissant, j'ai commencé à me comparer à mon entourage eu égard à mes impulsions et à mes intérêts, à ce que disaient les bonnes sœurs et ma mère sur la fille que je devais être et la femme que je devais devenir, et je me suis rendu compte que je n'étais pas et ne serais jamais comme elles le prétendaient. J'ai été élevée pour avoir certains comportements précis, pour endosser un rôle appris, et pendant tout le temps où j'ai joué la mascarade, j'ai eu une vie artificielle, j'ai envié de tout mon cœur les créatures qui m'entouraient, qui n'avaient pas besoin de faire semblant d'être des gentilles petites filles parce qu'elles l'étaient vraiment. Cependant, le personnage était si bien défini que je n'avais aucune difficulté à l'interpréter, exactement comme si j'avais disposé d'un scénario. Tout se réduisait à m'ajuster à ce que l'on m'avait enseigné : ne pas faire et ne pas dire certaines choses (ne pas dire des gros mots, ne pas jouer au foot, ne pas grimper aux arbres, ne pas me disputer, ne pas crier, ne pas, ne pas, ne pas…). De sorte que je ne me sentais pas à l'aise, mais personne ne s'en doutait.

Ce qui signifie que, vers l'âge de onze ans, j'ai commencé à me sentir différente, même très différente de mes camarades de classe, mais je m'arrangeais pour que cela ne se remarque pas trop. À douze ans, j'étais une sorte de manche à balai sur pattes, un plumeau de guiches blondes planté sur un bâton. Je me contrefichais des vêtements, il m'était égal de porter des chaussures plates ou des polos Lotusse, je ne cherchais pas à recouvrir mes livres de classe de papier fleuri aux tons pastel et encore moins de photos de bébés, je ne voyais pas l'intérêt d'avoir les cheveux longs si cela m'obligeait à batailler chaque matin pendant une demi-heure contre les nœuds. Je n'avais de faible ni pour les rimes de Bécquer, ni pour les concerts matinaux du Gran Musical, ni pour les cancans du magazine *Súper Pop*. Miguel Bosé me donnait la nausée, je considérais Pedro Marín comme un gamin et Iván [1] comme une folle perdue, alors même que j'ignorais le sens de cette expression.

À douze ans, j'ai appris à retrouver la fréquence de Radio 3 [2] et je me suis passionnée pour un genre de musique que mes camarades de classe ignoraient totalement et que, soit dit en passant, elles n'avaient aucune envie de découvrir. Il ne fallait pas les sortir de leurs idoles (citées plus haut) de *Súper Pop* qui, bien entendu, ressemblaient plus à des filles qu'à des garçons. Pendant que mes camarades avaient des barrettes plein les cheveux au point que leur tête ressemblait à un étalage de marché, tandis que leur argent de poche de trois semaines leur servait à se procurer l'incontournable tee-shirt en coton dans les tons pastel, je passais mes dimanches après-midi enfermée dans ma chambre à écouter la radio et à lire les livres empruntés à la bibliothèque de mon père (je les ai tous lus, un par un, de Balzac à Thomas Mann, sans trop comprendre ce que je lisais), et à soupirer après un monde qui m'était interdit, un monde peuplé d'êtres qui ressemblaient à Siouxsie Sioux et à Robert Smith, qui portaient les cheveux courts, frisés, teints dans des

1. Pedro Marín et Iván, chanteurs de variétés des années 80.
2. Radio d'avant-garde des années 80.

couleurs insensées, se maquillaient les yeux, portaient des pantalons en vinyle brillants (inacceptables, d'après les bonnes sœurs et ma mère, tant pour les hommes que pour les femmes). Quand on voyait Alaska y los Pegamoides [1] à la télé et que ma mère criait au scandale, regardez-moi ces guignols, mon Dieu, mais où va-t-on, je sentais secrètement qu'on m'avait placée au mauvais endroit, que le monde auquel j'appartenais de plein droit était à l'extérieur, en dehors de chez moi et de mon école, dans un des lieux secrets de Madrid, caché dans un recoin que l'on ne voyait pas de l'autobus. Mais où ?

Entre-temps, je continuais d'être la fille taciturne et un peu désaxée, vêtue du même uniforme bleu que les autres élèves du Sacré-Cœur mais persistant à se faire des tresses alors que ses camarades exhibaient fièrement leurs tignasses, affranchies des élastiques et des rubans. J'avais de bonnes notes et ne dérangeais personne. Puis, en quatrième, j'ai fait la connaissance de Mónica.

Dans mon école, les groupes restaient immuables pendant des années. Il était entendu que, pendant toute leur scolarité, les filles resteraient dans le même, et l'on ne dérogeait à cette règle qu'en des circonstances exceptionnelles : lorsque l'on redoublait et que l'on se retrouvait avec le groupe d'en dessous, comme ce fut le cas de Mónica. Elle avait un an de plus que moi. Cette différence, qui plus tard s'estompe et n'a plus aucune importance, comme entre mes vingt-deux ans et les vingt-cinq de Cat, est très marquante au moment de la puberté. Entre douze et treize ans, la distance est énorme ; c'est celle qui sépare une fille plate comme une limande avec des tresses et une femme qui porte des soutiens-gorge et sait déjà à quoi servent

1. Groupe pseudo-rock emblématique de la « movida » dans les années 80.

les tampons. Les bonnes sœurs nous mettaient en garde contre la réputation de chahuteuse qui précédait Mónica et qui lui avait coûté un redoublement. De fait, si elle avait repiqué, c'était moins en raison de ses résultats scolaires, aussi mauvais que ceux d'autres filles qui étaient passées en troisième, que par la nécessité de séparer la meneuse officielle des rebelles de quatrième (rebelle : tel était le qualificatif choisi par les bonnes sœurs pour désigner celles qui étaient au-dessus du lot) de l'escadrille d'acolytes qui la suivait aveuglement, cette bande qui s'introduisait dans les clôtures au moment de la messe pour aller voir les cornettes des bonnes sœurs, qui organisait des excursions dans les salles à manger pour voler des donuts au chocolat et qui donnait rendez-vous aux garçons des jésuites à la sortie. Les bonnes sœurs décidèrent donc bille en tête de la recaler dans deux matières qu'elle dut repasser en septembre, l'obligeant ainsi à redoubler. Encore heureux qu'elles ne l'aient pas expulsée, disaient-elles, elle le méritait amplement, mais il ne fallait pas oublier qui était sa mère et comment, depuis huit ans qu'elle fréquentait l'école, elle n'avait pas payé une seule fois en retard, pas une seule, et c'était un détail à prendre en considération, spécialement à une période critique comme celle qu'elles traversaient, où les établissements laïcs devenaient à la mode et où de plus en plus de parents retiraient leurs filles pour les inscrire à la Santa Cristina toute proche, une école mixte fréquentée par les enfants de Ramón Tamames. Le fait est que Charo elle-même songea parfois à suivre le courant et à inscrire Mónica au collège Estudio, au Base ou encore au Lycée français, mais elle était en partie d'accord avec les bonnes sœurs sur la nature insoumise et intraitable de sa fille, et elle estimait que celle-ci avait besoin d'une éducation disciplinée pour la ramener dans le rang.

À l'époque, il n'y avait pas de pire châtiment, de pire exil que de la séparer des amies avec lesquelles elle avait partagé des espiègleries et des confidences huit ans durant, et de l'obliger à s'intégrer au groupe de morveuses de la classe en dessous, dont elle s'était moquée pendant si longtemps. Théoriquement, elle pouvait continuer à voir ses anciennes copines, celles de toute une vie, pendant la récréation, mais Mónica savait bien que les choses ne se passaient jamais ainsi, qu'il existait une règle universelle selon laquelle, à partir du moment où il n'y avait pas d'ennemi commun, où l'on ne pouvait pas manigancer contre la prof de sciences sociales, subtiliser toutes les craies juste avant qu'elle n'entre dans la salle de classe, s'amuser à se passer des petits mots pendant les contrôles, danser entre les tables pendant les cours chaque fois que la grosse sœur Amparo se tournait vers le tableau pour donner la solution d'une équation, cette camaraderie construite au long des années s'effaçait d'un coup. Les rares retrouvailles dans la cour de récré ne suffisaient pas à entretenir une relation forgée au prix de huit heures de torture commune.

Tout comme Mónica, les sœurs savaient qu'à partir du moment où la fille de Charo ne prendrait pas part aux excursions des élèves de troisième ni à leurs retraites spirituelles, qu'elle ne participerait plus aux pièces de théâtre ni aux kermesses au profit de Cáritas, elle deviendrait une paria dans le groupe dont elle était la meneuse il n'y avait encore pas si longtemps. Elle-même le savait aussi bien que les sœurs qui avaient décidé en toute connaissance de cause de lui réserver ce sort-là.

Grâce aux sœurs et à la mère qui avaient décidé de faire redoubler sa quatrième à la petite, j'ai rencontré mon âme sœur, au moment où elle était le plus seule et où elle avait le plus besoin de moi.

Normalement, chaque élève choisissait sa place le jour de la rentrée et n'en bougeait plus de l'année. Mónica fut intégrée malgré elle dans un groupe d'inconnues et elle finit par s'asseoir à côté de moi, vu que je n'avais aucune amie intime, autrement dit que personne n'avait spécialement envie d'occuper la place vacante à côté de moi. Mónica trouva cette chaise vide et s'y installa. Les sœurs approuvèrent puisque, comme j'avais de bonnes notes et que je me tenais à carreau, je pouvais avoir une bonne influence sur cette raisonneuse et tempérer un peu son impulsivité. Tout à coup, je dus donc partager mon espace vital pendant huit heures par jour avec l'être le plus brillant que j'avais jamais approché.

Mónica était une brune à la peau mate, elle avait des yeux en amande noirs et pétillants, encadrés d'une forêt de cils sombres et recourbés. Ses yeux vifs et intelligents, toujours prêts à sourire, vous obligeaient à la remarquer, même si on ne pouvait pas la qualifier de belle au sens strict du terme. Ses pommettes étaient peut-être un peu trop saillantes de chaque côté de son nez effilé. Lorsqu'elle souriait en montrant une rangée de dents blanches et pointues comme des petits cailloux de rivière, une fossette se creusait à droite de sa bouche un tantinet gonflée. En somme, elle avait du charme malgré ou à cause de ses traits irréguliers. Mais sa beauté résidait surtout dans ses yeux, des yeux capables de troubler un sphinx et qui faisaient d'elle un être triomphant. Des yeux qui parlaient et que même les lunettes ne parvenaient pas à escamoter.

Elle était bavarde comme une pie et elle trouva dans mon silence le bouillon de culture idéal pour laisser libre cours à sa volubilité. Elle tenait toujours pour acquis que le monde entier s'intéresserait à ce qui lui arrivait, ce qui en effet se produisait, et pas l'inverse. Elle me fascina car elle était à la fois mon âme sœur et, paradoxalement, mon opposée, ma complémentaire. Ébahie, aimantée par son énergie, je l'écoutais pendant des heures déblatérer sur Charo, sur les sœurs, sur nos condisciples hébétées. Elle finit par devenir mon amie, ma seule amie, et par partager mes goûts musicaux et mes bizarreries. Avec le temps, nous échangeâmes des livres, des disques, des bédés, et nous allions peu à peu construire à deux un univers privé que j'imaginais éternel. Ce ne fut pas le cas.

Peu de temps après avoir fait ma connaissance, elle m'invita à goûter chez elle. Sa mère et son beau-père ne rentraient jamais avant dix heures, de sorte qu'on était en territoire libre, on pouvait regarder ce qui nous chantait à la télé, écouter de la musique à fond, se gaver de chips et de Coca, enfin, tout ce qu'on aime faire à douze ans, tout ce qui était interdit chez moi. Ma mère n'appréciait guère de me voir m'éloigner d'elle progressivement, et c'est précisément à cette époque que commencèrent nos empoignades. On entra dans un cercle vicieux car plus je passais mes soirées loin de la maison, plus ma mère devenait insupportable, et plus elle hurlait, moins j'avais envie de rentrer. Je pris donc l'habitude d'aller chez Mónica après l'école sous prétexte d'aller faire mes devoirs et, bien souvent, je dormais chez elle. Charo devait alors batailler avec ma mère pour la convaincre qu'il n'y avait aucun mal à ce que je reste chez eux et que Mónica tout comme moi étions à un âge où les filles ont besoin de se faire des confidences, où les amies sont primordiales. Je suis persuadée que ma mère voyait d'un très mauvais œil que j'échange des confidences avec qui que ce soit, et encore moins avec Mónica, mais elle était si impressionnée par l'élégance et la mondanité de Charo qu'elle n'osait pas riposter. Elle finit par accepter sa défaite en rechignant et par permettre que s'approfondisse l'intimité entre Mónica et moi. Cela dit, je l'ai payé cher car à compter de ce moment-là, je ne connus que disputes, reproches et larmes à tout propos, rien de ce que je faisais ou disais ne trouvait grâce à ses yeux, une guerre tenace et sourde qui durerait des années avait éclaté entre nous.

Entre mes douze et mes dix-huit ans, Mónica fut la personne la plus importante de ma vie, avant ma propre mère, et même si je n'avais pas encore une conscience claire de ce que signifiait le désir, puisque à l'époque on ne parlait pas de sexe, de ses différents modes et manières, dans tous les magazines féminins, je savais confusément que mon idée du désir était liée à Mónica, intimement liée à son image, et je pourrais affirmer que si j'ai décidé de tomber amoureuse d'elle, c'est parce que les sœurs et le monde entier – qui sait ? – s'étaient chargés de me répéter à longueur de journée que je n'étais pas une fille à part entière, mais une fausse fille, une simulatrice qui se faisait passer pour telle. Si je n'étais pas une fille, si j'étais une sorte d'alien infiltré qui n'était ni lui ni elle, pourquoi devais-je tomber amoureuse d'un homme, me marier, avoir des enfants, d'autant que cela ne me disait rien ? Pourquoi ne serais-je pas tombée amoureuse de qui je voulais ?

À dix-huit ans je l'aimais de la même manière qu'à douze. Je ne songeais pas à coucher avec elle : il me suffisait de la sentir tout près. Nous dînions dans la cuisine – des spaghettis au fromage, pour changer : facile à préparer et pas cher – et la simple présence de Mónica rendait cet espace accueillant, cette cuisine dont j'avais vu pendant six ans les transformations successives, chaque fois qu'il prenait à Charo la lubie de la moderniser, cette même cuisine où j'avais dîné ou goûté environ trois fois par semaine depuis l'âge de douze ans. Tandis qu'ils engloutissaient ce que je voyais comme des asticots sanguinolents, je picorais dans mon assiette. Je ne mentais pas à Mónica : elle savait que je ne mangeais pas, mais elle avait renoncé depuis longtemps à me convaincre. Alors que je m'amusais avec ma fourchette à dérouler et enrouler les spaghettis, ils discutaient sur ce que nous allions faire ce soir-là. La bringue, bien sûr. C'est à ça que servaient les soirées : à picoler. Le programme était décidé. Restait à s'accorder sur l'itinéraire et le moyen de transport.

– On ne prend pas la voiture, nous prévint Mónica. C'est clair. Elle va au garage dès demain.

– Allons-y en métro, alors, proposa Coco.

– Tu rêves. J'y vais pas en métro. J'ai pas envie d'empester l'Eau de Métro, après. Les taxis, c'est pas fait pour les chiens, trancha Mónica en nous faisant comprendre que sa décision était irrévocable.

On y alla bien sûr en métro. Et c'est Mónica elle-même qui proposa qu'on entre dans un photomaton faire une photo ensemble pour la postérité. L'endroit était exigu, si bien que la seule façon d'y tenir à trois était que Mónica et moi nous asseyions sur les genoux de Coco. On essaya, mais ce n'était pas si simple : le tabouret sur lequel on devait s'asseoir était trop petit, l'une de nous finissait par glisser et l'on n'arrivait pas à trouver la bonne position. On s'installa finalement comme on put et Coco glissa les pièces dans la fente. Je sentis une main glisser sous mon tee-shirt et me caresser la taille. Ne sachant pas si c'était Coco ou Mónica, je retins mon souffle et me gardai de tout commentaire.

Nous fîmes la tournée des bars habituels : le Iggy, le Louise, le Vía... À trois heures du matin, nous étions à nouveau accoudés au comptoir de La Metralleta. Coco tenait affectueusement

Mónica par la taille. Je contemplais mon verre de whisky, pensive, et je voyais surgir des glaçons une suite de figures oscillantes dont les contours se brouillaient et changeaient à mesure que je tournais le verre entre mes doigts. J'étais complètement ivre. J'avais besoin de me débarbouiller le visage. Je me levai et m'aperçus que je chavirais. J'évaluai la distance qui me séparait des toilettes à une dizaine de mètres et j'estimai que je pouvais les franchir sans grande difficulté, en évitant de m'écrouler ou de me ridiculiser. L'important, c'était de garder la tête haute, de fixer la porte, de me concentrer pour garder l'équilibre et d'avancer en ligne droite en marchant d'un pas délié.

J'étais sur le point d'atteindre la porte lorsqu'une silhouette obscure s'interposa devant moi. Levant les yeux, je finis par reconnaître le visage – rendu flou par ma vue trouble – du grand type que j'avais rencontré la dernière fois, celui que tout le monde prenait pour un flic.

– Salut, tu te souviens de moi ? me dit-il. J'ai essayé de te parler, l'autre soir.

– Oui, je me souviens. Tu voulais quelque chose ? lui répondis-je en essayant de prendre un air détaché et de dissimuler ma langue pâteuse.

– Je ne sais pas, t'es tellement belle que je ne sais pas quoi te dire.

– Ça doit être le sang de ton cerveau qui descend vers le sud. Bientôt t'auras oublié jusqu'à ton prénom.

– J'avoue que j'oublie tout quand je te vois…

C'était pile le genre de phrase qui me donnait envie de vomir et, de fait, je commençai à sentir un tourbillon me remonter de l'estomac vers l'œsophage. Même si les nausées étaient en l'occurrence provoquées par l'alcool.

– Arrête, mon coco. Quand on me dit des trucs pareils, je me demande pourquoi j'ai pas tout le temps du ruban adhésif dans mon sac, lui répondis-je, les yeux toujours rivés à la porte des toilettes.

– Laisse ma copine tranquille, vieil obsédé.

Mónica venait de surgir de la pénombre. Je supposai qu'elle m'avait vu parler avec le type et qu'elle avait foncé vers moi pour éviter une catastrophe. Exactement comme Coco la dernière fois. Leur acharnement à me surprotéger m'agaçait au plus haut point, comme s'il allait de soi pour eux que j'étais incapable de gérer ce genre de situation et de la boucler.

Comme on pouvait s'y attendre, le type disparut et Mónica me bassina avec la même petite rengaine que m'avait chantée Coco : que je devais faire attention à qui je parlais, que le type avait l'air louche. Il me semblait qu'ils exagéraient et que le pauvre gars était sûrement un mec normal à qui je plaisais. La police avait mieux à faire que de traîner par là en essayant de coincer deux apprentis dealers à la petite semaine, mais j'avais trop le tournis pour être d'humeur à me chamailler avec Mónica. Je réussis simplement à bredouiller que je ne me sentais pas bien et que j'avais besoin d'aller aux toilettes. Elle me regarda d'un air inquiet et me prit par la main. Je me laissai entraîner.

Une fois aux toilettes, Mónica me mit la tête sous le robinet pour que l'eau froide me coule sur la nuque. Elle me demanda si je me sentais mieux et j'acquiesçai.

– T'as trop bu, c'est tout. T'as pas l'habitude. Heureusement que tata Mónica est là. Allez viens, suis-moi.

Elle m'indiqua un cabinet d'un signe de tête. Nous y entrâmes et elle ferma la porte derrière nous. Elle ouvrit son sac à dos, sortit son petit couteau et son portefeuille. Dans ce dernier, elle prit une dose ainsi que sa carte d'identité.

– Je ne veux pas d'héro, dis-je.

– C'est pas de l'héro, c'est de la coke. C'est exactement ce qu'il te faut.

Elle posa le portefeuille sur le réservoir et y versa un peu de poudre blanche. Elle divisa le petit monticule à l'aide de sa carte, puis elle étira les deux tas jusqu'à en faire deux lignes. Elle sortit un billet de sa poche de pantalon et l'enroula pour en faire un tube qu'elle me tendit. Elle sniffa en premier, puis ce fut mon tour. Le frottement âpre de la poudre dans les narines livra passage à un goût amer et familier au fond de la gorge. Le cabinet était très exigu et cela nous obligeait à rester tout près l'une de l'autre, nous touchant presque. J'étais plus grande que Mónica, mais ce soir-là nos regards étaient à la même hauteur car elle portait des sandales à semelles compensées.

– Tu sais quoi, Betty ? T'es belle, avec ces mèches. Ça m'étonne pas que Chano ait flashé sur toi…, me dit-elle tout en prenant une de mes mèches blanches et en l'enroulant autour de ses doigts. Puis elle rapprocha mon visage du sien en tirant sur la mèche, au point que nos nez se touchèrent et que nos bouches se trouvèrent à quelques millimètres l'une de l'autre. À cette distance, j'avais l'impression que Mónica avait quatre yeux, quatre billes noires au centre desquelles trônait une petite ampoule qui les éclairait. Je restai immobile, elle pencha légèrement la tête pour que nos lèvres s'effleurent mais elle me laissa la responsabilité du geste décisif. Je pinçai les lèvres et l'embrassai. Ce fut un baiser très chaste, en vérité, un léger contact des lèvres. Alors elle m'embrassa encore, cette fois en caressant ma lèvre inférieure avec sa langue. Je reculai et m'appuyai sur le lavabo, puis je restai là à attendre, les yeux grands ouverts. Elle s'approcha à nouveau de moi et je sentis ses lèvres charnues, chaudes et dures contre les miennes. Un frisson me parcourut et je m'appuyai un peu plus fermement pour le stopper. Mon cœur était si heureux que j'avais l'impression qu'il ne m'appartenait plus. Mes lèvres s'ouvrirent doucement comme une fleur saluant l'aube. Elle s'activa et sa langue aussi. Elle devint pressante, habile. Trop habile. Je me défis de son étreinte, haletante.

– Que va penser Coco ? articulai-je en un murmure héroïque. Dans mon esprit, Coco était le seul obstacle qui nous empêchait de céder à l'inéluctable.

Pour toute réponse, elle me saisit au cou et me ramena contre elle. Si incroyable que cela paraisse, je n'avais jamais embrassé sur la bouche. Elle le savait, j'en suis certaine. J'ignore si elle savait aussi que je l'avais embrassée de nombreuses fois dans mes rêves. Je ne sais si elle jouait avec moi, si elle s'amusait comme le chat qui feint de relâcher la souris juste avant de l'achever. Je ne sais si elle était cruelle ou simplement inconsciente. Je ne sais pas, je ne sais pas, je ne sais pas… Aujourd'hui, je n'ai toujours pas la réponse.

Le bureau de mon père était situé dans un des étages supérieurs d'un énorme gratte-ciel du quartier la Castellana. Pour accéder dans l'immeuble, il fallait présenter sa carte d'identité à un vigile qui s'enquérait de la personne qu'on voulait voir et du motif de votre visite (« personnel », dans mon cas). Mais ce n'était que le premier contrôle. Il fallait ensuite prendre l'ascenseur, entrer dans la boîte de mon père et passer le second contrôle, plus subtil, plus sévère mais non moins désagréable :

celui de la réceptionniste quadragénaire qui regarda ma mini-jupe d'un œil réprobateur. On voyait bien que, sous son tailleur coûteux et ses deux kilos de maquillage, ce n'était pas une très jolie femme. Elle me demanda qui je cherchais. Je lui dis que je venais voir M. de Haya. Elle voulut savoir si j'avais rendez-vous.

– Je suis sa fille, dis-je.

– Je vais voir s'il peut vous recevoir, répliqua-t-elle d'un ton qui insinuait qu'il ne daignerait pas le faire.

Elle appela mon père par l'interphone et dans un murmure lui communiqua ma présence, comme s'il s'agissait d'une information confidentielle. Elle attendit la réponse et me fit savoir d'une voix monocorde que mon père m'attendait. Je m'engageai dans le couloir moquetté sans même lui adresser un regard. Je connaissais parfaitement le chemin.

Mon père vivait dix heures par jour dans un cube dont l'intimité relative – grâce à une porte que l'occupant de la cellule pouvait fermer s'il souhaitait se soustraire aux regards indiscrets – lui conférait un certain statut dans l'entreprise. C'était un bureau comme tant d'autres, de ceux où sont photographiés les cadres du magazine *Ranking* : table en acajou, baie équipée de vitres blindées et fumées, lithographie de Saura derrière le fauteuil, bref, un étalage de luxe et une ambiance quelque peu désuète et égoïste. Mon père s'extirpa de son fauteuil en déroulant son corps qui devint de plus en plus grand. Lorsqu'il fut complètement debout, d'un geste il m'invita à m'asseoir devant lui et me pria de fermer la porte, ce que je fis.

– Il était temps que tu nous donnes des signes de vie, non ? J'en ai marre de vous deux… (Il alluma une cigarette avec un geste d'impatience.) Alors, comment vas-tu et que veux-tu ?

– Je vais bien, je me suis installée chez Mónica.

– Ça, on le savait. Et alors… Tu penses rentrer ? Je présume, oui, car je doute que tu aies l'intention de rester chez ta copine pour le restant de tes jours. Tu devrais appeler ta mère et t'excuser. C'est avec elle que tu t'es disputée. Enfin, tu la connais… Quand elle devient hystérique, il ne faut pas lui prêter attention. Mais elle oublie très vite. N'y accorde pas plus d'importance que ça n'en a. Tu ne gagnes rien à entrer dans son jeu.

Il n'aurait servi à rien de lui dire que ce n'était pas aussi facile, que la dernière dispute avait été trop violente et que j'en étais arrivée à un point où la seule présence de ma mère m'angoissait. Il était évident qu'il essayait désespérément de se dégager de toute responsabilité et, au fond, je ne lui en tenais pas rigueur. Dans un sens, je lui savais gré de l'attitude absentéiste qu'il avait adoptée dans les dernières années. Je le préférais de loin ainsi à ce qu'il était par le passé, lorsqu'il lui prenait la lubie d'intervenir, de solder les disputes par une distribution de coups et de baffes.

Le téléphone sonna. Mon père accepta l'appel et s'engagea dans une discussion d'affaires, complètement indifférent à la présence de sa fille. Il discutait, je me souviens, d'une histoire de marges de distribution. Manifestement, il en allait de l'avenir de l'Humanité que celles-ci n'augmentent pas d'un point. Mon père s'échauffait de plus en plus, cependant que je tripotais nerveusement une de mes mèches blanches en attendant qu'il mette un terme à sa communication. Lorsqu'il raccrocha enfin, il me regarda sans piper mot, comme surpris de ma présence. Peut-être m'avait-il oubliée dans le feu de la conversation. Ensuite, il me pria de l'excuser, il devait assister à une réunion importante. Alors je fondis en larmes. Je jure d'avoir essayé de me retenir, mais en vain. Il commença à tambouriner avec ses doigts sur la table, visiblement à cran.

– Je t'en prie, ma fille… tu as passé l'âge. Nous sommes dans mon bureau, merde ! Sois gentille de ne pas te donner en spectacle comme tu en as si bien le secret.

Il ouvrit un tiroir et sortit une boîte de mouchoirs. Il m'en tendit un pour que je me mouche. J'essuyai mes larmes et m'efforçai d'étouffer mes sanglots.

– Tu sais, dit-il. Tu devrais peut-être en parler avec ton psychiatre. Tu es à un âge délicat… tu sais. Ta mère a commencé à en voir un dernièrement et on dirait qu'elle va mieux. Elle prend des cachets qui paraît-il font des miracles, des antidépresseurs que viennent de mettre au point les Américains. Ma secrétaire en prend aussi.

– Ben dis donc, ça ne lui réussit pas, apparemment, dis-je, miraculeusement ragaillardie. Elle ne m'a pas l'air franchement épanouie.

– En plus, reprit-il comme s'il ne m'avait pas entendue, on avait l'impression que ton psychiatre te plaisait.

– C'est justement parce qu'il me plaisait que tu m'as persuadée de ne plus y aller, répondis-je.

Le médecin dont il parlait m'avait écoutée pendant trois séances, puis il avait tenu à ce que mes parents aillent le voir, car il lui paraissait essentiel de confronter nos problèmes dans le cadre d'une thérapie de groupe. Inutile de dire que mon père refusa catégoriquement d'y participer. Il déclara qu'il était trop occupé pour perdre son temps à de pareilles bêtises et qu'il était certain de ne pas avoir besoin de consulter un psychiatre. Ensuite ils m'envoyèrent en voir un autre, bien plus âgé que le premier et qui se contentait de m'écouter sans déranger mes parents.

Mon père jeta une œillade nerveuse sur sa montre et m'annonça qu'il devait partir. Il me dit de ne pas m'inquiéter pour ma mère, il se chargerait de lui annoncer qu'il m'avait vue et que j'allais bien. Pour finir, il me demanda si j'avais besoin d'argent. Je fis non de la tête et sortis en claquant la porte.

Avant de quitter l'entreprise, alors que je m'apprêtais à entrer dans l'ascenseur, je pivotai sur mes talons et dis à la réceptionniste :

– Au revoir, j'espère que vous serez toujours aussi aimable et sympathique.

– Je te signale que, quand j'avais ton âge, j'avais aussi belle allure que toi si ce n'est meilleure et j'étais autrement plus polie, répliqua-t-elle, très digne.

Mon père devait en avoir plus qu'assez de cohabiter avec deux malades mentales : sa femme et son unique fille. Car mon enfance, il faut le préciser, fut bercée par la conscience que ma mère était malade, même si personne ne m'avait expliqué en quoi consistait exactement sa maladie. Je savais qu'il ne fallait pas l'énerver ni lui donner des émotions fortes, qu'elle ne pouvait pas boire d'alcool ni rester trop longtemps devant la télé, que tous les jours elle devait prendre des gouttes avant chaque repas, que sa table de nuit était bourrée de flacons de comprimés de toutes les couleurs qu'elle appelait en bloc son traitement. Et qu'elle ne pouvait pas conduire. Ma mère était la seule à ne pas venir me chercher à l'école en voiture, les autres filles ne comprenaient pas qu'elle arrive en bus et qu'on reparte aussi en bus ensemble. Dans ce cas, je pouvais tout aussi bien prendre le car de ramassage scolaire. J'étais incapable de leur expliquer pourquoi ma mère était aussi rassurée de savoir que je rentrais avec elle, pourquoi elle semblait vouloir être tout le temps avec moi, ne pas me quitter d'une semelle. Je n'étais pas davantage en mesure de leur expliquer pourquoi elle ne pouvait pas conduire.

La première fois que j'assistai à une de ses crises, je devais avoir six ou sept ans. Je m'en souviens assez bien, quoique les brumes de la mémoire aient évidemment brouillé la scène. La mémoire est menteuse et elle nous trompe souvent en transformant les faits passés. Elle est en outre sélective et subjective car, lorsqu'on se rappelle un épisode passé, on est incapable de le restituer seconde après seconde, on ne conserve que les détails les plus marquants. Comme le sucre dans l'eau, la mémoire se dilue peu à peu dans l'oubli. J'essaie donc de reconstituer la scène comme je peux, tout en sachant que mon souvenir est entaché de lacunes et d'erreurs que mon esprit a incorporées à ce repas qui m'a tant marquée.

Ce devait être un week-end car nous étions tous les trois, mon père, ma mère et moi, assis autour de la table de la salle à manger. La lumière du jour filtrait à travers les vitres, ce n'était donc pas au dîner. Les jours où il travaillait, mon père ne déjeunait jamais à la maison et moi non plus, puisque je restais à la cantine. Un week-end, donc. Mes parents étaient en train d'échanger d'âpres récriminations, mais je suis incapable de retrouver l'objet de la dispute. À un moment donné, ma mère éleva la voix à un niveau inaccoutumé, y compris dans un foyer comme le nôtre où l'on criait à tout bout de champ.

Je me souviens qu'ensuite elle s'effondra comme une marionnette dont on aurait coupé les fils. Sa tête pendait par-dessus la chaise, sa chevelure blonde contrastait avec la tapisserie damassée du dossier. Elle était aussi blanche que la nappe. Un filet de bave lui coulait de la commissure des lèvres le long de la mâchoire. Elle pantelait comme un poisson hors de l'eau et des spasmes secouaient tout son corps, comme si on lui avait appliqué des décharges électriques : on eût dit un androïde dont le système de coordination venait de subir un court-circuit. Mon père bondit de sa chaise comme actionné par un ressort, il se précipita sur cette poupée désarticulée qui était encore sa femme quelques minutes plus tôt et lui fourra tant bien que mal sa serviette dans la bouche.

« Appelle le médecin », cria mon père à mon adresse. « Appelle le médecin. Cherche son numéro dans l'agenda noir qui est sur mon bureau. À la lettre M. Dis qui tu es à la personne qui répondra et explique-lui que ta mère a eu une crise. » D'après son ton, je compris que la situation était grave et je traversai le couloir comme une flèche. En deux enjambées j'étais dans le bureau de mon père et me précipitai sur sa table. L'adresse et le numéro de téléphone du médecin figuraient en première place à la lettre M, écrits en plus gros que le reste, sans doute pour souligner l'importance vitale de cette personne. Mes mains tremblaient tellement que j'avais du mal à composer le numéro. Enfin, j'y parvins. Une voix féminine décrocha à laquelle j'expliquai entre deux sanglots ce qui se passait. Elle me répondit d'une voix rassurante de ne pas m'inquiéter, le médecin serait prévenu sur-le-champ. Je retournai dans la salle à manger en courant. Ma mère gisait sur le tapis en gigotant comme un poisson tout juste pêché. Dès qu'il aperçut mon visage effrayé dans l'embrasure de la porte, mon père, qui lui tenait les bras au-dessus de la tête dans l'espoir de stopper ses mouvements syncopés, m'ordonna d'aller immédiatement dans la cuisine et d'attendre l'arrivée du médecin. Je restai donc dans la cuisine, la joue collée à la porte pour entendre le grincement de l'ascenseur et anticiper l'arrivée du médecin. J'ouvris la porte cinq ou six fois, induite en erreur par les allées et venues des voisins, puis, après une attente qui me parut une éternité, arriva le docteur que je connaissais depuis toujours, celui qui m'avait soignée quand j'avais eu les oreillons et la varicelle, qui m'avait fait des piqûres dans les fesses alors que j'étais haute comme trois pommes. Je lui dis que ma mère était dans la salle à manger et je n'eus pas besoin de lui expliquer où se trouvait celle-ci car il connaissait la maison. Il entra dans la pièce et referma la porte derrière lui.

À travers le panneau en pin, je l'entendais appeler ma mère par son prénom et échanger avec mon père des propos que je n'arrivais pas à décoder. Au bout d'un moment, ils sortirent. Mon père portait ma mère inerte dans ses bras, poupée de chiffon blanche et belle avec ses cheveux tombant en cascade, comme sur les illustrations de la Belle au Bois dormant dans mes livres de contes. Il l'emmena dans sa chambre, suivi par le médecin, et je restai à attendre. Mon père sortit peu après et, d'une voix grave, m'expliqua en quelques mots ce qui s'était passé ; ma mère allait bien, quoiqu'elle fût affaiblie, et je n'avais pas à m'inquiéter. Il m'envoya jouer dans ma chambre et j'obéis comme la bonne fillette que j'étais, puis je me jetai sur mon lit, la tête enfouie dans l'oreiller, m'efforçant de rester immobile, tout à fait immobile, tentant d'empêcher mes yeux de ciller, retenant ma respiration, faisant le vide dans ma tête comme chaque fois que quelque chose me chiffonnait.

Ma mère vint me réveiller le lendemain matin, plus tendre que d'habitude. Elle s'assit à côté de moi et m'annonça que nous allions prendre notre petit déjeuner au lit ensemble, car elle avait beaucoup de choses à me dire à propos des événements de la veille. Elle sortit de ma chambre et revint peu après avec un plateau pliable sur lequel il y avait une carafe de jus d'orange, une assiette remplie de croissants à la confiture. Entre deux bouchées et deux gorgées, elle m'expliqua ce qu'était l'épilepsie.

Au fil des années, beaucoup d'autres conversations feraient suite à celle-ci. Ma mère me raconterait comment avait commencé sa maladie, les symptômes et les conséquences de celle-ci. Avec le temps, je réussis à recueillir suffisamment d'informations pour être en mesure de dresser l'historique clinique détaillé de ma mère. Je fus pendant longtemps sa confidente et elle me parlait avec une franchise que les parents montrent rarement envers leurs enfants. Bien entendu, mon père ne s'adressa jamais à moi ainsi.

Lorsque je retournai chez Mónica après l'entrevue avec mon père, je surpris les tourtereaux au saut du lit, prenant leur petit déjeuner sur la table de la cuisine. Mónica me demanda d'où je venais et je lui dis que j'étais allée me promener. Elle me répéta d'être prudente vis-à-vis des voisins et ne me posa aucune autre question. Puis Coco, le sourire aux lèvres, m'exposa la dernière idée géniale qu'ils avaient concoctée. Après le succès qu'on avait eu avec la vente des comprimés, ils avaient décidé de recommencer à une plus grande échelle : jusqu'à trois heures du matin, Coco dealerait comme d'habitude au bar où tout le monde savait où le trouver, dans le quartier de Malasaña. La plupart des gargotes fermaient à quatre heures du matin, l'heure à laquelle La Metralleta était bondée de petits jeunes impatients de danser et de se droguer. Le plus beau, c'était que cette nouvelle opération n'exigeait aucun investissement, puisqu'ils pourraient fabriquer quelque chose d'équivalent à l'ecstasy à partir de l'arsenal de cachets de Charo.

– Ça s'appelle arnaquer, fis-je remarquer.

– Tu te trompes, répondit Coco. Ça s'appelle accroître la rentabilité. C'est pas toi qui voulais faire des études de commerce ? Pour ton information : les amphés, tu les vends cinq cents pesetas pièce, les ecstasys, trois mille. Sans compter que tout le monde sait qu'on ne trouve pas d'ecstasys de qualité dans la rue.

J'avais entendu parler de ces faux ecstasys. Des gamins qui crevaient d'une syncope au milieu de la piste de danse, de ceux qui devenaient accros à l'héro alors qu'ils ne savaient même pas en avoir pris. Je ne trouvais pas ça loyal de vendre des comprimés bidon.

– Qu'est-ce que tu racontes, me reprocha Mónica. On y met à peine une pichenette d'héro.

– Bon, faites ce que vous voulez, répondis-je. Mais je vous préviens que cette fois, faudra pas compter sur MOI pour les fourguer.

Le téléphone retentit : deux sonneries, une pause, deux sonneries. Le code qui indiquait que c'était un appel pour Coco. Il se leva tout doucement et alla décrocher. Mónica et moi échangeâmes un regard furtif. J'étais jalouse qu'elle lui ait permis d'occuper à ce point le terrain en si peu de temps. Quant à elle, elle ne voulait pas que je me mêle de ce qui ne me regardait pas.

– J'ai cru que tu n'appellerais pas, dit-il. Oui, bien sûr que je l'ai… Oui, chez toi, comme convenu. Mais ce n'est pas moi qui te l'apporterai, ce sera une copine à moi… très mignonne.

La première fois que ma mère a eu une crise, elle avait cinq ans, me raconta-t-elle. Elle jouait tranquillement quand une sorte de flash noir lui a tout à coup brouillé la vue. Ensuite, elle se souvenait d'un attroupement de curieux qui se pressaient autour d'elle en faisant des commentaires horrifiés. Un trait était commun à toutes ses crises : une fois revenue à elle, elle ne se rappelait absolument pas ce qui lui était arrivé. L'ennui, c'était que cela se passa au beau milieu de la place de San Francisco, alors qu'elle jouait à la ronde avec d'autres filles, et le bruit courut ensuite qu'elle était possédée par le diable. Son père l'emmena à Madrid consulter les meilleurs spécialistes. À l'époque, ce n'était pas si évident. On ne disposait ni des traitements ni des connaissances actuels, disait ma mère. Personne ne semblait savoir exactement ce qu'elle avait.

Lorsque la fillette grandit, sa mère, son père et ses tantes réussirent pour une fois à se mettre d'accord. L'enfant ne devait pas rester à Oviedo, car tout le monde dans cette ville était au courant de sa maladie et il serait donc impossible de la marier. Le père, qui était avocat et avait fait ses études à Madrid, n'avait pas envie de livrer sa fille à la médisance des ignorantes. La mère et les tantes, elles, trouvaient dommage qu'un amour de fille comme elle, si polie et si mignonne, soit vouée à coiffer sainte Catherine. (Lorsque j'entendais cette histoire, j'avais froid dans le dos en pensant que si ma mère n'avait pas été aussi belle, les femmes de sa famille auraient trouvé normal de la condamner à repriser des chaussettes et à assister à la messe pour le restant de ses jours.) On l'envoya donc faire sa scolarité à Madrid, dans un pensionnat de bonnes sœurs françaises où les jeunes filles de bonne famille apprenaient le français, la couture, la broderie et l'économie domestique, dans le but de devenir un jour de bonnes épouses et de bonnes mères. Les sœurs, au courant de son problème, veillèrent toujours à lui éviter les émotions fortes et les contrariétés, et elles étaient dûment informées de la marche à suivre en cas de crise.

Un oncle de ma mère vivait à Madrid. Il avait la quarantaine, une réputation de bon vivant et n'était pas très bien vu de la famille. J'imagine que quand celle-ci le blâmait d'être célibataire et noceur, elle songeait à son homosexualité. Toujours est-il que c'était l'unique relation que ma mère avait à Madrid, et en fille bien élevée qu'elle était, elle lui envoya un mot pour lui communiquer son adresse. Son oncle ne tarda pas à répondre et, à la joie de ma mère et au grand dam de sa famille, il devint bientôt son chevalier servant, le galant accompagnateur qui chaque week-end l'emmenait au Retiro, au cinéma, au théâtre, faire du lèche-vitrines sur la Gran Vía, assister aux concerts du Real et boire des cocktails chez Chicote, tout en ne manquant jamais de la déposer devant la porte du pensionnat à neuf heures et demie tapantes, ainsi que l'exigeait la bienséance. Ma mère l'adorait et elle était persuadée qu'il lui vouait un amour platonique en retour.

Ils en étaient arrivés à un tel degré d'intimité qu'elle osa lui confier son secret, bien qu'elle eût été sévèrement chapitrée par sa mère et ses tantes pour ne le révéler que contrainte et forcée. Son oncle, qui était un homme cultivé, lui apprit à accepter sa maladie et lui expliqua que Jules César était épileptique et probablement Teresa de Jésus aussi, que c'était une maladie comme une autre, ou plutôt différente puisqu'elle était génétique, et qu'elle n'avait donc pas à en avoir honte. Ma mère me racontait cela avec une pointe de fierté dans la voix.

C'est en allant boire des cocktails chez Chicote que ma mère connut mon père. Mon père était alors un jeune et bel avocat (l'homme le plus beau de Madrid, au dire de ma mère) qui remarqua aussitôt cette jeune fille débarquée de province et ne la quitta des yeux que lorsqu'on la lui eut présentée. J'ai dû l'intéresser, précisément parce que je ne voulais rien savoir de lui, disait ma mère, parce que j'étais une fille timide qui n'osait pas regarder les gens dans les yeux et que je refusais catégoriquement de sortir en tête à tête avec lui. Il dut attendre des mois avant de pouvoir m'emmener en balade au Retiro. J'étais folle de lui, en vérité, mais plutôt mourir que le montrer.

Au bout d'un an, le jour de ses dix-huit ans, alors qu'il approchait de la trentaine, qu'il disait en avoir assez des petites aventures mondaines et vouloir se ranger avec une bonne catholique, il lui déclara sa flamme. Dès que la nouvelle arriva à Oviedo, il y eut un conseil de famille au cours duquel on décida que la gamine resterait à Madrid, car si elle retournait à Oviedo, la distance aurait raison de leur relation, et il n'était pas question de risquer de perdre un si bon parti. Qui plus est, si le jeune fiancé allait rendre visite à sa bien-aimée à Oviedo, quelqu'un finirait par lui raconter le problème de la petite, or, pour le moment, il valait mieux garder le secret. On arriva donc à un accord avec les bonnes sœurs pour que ma mère puisse continuer à vivre chez elles, même si elle avait terminé sa scolarité et pourvu qu'elle respecte les règles et les horaires de la maison. Ma mère « travaillait » (façon de parler) dans la section féminine, enseignant la cuisine et organisant des visites de charité dans les quartiers pauvres. Elle sortait tous les soirs, que ce fût avec son oncle ou avec son très sage fiancé, ou bien avec les deux à la fois. Ils allaient à l'hippodrome, chez Gijón, chez Chicote, au Café Comercial ou chez Lhardy. Elle avait le fiancé le plus beau de Madrid et elle menait une vie digne de figurer dans les échos de la bonne société. Elle était heureuse, en somme. On ne lui avait pas appris à aspirer à une existence plus élevée.

Lorsque la date du mariage fut enfin fixée, la petite Herminia fut aux prises avec un sérieux problème moral. Son fiancé n'était absolument pas au fait de sa maladie. Les bonnes sœurs avaient jalousement gardé le secret, ainsi qu'on les en avait priées, et, heureusement, mon futur père n'avait jamais été témoin d'une crise. C'était une maladie héréditaire, elle le savait, et elle comprenait très bien qu'aucun homme ne veuille s'encombrer d'une femme ayant un problème pareil, et encore moins risquer de le transmettre à sa progéniture. Il eût été facile de garder le silence, ainsi que la mère et les tantes l'avaient conseillé, et plus tard, lorsqu'une crise surviendrait, il aurait suffi de dire que c'était la première, que personne n'était au courant, car on décrivait de nombreux cas où cela ne se manifestait qu'à l'âge adulte. Mais ma mère savait que le mensonge était un péché, aggravé si elle le commettait à l'encontre de celui qui partagerait le restant de ses jours, unie à lui par un lien fondé sur le respect, la loyauté et la sincérité réciproques. Elle s'en ouvrit donc à son confesseur et décida de tout raconter à son fiancé.

Et quelle ne fut pas sa surprise lorsqu'il sembla non seulement comprendre parfaitement le problème, mais se montra très bien informé de la nature de cette maladie, sachant que c'était un problème neurologique et non pas une malédiction. Cela ne le gênait pas le moins du monde qu'Herminia soit épileptique et cela ne représentait pas un obstacle à son amour. À l'époque, disait ma mère avec une lueur de nostalgie dans les yeux, à l'époque il m'aimait vraiment et, quand je me suis mariée, j'étais sûre de lui, sûre que toute ma vie il prendrait soin de moi. Car on avait toujours pris soin d'elle – les mères, les tantes, les bonnes sœurs, son oncle –, et elle ne pouvait pas concevoir qu'on ne s'occupe pas constamment de sa personne. Mais lui, il n'était pas comme ça. Lui qui avait imaginé des enfants courant à travers la maison, un ou deux petits garçons pour perpétuer son nom ainsi qu'une fille qui hériterait de la beauté de sa mère, il fut déçu de constater que ces bambins n'arrivaient pas et il en eut bientôt assez d'elle, comme un enfant qui en a assez de jouer et relègue à jamais dans un coin la petite voiture qu'il a convoitée pendant des mois. Durant ces années aussi interminables que vaines, il prit peu à peu ses distances, fatigué des soupirs et des jérémiades de son épouse, des consultations chez le gynécologue, de l'amertume qui rendait l'air de la maison irrespirable. Elle n'aurait jamais cru qu'elle n'aurait pas d'enfants. Au début, elle s'ennuya, ensuite elle désespéra puis elle devint une hystérique infernale. Lorsqu'elle me conçut enfin, cela faisait bien longtemps qu'elle avait tiré un trait sur l'amour de son mari, mais elle se dit que cela n'avait pas d'importance, que désormais j'étais là pour la choyer, pour l'adorer et pour m'occuper d'elle. Jamais elle ne m'a pardonné d'avoir déçu ses attentes.

Le porche était impressionnant. Un escalier de marbre s'élevait jusqu'à un long couloir que l'on devinait du portail en fer. Un chat en pierre trônait dans une posture digne et élégante sur le poteau de la rampe. Je montai jusqu'au palier. L'ascenseur était imposant : une de ces anciennes cabines aux parois en bois noble revêtues de miroirs. Un petit tabouret en velours rouge donnait une impression de confort vieillot. Je pressai le bouton du troisième. Tandis que l'ascenseur montait en cahotant et en grinçant, je me dis – mais trop tard – que j'aurais peut-être dû emprunter l'escalier. L'antiquité s'arrêta enfin et à mon soulagement je me retrouvai sur le palier du troisième étage, devant le garçon qui m'avait déverrouillé la porte d'en bas et qui était sorti me recevoir. C'était un jeune homme bronzé et gominé, vêtu d'une chemise à rayures impeccablement repassée, d'un jean qui avait l'air tout neuf et de chaussures italiennes. Je lui dis que je venais de la part de Coco, il opina du chef et me fit signe d'entrer. Il me conduisit dans un immense salon décoré dans des tons clairs. Un énorme tableau accroché au-dessus de la cheminée attira mon attention : c'était un Zóbel et il avait l'air authentique. Il me demanda si je voulais boire quelque chose, un whisky, peut-être. J'acquiesçai sans mot dire. Il se dirigea vers le bar et revint avec une bouteille et deux verres.

– C'est chez toi ? demandai-je pour meubler.

– Oui, enfin, c'est chez mes vieux. Ils sont en vacances, précisa-t-il.

– Comme tout le monde, dis-je.

Il versa le whisky d'une main tremblante et me tendit un verre.

– T'as apporté le paquet ? me demanda-t-il.

Je sortis de mon sac à dos le colis que m'avait confié Coco. C'était très lourd. Il me pria de l'attendre un moment. J'acquiesçai et, une fois qu'il fut sorti, je vidai mon verre d'un trait. Le garçon revint au bout d'une minute, transfiguré, radieux. Un air de satisfaction illuminait ses traits. Apparemment rassuré sur le contenu du paquet, il s'était détendu. Il s'assit sur le canapé et me lança un regard mi-surpris mi-scrutateur, comme s'il venait tout juste de remarquer ma présence. Ce jour-là, j'étais déguisée en Mónica : minijupe au ras des fesses et vieux tee-shirt deux tailles en dessous. Je m'étais aussi crêpé les cheveux. Je me rendis compte que le garçon lorgnait mes jambes et je me dis que j'aurais peut-être dû m'habiller autrement.

– Tu aimes la musique ? demanda-t-il sans rime ni raison.

– Ben oui, répondis-je.

– Mon père est chef d'orchestre, mais ça m'étonnerait que tu le connaisses.

Il cita le nom d'un chef assez connu. Je lui dis que je le connaissais – pas personnellement, bien sûr –, que je l'avais même déjà vu diriger. Je lui expliquai que ma mère était membre de l'Association philharmonique de Madrid et que, petite, je l'accompagnais aux concerts du Real. Mes connaissances en musique semblaient le surprendre. Les mecs s'imaginent que votre quotient intellectuel chute automatiquement de dix points à partir du moment où vous portez une minijupe.

– Tu devrais venir voir la collection de disques de mon père, dit-il. Viens…

Il se leva et me fit signe de le suivre. Nous franchîmes un long couloir sombre et étroit, aux murs tapissés de tissu, qui menait à une immense chambre bien rangée, décorée avec sobriété. Je remarquai un crucifix au-dessus du lit, détail qui me rappela la chambre de ma mère. Outre le lit étroit, il y avait deux fauteuils en cuir qui avaient l'air très confortables, séparés par un petit guéridon. Un des murs était entièrement recouvert d'étagères sur lesquelles reposait une impressionnante collection de CD.

– C'est la chambre de ton père ? demandai-je.

– Oui, ils font chambre à part.

– Les miens aussi.

Il m'expliqua qu'en été, quand ses parents partaient en vacances, il s'installait dans la chambre de son père, la plus fraîche et la plus calme de la maison. La sienne donnait sur la cour et, entre le boucan des voisins et la chaleur, il était impossible d'y dormir. Les deux derniers étés, il n'avait pas quitté Madrid parce qu'il préparait un concours pour entrer dans le corps diplomatique et celui-ci se déroulait en septembre. En fait, il n'avait pas grand espoir d'être reçu cette année, même si c'était la troisième fois qu'il se présentait.

– Je suppose que je finirai par déclarer forfait, mais j'ai pas la queue d'une idée de ce que je ferai après. J'espère que le vieux me trouvera un boulot quelque part.

Je m'assis dans un des fauteuils et commençai à guigner la tranche des disques. Les *Variations Goldberg* interprétées par Glenn Gould attirèrent mon attention.

– Tu peux le mettre ? demandai-je.

– T'as qu'à le prendre. Personne ne s'en rendra compte. Les labels les envoient à mon père, parce qu'il écrit dans *ABC* et dans d'autres journaux, m'informa-t-il. Regarde : certains ont encore le plastique d'origine. Il ne les a même pas ouverts. C'est bizarre qu'une fille comme toi, avec ton allure, aime ce genre de musique… Au fait, tu ne m'as pas dit comment tu t'appelais.

– Bea.

– Moi, c'est Paco. Tu veux un autre whisky ?

– D'accord.

Lorsqu'il revint avec la bouteille et deux verres, il me trouva à genoux sur la moquette, en train d'inspecter les disques. Je calculai qu'il y en avait pour une petite fortune en CD. Le garçon s'assit près de moi, nous servit à boire et engagea une conversation sur les compositeurs qui tourna très vite au monologue : en l'espace de quelques minutes, il me récita une liste de noms, de dates, d'œuvres et de mouvements artistiques impressionnante. Mais en réalité, il ne montrait aucun enthousiasme pour ce qu'il racontait. Il semblait plutôt se borner à répéter de façon mécanique une leçon apprise par cœur. Nous continuâmes à parler musique en buvant. À un moment, il passa sa main par-dessus mon épaule. Le whisky commençait à me monter à la tête et j'avais du mal à lire ce qui était écrit sur la tranche des compacts. Il m'attira vers lui plus franchement. Je tentai de me dégager mais cela ne fit qu'empirer les choses. Mon tee-shirt étant très court et très moulant, il me cachait à peine le nombril si bien que, quand je bougeais, on voyait mon soutien-gorge en satin noir (appartenant bien sûr à Mónica). Il m'empoigna vigoureusement les bras et essaya de m'embrasser. Je me démenai comme un beau diable pour me débarrasser de ce fardeau qui me bavait dessus. Allez, sois pas gamine, me chuchotait-il à l'oreille. On se battit, il me fit tomber et me plaqua au sol en me chevauchant. D'une main il me tenait les bras au-dessus de la tête tandis que de l'autre il furetait entre mes cuisses. Je me jurai que si je me tirais de là, je ne porterais plus que des pantalons (et j'ai tenu parole). Je rassemblai mes forces, je les concentrai dans mes jambes et lui assenai un coup de genou dans l'estomac qui lui coupa le souffle. Le temps qu'il reprenne ses sens, je réussis à me relever, m'emparai de la bouteille et la lui assenai sur la tête. Je savais par expérience qu'à partir du moment où j'avais commencé à le frapper, je devais l'assommer, sinon ce serait bien pire après. Je savais qu'aveuglés par la colère, les hommes perdent le contrôle, que, semblables aux taureaux, les coups les excitent et qu'il vaut mieux ne pas s'amuser à les asticoter. Je savais tout cela car ma mère me le rabâchait au sujet de mon père. Il chavira quelques instants puis il tenta de se lever, alors je cognai une seconde fois, plus fort. Un filet de sang jaillit de son crâne et coula doucement sur son front. Après quoi, il s'écroula.

Je restai figée un long moment, la bouteille à la main, en proie à une sorte de terreur hypnotique. Le temps sembla s'arrêter quelques minutes. Je crois n'avoir pas remué le moindre muscle, n'avoir même pas cillé, incapable de reprendre mes esprits, de comprendre ce que je venais de faire. Ma première réaction lorsque je recouvrai mon self-control fut de boire une lampée d'alcool, puis je me rapprochai prudemment de Paco pour m'assurer qu'il respirait encore, qu'il avait seulement perdu connaissance. Je le poussai légèrement pour le retourner et remarquai alors la bosse que formait son portefeuille dans la poche gauche de son pantalon. Je m'en emparai et fouillai dedans : j'y trouvai un billet de dix mille que je cachai dans mon soutien-gorge. À la recherche d'autre chose à emporter, j'ouvris le tiroir de la table de nuit qui contenait des papiers, une boîte de préservatifs et le colis que j'avais apporté : un paquet compact et lourd. Il était encore enveloppé de papier journal mais n'avait plus la ficelle qui le retenait. Je le défis soigneusement, intriguée, et découvris un flingue. C'était la deuxième fois de ma vie que j'en tenais un dans ma main.

Mon père avait un pistolet qu'il cachait dans un tiroir de son bureau. Depuis que j'étais toute petite, depuis la première fois que mon père avait frappé ma mère, ou bien moi, je rêvais d'ouvrir ce tiroir, de prendre l'arme, de me rendre en pleine nuit dans sa chambre et de profiter de son sommeil pour la décharger sur lui. Même plus âgée, je fantasmai souvent sur l'idée de tirer sur lui ou sur ma mère, ou bien sur moi-même. Mais je n'ai jamais pu vérifier si, le moment venu, je m'en serais servie pour de bon car un beau jour elle disparut du tiroir. Mon père finit sans doute par deviner que je l'avais découverte et qu'il m'arrivait de jouer avec. Ou bien il s'en débarrassa parce qu'il avait peur de lui-même, peur de se laisser emporter par la colère et de nous tirer dessus, allez savoir. Je n'ai évidemment jamais osé lui demander où elle était passée.

Pistolet ou revolver – je n'ai jamais su quelle était la différence entre les deux –, il s'agissait d'une arme noire et luisante qui, contrairement à celle de mon père, n'avait pas de barillet.

Elle avait une forme rectangulaire et compacte, une crosse revêtue de bois verni. Elle était plus petite et moins lourde que celle de mon père. Elle se calait assez bien dans ma main. Je la caressai avec une extrême précaution et pas mal de frayeur, je dois le reconnaître. Je me postai devant un miroir accroché au mur et visai ma propre image.

Je grimpai le perron de l'immeuble de Mónica, les cheveux en bataille et les vêtements chiffonnés, chargée de deux énormes sacs, lourds comme des pierres. Le soir tombait. Je croisai les deux voisins au caniche (cela devenait une manie) qui s'enquirent – très aimablement – d'où j'allais. Lorsque je répondis que j'allais chez Mónica, ils demandèrent des nouvelles de Charo et de son mari. Ils ne les avaient pas vus depuis des jours, étaient-ils hors de Madrid ? Je leur expliquai qu'ils étaient en vacances à Majorque avec les petits, même si je savais que Mónica le leur avait déjà dit.

– Et ils laissent la petite toute seule ici ? s'étonna la voisine.

Je montai dans l'ascenseur et sentis les voisins s'éloigner derrière moi en chuchotant.

Mónica vint m'ouvrir. Je me jetai dans ses bras et lui fis un récit entrecoupé de larmes et de hoquets : j'avais remis le paquet comme ils me l'avaient demandé, le garçon avait essayé de me violer, j'avais fini par lui donner un coup de bouteille de whisky sur la tête, l'horreur d'un bout à l'autre. Mónica me serra dans ses bras chaleureusement pour me calmer, puis elle remarqua les sacs.

– Qu'est-ce que t'as apporté ? Tu l'as pas découpé en morceaux, quand même ?

– Mais non, voyons, dis-je en essuyant mes larmes d'un revers de main. Je n'avais pas de fric pour prendre un taxi alors j'ai dû lui faucher ce qu'il avait dans le portefeuille. Et puis je me suis dit que tant que j'y étais, je n'avais qu'à emporter tout ce que je pouvais. J'ai fait une razzia dans le frigo et j'ai fourré le tout dans deux sacs de courses. J'ai aussi déniché quelques chaînes en or de la mère et un walkman. Trois fois rien.

Elle me regarda bouche bée.

– T'as fait tout ça, toi ? demanda-t-elle, et sa façon de dire « toi » montrait qu'elle m'en croyait incapable.

Coco, qui était resté dans le hall à regarder la scène, intervint. J'ignorais depuis combien de temps il se tenait là. Il me dit en élevant le ton bien plus qu'à son habitude que j'étais folle, que je n'avais pas idée des conséquences de mes actes. Sourde à une telle explosion de décibels, je lui dis le plus calmement du monde de ne pas s'inquiéter puisque je n'avais pris aucun objet de valeur. Il s'agissait plutôt d'un larcin que d'un vol. Enfin, rien de grave, légalement parlant.

– C'est comme de piquer au Corte Inglés. On ne va pas en prison pour ça, dis-je.

– Tu ne sais pas ce que t'as fait, dit-il en hochant la tête d'un air soucieux. Je crois que tu nous as mis dans une sacrée merde.

– Tu t'y mets tout seul, dans la merde ! répondis-je, indignée. Qu'est-ce que je fous, moi, à me promener dans Madrid avec un flingue ? T'aurais pu me prévenir !

Essaie d'expliquer à ton psychiatre, ce psychiatre que paie ton père, à quel point tu as du mal à lui parler, lui qui n'a pas vécu ce que tu vis en ce moment. Explique-lui que tu te sens malade, qu'il pourrait s'agir d'un syndrome d'abstinence ou d'une simple dépression, le fait est que tu es en larmes depuis deux jours et que par instants le nœud qui t'étreint la gorge devient si serré que tu dois t'enfermer dans la salle de bains afin que Mónica ne te voie pas pleurer. Tu pourrais lui fournir mille explications, si elle te demandait pourquoi tu es triste, ou bien aucune. Tu es triste parce que tu penses ne plus comprendre Mónica et ne plus être comprise d'elle. En réalité, pour être franche, tu crois que personne ne peut te comprendre. Il est vrai que dernièrement vos différences sont devenues de plus en plus douloureuses et évidentes. C'est comme si tu t'étais efforcée de construire un refuge pendant six longues années et qu'il s'écroulait subitement, mettant à nu l'échafaudage sur lequel tu avais bâti cette relation illusoire, montrant que celui-ci était fabriqué de frêles roseaux et non de poutres en acier, comme tu croyais. Tu penses que tu souffres d'un manque d'amour si désespéré que tu t'obstines à garder ton amie coûte que coûte, bien que tu la craignes et parfois la méprises ou même la haïsses, mais la vérité, la triste vérité, c'est que tu l'aimes aussi. Tu l'aimes à la folie, c'est le cas de le dire. Tu te sens incapable de te passer d'elle car tes affects sont très primaires : tu aimes ton amie de la même manière que tu aurais dû aimer ton père ou ta mère, de façon irrationnelle et infantile. Idéalement, tu le sais, les relations doivent être fondées sur une communauté d'idées, d'opinions et d'intérêts, mais toi, tu les établis exclusivement sur ton besoin désespéré d'amour et tu es prête à tout sacrifier pour te sentir aimée, y compris tes principes et ta propre sécurité. En même temps, tu sais qu'auprès de ton amie et de son jules tu es en train de dépérir comme une petite lampe qui s'éteint. Tu ne partages plus rien avec Mónica, tu ne la comprends pas, elle ne te fait plus rire. D'un autre côté, l'idée de ne plus être à ses côtés t'est insupportable : que te resterait-il alors dans la vie ? Tu tentes de prendre de la hauteur par rapport à un certain nombre de choses, de ne pas juger, de ne pas te répéter à longueur de temps que tes parents sont responsables de ton malheur, car tu veux éviter de remettre entre leurs mains la possibilité d'être heureuse un jour. Oui, tu sais qu'il faut regarder en arrière d'un œil objectif, retrouver la fillette que tu as été et qui sommeille toujours en toi. Et si justement un jour tu la trouvais ? Et si tu ne lui plaisais pas ou bien si elle ne te plaisait pas ? Et si après l'avoir réveillée, elle refusait de retourner se coucher ? Et si elle décidait de passer toute la nuit à regarder la télé ? Tu te répètes chaque jour que l'important, c'est d'aller de l'avant, d'oublier, mais tu n'y parviens pas. Il est des jours où tu n'en peux plus. Tu ne comprends pas pourquoi la visite à ton père t'a fait si mal, pourquoi, contrairement à lui, les cris de ta mère te font tant souffrir, pourquoi tu es si inapte à voir le côté drôle de ses déraillements. Tu tentes d'expliquer au psychiatre que tu as peur, que tu es jalouse de Coco, que tu n'es pas convaincue par les galères où tu es en train de t'embarquer. Tes explications sont confuses, truffées de termes qu'il ne comprend pas : Coco est une « racaille recyclée » qui se donne des airs de bourge mais vit de la « bivrave » et du « bizness », et Mónica a beau se donner des aires d'« indie » et d'« undergrunge », c'est une « bourge recyclée », tu commences à en avoir assez que Mónica et Coco ne sachent pas s'amuser sans se « déchirer », et il y a un mec à La Metralleta avec qui t'as l'air d'avoir un ticket, Mónica prétend que c'est un « stup », mais toi tu penses que c'est juste un yuppie « gravement largué »... Tu essaies de lui expliquer que tu vas de plus en plus mal physiquement et mentalement, mais le docteur ne comprend pas quand tu lui parles de « descente », et tu t'embrouilles de plus en plus, tu te retrouves avec un fatras de pensées dans les mains et tu ne sais pas comment les démêler. Non, tu ne sais pas comment tout cela a commencé, à quel moment ta tête s'est mise à flancher ni comment organiser tes pensées en une suite cohérente afin d'y repérer celle qui cloche. Ça ne va pas fort, tu le sais, mais tu es incapable de mettre le doigt sur ce qui cloche. Le docteur finit par te conseiller de faire plus d'exercice et par te tendre une ordonnance. T'as beau essayer, c'est toujours la même chose. Tel était mon cas en ce 23 juillet, jour de mon rendez-vous hebdomadaire chez mon psychiatre.

J'étais partie à mon rendez-vous sans prévenir, profitant de ce qu'ils dormaient encore. Après la discussion de la veille, je n'avais plus envie de rendre compte de mes actes. À mon retour, Mónica était réveillée et elle entonna bien évidemment son petit discours de rigueur. Il fallait éviter autant que possible de nous promener dans l'immeuble en plein jour afin que le gardien ne devine pas qu'on squattait chez elle. Je lui répliquai que Coco était parti aussi, qu'il avait dû aller s'occuper de ses affaires, de sorte que je n'étais pas la seule que les voisins étaient susceptibles de croiser. Quand je lui racontai que je revenais de chez le psychiatre, elle cessa de me sermonner car elle avait toujours jugé que j'avais besoin de l'aide d'un professionnel, il ne fallait pas qu'il me prenne l'envie de recommencer mon petit numéro du suicide. Encore que Mónica ait toujours soutenu que celle qui avait vraiment besoin d'un psychiatre, c'était ma mère. Ensuite, lorsque je lui montrai mon ordonnance, elle faillit faire des bonds de joie. On m'avait prescrit un anxiolytique qui, mélangé à de l'alcool, avait des effets psychotropes, de sorte que, selon Mónica, nous pouvions nous défoncer à bon compte ou alors essayer de fourguer les cachets. Inutile de dire que l'idée ne l'effleura même pas que je puisse suivre mon traitement normalement, c'est-à-dire que je prenne un comprimé à chaque repas et que je m'abstienne de boire de l'alcool. Elle ne pensait pas que j'en avais réellement besoin.

Nous ne parlâmes pas de nos baisers passionnés dans les toilettes de La Metralleta. Elle faisait beaucoup de choses quand elle avait bu, des gestes qu'elle oubliait ou qu'elle regrettait par la suite. Je n'osai donc pas aborder le sujet. Je n'ai jamais eu le droit de poser des questions.

La manie de m'envoyer chez le psychiatre vint de ma mère qui, sous traitement médical permanent en raison de son épilepsie, tenait pour acquis que toutes les maladies se soignaient, ou du moins se stabilisaient, grâce aux médicaments et aux spécialistes. Je n'avais jamais jugé le problème de ma mère si grave que ça. J'étais portée à croire qu'elle se servait de sa maladie comme d'une arme, afin de nous culpabiliser du peu d'attention que, selon elle, on lui accordait. Je ne l'ai vue faire que deux autres crises aussi violentes que la première, à chaque fois le soir de Noël. Ce jour-là, le bureau de mon père fermait très tôt, c'est-à-dire avant midi, puis, traditionnellement, les employés partaient fêter Noël tous ensemble. On oubliait la hiérarchie et, dans un élan d'égalitarisme, les avocats flirtaient avec la réceptionniste, le chef comptable faisait des confidences à l'homme à tout faire. Cette excuse permettait à mon père de rentrer légèrement éméché, beaucoup plus tard que ma mère ne le jugeait convenable. Elle se plaignait alors qu'il empestait l'alcool. Il répliquait que ce n'était pas parce qu'elle ne savait pas s'amuser qu'elle devait en empêcher les autres. Après quoi, elle fondait en larmes. Et ainsi de suite, une année après l'autre.

Par deux fois, mon père arriva plus tard que prévu, alors que la dinde avait refroidi dans le four et que les feuilles de scarole commençaient à noircir sous l'effet du vinaigre. Il trouva ma mère en pleurs, bredouillant des insultes et des reproches. Je m'embusquai derrière elle, partagée entre l'indignation et la lassitude. Elle lui hurla : « Tu trouves sûrement amusant d'arriver à cette heure, tu te fiches royalement de savoir que ta fille et moi ayons passé la journée à préparer le dîner, tout ça pour que monsieur se pointe à onze heures du soir, après avoir célébré on ne sait où et avec on ne sait qui une date censée être sacrée. » Il ripostait en hurlant lui aussi : « Je t'en prie, Herminia. Passons une soirée en paix. Au moins le soir de Noël, ça nous changerait. Et puis tu sais bien que je n'aime pas du tout que tu me fasses des scènes devant la petite. » Elle (criant encore plus fort) contre-attaqua : « Oui, la petite… Voilà que tu t'inquiètes pour la petite, à présent ! Comme si tu t'en souciais, de la petite. Tu ne la vois jamais ! Et puis c'est bien qu'elle voie le genre d'homme à éviter quand elle sera grande, la petite. » Si ce n'étaient ces phrases-là, c'en étaient d'autres du même acabit. Des reproches qui revenaient au moins une fois par semaine. Des litanies qui s'étaient vidées de leur sens, à force d'être répétées. Mais moi, je savais que je ne m'approcherais jamais d'un homme comme celui-là ni d'aucun autre. À l'époque, je voulais me faire nonne. Le seul modèle de femme célibataire que je connaissais.

J'avais douze ans lors de ce premier drame de Noël. Quand ma mère commença à avoir des convulsions et que je compris ce qui se passait, lorsque je dus rechercher le numéro du médecin, le cœur battant et les mains tremblantes, je haïs mon père de lui avoir fait ça, de l'avoir mise dans un tel état.

La même scène se renouvela trois ans plus tard. Mais cette fois, mon père arriva complètement ivre. Pas juste éméché, non. Beurré comme un coing. Je m'en rendais parfaitement compte, à cause de sa voix pâteuse et de sa démarche en zigzag. Le fait est qu'il ne sembla pas s'inquiéter lorsque ma mère s'écroula par terre après l'engueulade rituelle et les insultes saturées de décibels, je ne sais pas très bien si l'alcool l'empêchait d'avoir conscience de la gravité de la situation ou s'il en était arrivé à un point où les crises de ma mère ne l'impressionnaient plus mais le fatiguaient. Cette fois, c'est moi qui tins ma mère et qui lui fourrai la serviette dans la bouche. À ma grande surprise, il ne se précipita pas sur le téléphone comme j'aurais pu l'espérer mais se dirigea dans sa chambre d'un pas chancelant. « Bon sang, qu'est-ce que tu fais ? lui dis-je. Tu vas laisser maman dans cet état ou quoi ? – T'as qu'à t'en occuper, me répondit-il. Vous en avez marre de moi, non ? Eh bien, débrouillez-vous toutes seules. » Ma mère était toujours dans mes bras, inconsciente. La crise avait été brève. Je dis à mon père en hurlant à gorge déployée qu'il n'était qu'un fumier et que je le haïssais de toute mon âme. Alors il se retourna au milieu du couloir et se dirigea vers moi, précédé par le grondement de ses pas. « Tu ne parles pas comme ça à ton père, tu entends ? vociférait-il. Tu ne parles pas comme ça à ton père. » Et avant que je puisse réagir, il était devant moi. Il me retourna une gifle qui me coupa le souffle. Les larmes me montèrent aux yeux, tandis que ma mère me glissait des bras et tombait par terre. J'entendis sa tête cogner sur le lino de la cuisine et je craignis le pire. Je haïs mon père comme jamais je n'avais haï personne, ni les bonnes sœurs, ni les petites minettes de l'école. De fait, je crois que je n'ai jamais haï autant quelqu'un depuis. À l'époque, ma mère et moi nous étions déjà éloignées l'une de l'autre, mais, un instant, je me sentis à nouveau en symbiose, comme une partie d'elle-même, membre d'une armée en campagne contre un ennemi commun.

La méthode de fabrication des cachets maison était très simple. Les amphés étaient écrasées dans un mortier, mélangées avec un chouia d'héro et un soupçon d'aspirine pour enfants. Ce mélange était introduit dans des capsules de Doliprane préalablement vidées. *Et voilà**. C'était si simple que j'avais du mal à croire que cela marcherait.

Coco m'avait expliqué point par point ce que je devais faire. Je reçus des instructions détaillées concernant le genre de questions que je devais poser à mes clients pour démasquer d'éventuels flics en civil. Si t'as le moindre doute, disait Coco, tu ne vends pas. Selon Coco, j'étais la dealeuse idéale dans la mesure où je n'en avais absolument pas la dégaine : ma beauté attirerait des clients indécis et mon air innocent dissiperait les soupçons. Pourquoi, quand Coco parlait de ma beauté, était-ce toujours pour lui trouver des applications pratiques ? Je voulais que quelqu'un me trouve belle et point, sans en attendre quoi que ce soit.

Nous avions déjà fait courir le bruit à La Metralleta que je fourguais de l'ecstasy. Je me dirigeai donc vers mon coin pour attendre les clients. J'étais rassurée : tout s'était bien passé la première fois et il n'y avait aucune raison pour que cela change. J'avais trouvé le truc et, au fond, j'aimais bien ça. Savoir qu'il y avait au moins une chose au monde que je réussissais me consolait.

Je le vis traverser la piste et j'en restai médusée. Il n'était vraiment pas à sa place dans cet endroit. Un yuppie bécébégé qui se croyait branché (jean, tee-shirt en coton, sourire ultrabrite, structure osseuse d'athlète américain et biceps de gymnaste, l'allure générale de celui qui n'a jamais cassé une assiette de sa vie) et qui s'approcha de Mónica en arborant un grand sourire comme s'il s'était agi d'un drapeau blanc. Javier López de Anglada en personne honorant La Metralleta de son impeccable présence ! C'était le premier petit ami officiel de Mónica, quand elle avait dix-sept ans et lui vingt-deux. Ils étaient sortis ensemble pendant presque un an, même s'ils ne se voyaient pas très souvent et qu'elle ne semblait pas tenir beaucoup à lui. J'ai toujours pensé que Mónica s'était servie de lui comme prétexte pour disposer de plus de liberté, pouvoir aller et venir à sa guise, puisque Charo adorait Javier (moi, je le détestais, bien évidemment). Depuis qu'il avait commencé à fréquenter leur maison, elle était devenue beaucoup plus coulante avec les permissions de sortie de sa fille adolescente. Charo ne cessait de répéter à quel point Javier était raffiné et bien élevé, à quel point sa famille était tout aussi raffinée et bien élevée. (Je me vois obligée de mentionner que la mère de Javier était une Grande d'Espagne et que son nom figurait régulièrement sur les listes des femmes les plus élégantes de l'année.)

Après que Mónica l'eut quitté, Javier l'inonda de lettres. Il était obsédé par son ex-petite amie et elle se servit de cette obsession pour prolonger leur amitié pendant des années, parce que cela l'arrangeait. Il est toujours utile de pouvoir compter sur quelqu'un qui vous adore, surtout lorsqu'il est plein aux as. Mais je crois qu'il y avait autre chose qu'elle ne voulait pas reconnaître : au fond, cette admiration canine, inaltérable au fil des ans, la touchait. À la fin de ses études de commerce, Javier, âgé alors de vingt-deux ans, obtint un poste de directeur dans une des entreprises de son père. Il percevait un salaire royal. À vingt-cinq ans, il arborait déjà cet air sérieux et contenu, voire un tantinet idiot, des personnes établies prématurément. Il l'embrassa sur la joue, elle le prit par la taille d'un air naturel. Je ne cessai de me demander ce que Javichu pouvait bien fabriquer dans cet antre où il détonnait autant qu'Alfredo Landa [1] sous un chapiteau de dance, et je compris sans l'ombre d'un doute qu'il était venu chercher Mónica. Ils se voyaient encore régulièrement et couchaient ensemble à l'occasion. Elle m'avait confié un jour en rigolant qu'il avait un engin énorme, et lorsque j'y repensais, j'avais le sentiment de m'étouffer dans une sorte de vide silencieux, opaque, inqualifiable.

Quelques petits coups légers sur l'épaule me détournèrent de la scène. Je fis volte-face et me trouvai nez à nez avec le grand type qui avait l'air de me courir après. Il me donna du « blondinette » et me demanda si je savais où trouver « un petit remontant ». Je gardai mon sang-froid.

– Vu la façon dont tu me le demandes, il me semble que je te suffis, comme remontant, lui dis-je. Eh oui, c'est un Belcor.

– Quoi donc ?

– Mon soutien-gorge. T'arrêtes pas de le mater alors…

Il sourit.

– Merci pour l'information. Belcor. J'achèterai des actions.

– Achète plutôt des Levis. Il me semble qu'elles sont en hausse, lui suggérai-je, montrant d'un geste son entrejambe. Si tu veux bien m'excuser, je crois que je vais aller danser un peu.

Après quoi je disparus vers la piste, me fondant dans les ombres tel un négatif de moi-même.

Il m'était facile d'être impertinente pour la simple et bonne raison qu'une relation intime avec lui ne m'intéressait pas. Je

1. Acteur de cinéma omniprésent durant le franquisme.

pouvais donc lui lancer des piques sans le moindre embarras, je me contrefichais de l'impression que je pouvais lui donner. J'étais timide – je suis timide –, c'est pourquoi les gens me croyaient moins intelligente que je ne le suis. Mais avec deux verres dans le nez, j'avais autant de repartie que Mónica, même si je n'avais pas souvent l'occasion de le démontrer.

Quand Mónica me racontait ses nuits avec Javier, la jalousie me rongeait comme Caitlin lorsque certaines de ses maîtresses lui relataient leurs expériences avec des hommes. Je suppose qu'au fond, nous ressentons tous la même chose, puisque au bout du compte nous sommes faits des mêmes éléments : hydrogène, hélium, oxygène, méthane, néon, argon, soufre, silicium et fer, les composants de base de l'univers, molécules élémentaires qui existent depuis la nuit des temps et qui, combinées entre elles, ont donné lieu à d'autres molécules plus complexes. Le développement de la vie est un miracle inéluctable, une miraculeuse combinaison d'éléments selon une trajectoire de moindre résistance. Étant donné les conditions qui régnaient sur la Terre primitive, la vie devait nécessairement surgir ; de même que le fer s'oxyde immanquablement dans l'oxygène humide. N'importe quelle autre planète semblable à la Terre sur le plan physique et chimique verrait éclore la vie. Nous sommes tous inévitables, nous venons tous du même endroit, nous constituons un miracle en nous-mêmes. Énergie plus molécules, égale vie. Amour plus frustration égale jalousie. Autant de miracles qui provoquent en moi des réactions élémentaires et inéluctables. Femmes qui sont elles-mêmes des mondes peuplés de millions d'êtres vivants – cellules, microbes, bactéries, parasites microscopiques qui sont à notre corps ce que nous sommes à la Terre –, mondes similaires bien que distants. Mondes nous toutes, planètes qui tournons autour d'une source d'énergie de base : les affects ou leur absence.

Orbite cimetière.

Je vendis des ecstasys à Madrid, ma petite amie en vendait à Édimbourg : c'est toujours la même ville, on l'emporte avec soi. Où que j'aille, je finissais par plonger dans des histoires de commerce illicite, attirée par des femmes qui faisaient preuve d'un arrogant mépris pour des lois auxquelles elles ne croyaient pas. Je le dis parce que, cet été-là, la vente de ces capsules boucla le budget de Mónica, et devint par la suite l'une des principales sources de revenus de la fille avec qui je vivais : Caitlin.

Caitlin et moi avions toujours des problèmes d'argent. J'étais censée vivre de ma bourse, mais le fait est que celle-ci aurait à peine suffi à payer mon loyer, à supposer que j'aie eu à le payer. Comme je n'en payais pas, il semblait évident qu'il m'incombait d'acheter à manger et de régler les factures. Même si nous ne l'avions jamais décidé explicitement, nous fonctionnions ainsi depuis le début. De sorte que, pour arrondir les fins de mois, je donnais des cours d'espagnol à des étudiants de l'université aussi prévisibles qu'ennuyeux, le visage couvert de boutons et le cerveau rempli d'air. Je travaillais aussi à l'occasion comme serveuse dans un bar voisin. Je n'étais pas bien rémunérée, pas aussi bien que Cat, parce que ce n'était pas un établissement à la mode. Je ne faisais pas non plus la cuisine, mais l'endroit me plaisait. La musique était toujours à un niveau sonore plus que discret et le patron était un type tranquille, assez peu bavard, qui ne se mêlait pas de ce qui ne le regardait pas. À l'heure du déjeuner, l'établissement était bondé de vendeuses de chez Boot's qui ruminaient leur sandwich au concombre, les yeux baissés sur des livres écrits par la grand-tante de Lady Di. L'après-midi, elles étaient remplacées par des petits groupes d'étudiants pépères ou par des trentenaires qui jouaient aux fléchettes. Caitlin, ainsi que je l'ai déjà mentionné, travaillait comme *chef** dans un coquet bistrot, décrit dans *The Liste* comme l'un des lieux les plus attrayants de la ville. Comme à son habitude, Cat était bien payée, car la gérante, une folle abjecte aux cheveux teints en rose, avait bien compris que la cuisinière était l'un des principaux attraits de son établissement auprès de la clientèle féminine. Même généreux, son salaire n'en était pas moins bas, comme dans tous les métiers de l'hôtellerie. De sorte que Cat complétait ses revenus en dealant de l'ecstasy parmi ses nombreuses admiratrices et sa ribambelle d'amis.

À Glasgow, le trafic d'ecstasy était devenu un commerce si juteux que les mafias qui s'y adonnaient se canardaient dans les rues. À Édimbourg, cela n'avait pas encore pris de telles proportions, mais c'était imminent. Dans les fêtes, il y avait toujours un mec ou une nana squelettiques qui se postaient près de la cuisine ou dans la salle de bains pour distribuer aux invités l'incontournable cachet. Au Cream et au Taste, les deux boîtes devenues les cathédrales de la techno dans le nord du pays, la foule dansait en communion au rythme d'un seul battement, une seule musique, une seule drogue, un esprit unique qui soudait les fidèles.

Le trafic était risqué. Il n'était pas tenu pour un délit mineur, comme à Madrid. Chaque jour, il y avait des coups de filet au Cream, au Taste, chez Negotians, au Honeycomb, à La Belle Angèle. Certains clubs fermaient, d'autres ouvraient, et la clientèle suivait ses DJ d'un établissement à l'autre, en hordes, comme un peuple élu accompagnant son prophète dans l'exil.

Les dealers les plus futés faisaient de l'or, les moins rusés terminaient en prison. Cat se situait entre les deux. Je feignais de ne pas vouloir être au courant de ses activités, je lui répétais sans cesse que j'en avais assez de la dope, je m'étais déjà attiré de sérieux ennuis à Madrid, ce n'était pas pour recommencer à Édimbourg. Mais à vrai dire, on avait de plus en plus de mal à boucler les fins de mois, je n'avais donc plus d'autre choix que de transiger et de laisser couler, par nécessité mais aussi par refus d'exercer un contrôle sur la vie de Cat. Je savais que cela la rendait folle que je lui dise ce qu'elle devait faire.

Cat livrait le jeudi, jour où nous sortions. Nous allions d'abord chez Negotians prendre un verre et bavarder avec Barry, ensuite nous allions danser dans un des clubs où travaillait Aylsa. Je prenais un ecstasy et me lançais sur la piste pour me noyer dans la techno et dans la MDMA. Danse, oublie tout, cesse d'être une personne, fonds-toi dans la masse qui danse avec toi. Cesse d'exister en tant qu'individu, cesse de penser par toi-même et tu ne souffriras plus, cependant que le temps se dégrade d'une minute à l'autre. Dans ces moments-là, je comprenais pourquoi tous les hommes et les femmes de la planète s'entêtent à croire aux pouvoirs qui dépassent l'être humain ; c'est qu'au milieu d'une pareille exaltation j'avais l'impression de me perdre quelques instants dans une vie supérieure, divine, qui m'absorbait et m'intégrait en elle. Comme une étoile au point du jour, mon identité s'effaçait sous une lumière plus intense.

Ainsi, chaque jeudi, je prenais mon comprimé de rigueur. Le reste de la semaine, je passais mon temps à martyriser l'ange qui me l'avait offert, la harcelant de mes remords pharisiens.

J'étais une hypocrite. Je reprochais à Cat de les vendre, mais j'étais incapable de m'en passer. Parfois je me penchais sur mon cas, sur la vie que j'avais menée, et je me sentais comme une femme marquée qui ne pourrait plus jamais avoir une vie normale et qui, malgré tous ses efforts, aurait un mal fou à aimer ou à éprouver la moindre empathie à l'égard de la plupart des gens. Mon cerveau, croyais-je, était atteint, les crises de larmes, les chutes brutales de confiance en moi m'assailliraient périodiquement pour le restant de mes jours. J'avais l'impression de posséder une sorte d'interrupteur que l'on pouvait activer de diverses manières pour déclencher ce qu'il y avait de pire en moi. Il existait plusieurs moyens de me pousser à bout : les cris, les récriminations violentes ou les phrases désagréables lâchées subitement ou de façon injuste, comme celles que lançait Caitlin lorsqu'elle perdait patience. Je me sentais alors comme quand j'avais huit ans et les larmes me montaient aux yeux. Les larmes qui livraient passage aux hoquets et aux sanglots. Puis venaient les tremblements. Au bout de dix minutes, je n'étais qu'une pauvre loque qui ne savait même plus pourquoi elle pleurait. La moindre sottise pouvait déclencher une crise. Je rentrais à la maison fatiguée, mal lunée, encore toute secouée par les cahotements du bus, sonnée, les questions stupides de mes élèves vibrant encore dans ma tête, après avoir essayé sans grand succès d'insuffler à ces étudiants boutonneux quelques rudiments de grammaire espagnole à travers les brèches ménagées entre leurs quatre neurones. La maison était sens dessus dessous, comme d'habitude, Caitlin pelotonnée sur le canapé défoncé et constellé de taches, hébétée devant n'importe quel jeu télévisé, la télécommande dans une main, une canette de bière dans l'autre. D'un ton abrupt, je lui reprochais d'être aboulique. « T'es pas capable de faire quelque chose pour toi ?

T'as l'intention de vivre comme ça toute ta vie ou quoi ? T'as une tête, bordel, et t'as du temps libre. Tu ne travailles même pas quatre soirs par semaine. Tu pourrais consacrer le temps qui te reste à faire des études, enfin quelque chose pour te sortir de cette vie de merde. » Elle tournait son visage vers moi, clouait ses yeux dans les miens, deux braises vertes et incandescentes de colère, puis elle me rappelait qu'elle travaillait, qu'elle était fatiguée, que si elle n'était pas mon genre, que j'aille voir ailleurs, plutôt que de vouloir faire d'elle quelqu'un qu'elle n'était pas, qu'il était préférable de changer de personne plutôt que de changer une personne. Elle m'accusait d'être dominatrice et hystérique. « Ça ne m'étonne pas que personne ne te supporte, que mes amis ne puissent pas te sentir, disait-elle. Ça ne m'étonne pas que tu ne reçoives jamais une lettre d'Espagne. Avec le caractère que t'as, ça ne m'étonne pas que tout le monde cherche à t'éviter. Ce qui me surprend, c'est que j'aie pu te supporter tout ce temps. » Et elle poursuivait dans cette veine, vomissant des crapauds et des serpents, frustrée, aigrie, fatiguée, excédée. Je fondais en larmes et je sentais la fulgurance d'un flash dans mon cerveau : tchac, tout devenait clair. Personne ne me supportait, personne ne me supporterait jamais car j'étais insupportable, incapable de contrôler mes emportements et ma mauvaise humeur, pour la bonne raison que j'étais atteinte. Avec un père et une mère pareils, je ne pouvais pas être autrement. Aussi bien par héritage que par éducation, j'étais condamnée à ne pas être gouvernée par ma tête. L'autocompassion m'inondait le cerveau et m'obstruait les voies, coupant la communication entre mes neurones.

Pourtant, il y avait aussi des moments où j'étais très heureuse. Des jours lumineux où Cat et moi mettions des disques à la maison. Je dansais au son de Saint Ettiene, j'improvisais des chorégraphies à la Isadora Duncan, version comique, traversais la cuisine sur la pointe des pieds, levant les mains de plus en plus haut, touchais presque le plafond du bout des doigts, et Caitlin, son verre de whisky à la main, assise dans un coin, riait de ma maladresse en croisant et décroisant les jambes avec une élégance féline.

Il nous arrivait aussi de mijoter des currys et autres plats exotiques (dont la paella), tout en écoutant MC Solaar. Je dictais patiemment à Caitlin la marche à suivre, espérant qu'elle apprenne les recettes par cœur, mais en vain. On faisait des expériences avec des épices et des condiments, on s'amusait à ajouter des ingrédients qui n'étaient pas dans le livre. Cat coupait des oignons, lavait les assiettes et les couteaux tout en balançant les hanches au rythme de la musique et en effectuant un déplacement nord-nord-est entre la cuisinière et l'évier. Pendant ce temps, je touillais les plats comme une apprentie sorcière, les cheveux hirsutes, imprégnés d'odeurs de fritaille. De temps en temps j'interrompais mes élans culinaires pour gratifier Caitlin de bisous huileux et enfumés. Chaque petite goutte d'eau qui tombait du robinet, sporadique et musicale, se transformait en métronome étincelant sous la lumière fluorescente du néon. Je regardais Caitlin avec une tendresse si vive que la douleur m'étreignait.

Oui, par moments j'adorais Caitlin. Non pas en raison de sa beauté ni de son sens de l'humour, mais essentiellement parce que je savais que c'était quelqu'un de bon, peut-être la première personne authentiquement et pleinement bonne que je connaissais. Je savais qu'elle ne m'utilisait pas et qu'elle m'aimait vraiment, qu'elle serait à mes côtés si j'avais besoin d'elle, qu'elle ne me ferait jamais de mal consciemment, ni peut-être même inconsciemment. Mais à d'autres moments, je ne pouvais m'empêcher de la regarder à la loupe, à travers le prisme déformant de l'analyse rationnelle, et alors je voyais tous ses défauts amplifiés. Elle n'est pas intelligente, me disais-je. Elle n'est pas aussi intelligente que Mónica. Elle n'a pas sa vivacité, sa rapidité de réaction. Elle n'est pas forte. Elle n'affronte pas les choses. Elle ne sait pas se battre pour ce qu'elle aime. D'ailleurs, elle ne sait même pas ce qu'elle aime. Elle n'est pas adulte. Sa petite voix d'enfant lorsqu'elle devenait câline, les petits roucoulements qu'elle m'adressait m'exaspéraient. J'ai pas besoin d'une gamine, lui disais-je, j'ai pas besoin de quelqu'un à protéger. J'aurais plutôt besoin de quelqu'un qui s'occupe de moi. Mais elle ne semblait pas le comprendre et continuait à ronronner. Quand elle me voyait allongée sur le lit en train de sangloter, elle se glissait jusqu'à moi en louvoyant comme un guépard affectueux, elle se mettait derrière moi et me demandait d'une voix de fillette de trois ans ce qui m'arrivait, si elle pouvait faire quelque chose pour moi. Ce qui avait le don de me déprimer davantage. Surtout que, dix minutes plus tôt, je l'avais entendue parler au téléphone avec une de ses innombrables amies (cette légion d'inconnues qui papillonnaient autour d'elle), une femme meilleure que moi, sans doute, qui avait couché ou coucherait un jour avec elle, se presserait contre son corps osseux dans un coin sombre du bistrot. La voix était celle d'une Cat de vingt-cinq ans, sans ce timbre aigu, sans ce zozotement et ces voyelles traînantes qu'elle me réservait. J'essayais parfois de lui expliquer que j'avais désespérément besoin de quelqu'un qui me comprenne et que ses simagrées entravaient la communication. Comment voulait-elle que je me confie à quelqu'un qui ne semblait pas en âge de comprendre ? Mais elle n'y entendait que du vent, ou peut-être ne connaissait-elle pas d'autre manière d'aborder ceux qu'elle aimait vraiment. Résultat, je m'éloignais de plus en plus, bien malgré moi, car jamais je n'avais eu tant besoin de quelqu'un pour m'écouter, n'ayant plus Mónica pour acquiescer dans les pauses de mes monologues dépressifs et pour plaisanter sur mes bouderies et mes larmes.

Ces sautes d'humeur me surprenaient moi-même et me confirmaient la précarité de mon équilibre mental. Ces hauts et ces bas ne faisaient que prouver ce que je savais déjà, ce que les psychiatres avaient déclaré à ma mère : que j'étais maniaco-dépressive, que ma personnalité présentait des signes schizoïdes. Les définitions ne rendent compte de rien. On ne pouvait définir ce méli-mélo de sentiments enchevêtrés, ce ramassis de souvenirs incohérents qui façonnaient mon cerveau.

Parfois, j'avais la nette impression que Caitlin commençait à en avoir assez de moi. Je la trouvais distante, lasse. Il me semblait entendre Aylsa, Barry et les garçons manqués – crâne rasé et godillots militaires – qui la draguaient au bar, je les entendais murmurer et médire, donner des idées à cette petite tête blonde : cette fille n'est pas pour toi, elle ne t'aime pas, ce n'est qu'une égoïste, elle ne pense qu'à elle (n'était-ce pas la vérité ?), c'est une névrosée qui ne peut pas te rendre heureuse, elle a un caractère de chien, tu mérites mieux que ça (ce qu'elle méritait, c'était une lesbienne radicale, militante et activiste). Comment veux-tu qu'elle soit joyeuse, disaient-ils sûrement, elle passe son temps à se regarder le nombril ? Elle se complaît dans ses problèmes, elle se vautre dedans. Arrête de rêver, elle ne s'arrangera pas. Si tu continues à vivre avec elle, non seulement tu ne pourras pas l'aider, mais tu finiras par déprimer toi aussi.

Je pleurais presque tous les jours. Le matin j'ouvrais les yeux et j'avais devant moi le sombre panorama de la ville et de ses châteaux noyés dans la brume. On n'y voyait jamais de lumière. Le ciel était une vaste étendue grise en haillons, une foule de cumulus sales et déguenillés, gros d'orages et de pollution. J'ouvrais les yeux à ce gris acier. Dès le premier souffle du jour, je me trouvais devant un paysage de clairs-obscurs et je me rappelais la lumière de Madrid coulant à flots à travers les fenêtres. Quand bien même on tentait de les contenir au moyen de rideaux et de persiennes, les rayons du soleil s'insinuaient à travers les interstices, changeant la poussière en pollen doré. Ce Madrid lumineux et clair, horizontal et interminable, tranchait dans mon souvenir. Je regardais autour de moi avec mes yeux chassieux et pensais à Madrid ; je voyais notre appartement, à Caitlin et à moi, jonché d'ordures et de papiers, les murs écaillés, les meubles couverts de toute la poussière que Cat avait ramassée ici et là au fil des ans. Les tapisseries étaient délavées, le bois écorché. À Madrid, j'aurais sauté hors du lit pour aller acheter le lait et le journal, j'aurais galopé jusqu'au kiosque du coin en slalomant entre les dames qui promenaient leur chien, les couples d'adolescents qui roucoulaient comme des pigeons, les fillettes en uniforme qui sautillaient jusqu'à l'arrêt de bus. À Édimbourg, en revanche, la rue était un territoire glacial et inhospitalier où il n'y avait pas moyen de gambader car le sol était verglacé. Le brouillard adhérait au trottoir, le vent et la neige coalisés vous poussaient en sens contraire et toutes les couches de vêtements que vous empiliez pour combattre le froid (tee-shirt, pull, manteau, bonnet, écharpe, gants) vous transformaient en un gros ours balourd. Parfois, la brume inondait la ville à un tel point qu'on voyait à peine sa propre buée. Le froid isolait. Les rues languissaient, mornes et désertes, les hautes tours des immeubles victoriens projetaient de longues et funèbres ombres sur le sol mouillé, les gens se terraient dans leurs maisons aux murs de pierre équipées du chauffage central, ceux qui devaient sortir pour se rendre au travail se recroquevillaient dans leurs voitures, silencieux et absorbés, entièrement occupés à devenir le plus compacts possible, économisant au maximum leurs efforts afin de conserver leur chaleur.

Mónica m'expliqua un jour que le corps humain est un système soumis à l'entropie, autrement dit qu'il tend à fonctionner avec le moins d'énergie possible. J'en trouvais l'illustration dans ma propre dépression. Cela m'aurait tant coûté de sortir de cette situation, d'affronter mes démons et mes peurs, de m'armer de courage et de faire quelque chose par et pour moi-même, que je préférais passer tout mon temps libre à pleurer, blottie sous ma couette, aspirée vers le fond de moi-même par une houle noire de souvenirs et de pensées négatives, à boire mes propres larmes en écoutant des vieux disques des années 80, cauchemars gothiques qui assombrissaient davantage encore l'appartement. Basses minimalistes et refrains monotones, répétés jusqu'à l'exaspération. *I play at night in your house… I've never loved this life… I drown at nigth in your house… Pretending to swim.*

Je n'avais pas d'amis en dehors de Cat, pas un seul. Pas une personne à qui je pouvais téléphoner pour parler de mes problèmes. Personne avec qui boire une bière dans un pub. Je ne recevais pas de courrier de mon pays, pas de coups de fil, si ce n'est les cartes de ma mère, toujours très convenues. Elle laissait parfois entrevoir un fond de récrimination ou même d'affection, mais il était évident qu'elle n'osait pas se lâcher complètement. Elle signait toujours : « affectueusement, maman. » Mon père n'écrivait jamais. Il est vrai que je n'avais jamais eu beaucoup d'amis, mais quand j'avais Mónica, je ne prenais même pas la peine d'y penser. Elle occupait tout l'espace disponible, il n'y avait de place pour personne d'autre et cela ne me manquait pas. À présent, je mourais d'envie d'éprouver quelque chose pour quelqu'un. Caitlin partait travailler le soir, puis elle allait prendre un dernier verre au Cream. Pendant ce temps, je restais seule à la maison, à lire. J'aurais pu l'accompagner, mais personne ne pouvait me blairer et, moi non plus, je ne me sentais d'affinité avec personne. J'écoutais la pluie fouetter les vitres et j'avais l'impression qu'elles pleuraient avec moi. *I drow at night in your house... Pretending to swim.*

Où que tu ailles, tu emporteras ta ville avec toi. Qu'elle soit chaude et lumineuse, qu'elle soit humide et sombre, au fond, c'est toujours la même, un minuscule point à l'intérieur d'un autre point minuscule habité par des êtres imperceptibles, différentes versions d'un même modèle, combinaisons à l'infini de quelques éléments chimiques. À Madrid ou à Édimbourg, on danse sur la même musique, on se défonce avec les mêmes drogues, on court après les mêmes choses : le sexe, l'amour, des raisons de tenir une nuit de plus. Où que tu ailles, tu pourras les voir synchroniser leurs gestes au son de la musique, et même si le rythme ne vient pas de la mélodie, elle libère une cadence commune à nous tous. Nos ancêtres croyaient que lorsqu'ils buvaient et dansaient, leur corps était possédé par une divinité. Au fond, quelle différence y avait-il entre les bacchanales, les saturnales, La Metralleta et le Cream ? Dans ces lieux, des adolescents faméliques, pâles radiographies d'eux-mêmes, passaient la nuit à boire, assourdis par la même musique en boîte, les plantes des pieds décollées du sol et de la vie. Et moi, je donnais mon corps à Bacchus, à Dionysos ou à je ne sais qui encore, pour oublier un instant que j'aurais à me supporter jusqu'à la fin de mes jours.

Théoriquement, La Metralleta fermait à six heures du matin. En réalité, elle restait ouverte jusqu'à sept heures sept heures et demie, car il fallait du temps à toute cette clique pour évacuer les lieux. D'abord on allumait l'éclairage, ensuite on coupait la musique, puis on attendait que l'établissement se vide. Quelques ivrognes indécis s'éternisaient dans les fauteuils, tandis que le personnel allait d'un coin à l'autre, dispersant les petits groupes. Pendant ce temps, nous éclusions nos derniers verres au bar. J'avais vendu pas mal de capsules, moins que la dernière fois cependant, car je n'avais pas cessé d'être attentive au grand type qui me suivait des yeux, obligée bien souvent de virer les jeunes qui m'approchaient. J'étais en train d'expliquer ça à Coco et à Mónica lorsque Javier se pointa à côté de nous. Il me salua d'un infime signe de tête (il faut croire qu'à ses yeux je n'en méritais pas davantage) auquel je répondis d'un geste tout aussi minuscule.

– Ça va fermer, dit-il à son ex. Tu veux que je te ramène chez toi ?

Mónica lui répondit qu'elle acceptait volontiers, à condition qu'elle nous embarque aussi Coco et moi.

– Si on ne peut pas faire autrement…, dit-il.

Nous sortîmes de La Metralleta. Le jour se levait, une lumière rosée conférait de la douceur à nos visages, malgré nos cernes et notre mauvaise mine. Javier s'avança vers la voiture et Coco en profita pour dire quelque chose à l'oreille à Mónica :

– Je préfère qu'on prenne un taco. Ce mec est un blaireau, dit-il à voix basse, mais pas au point que je ne puisse entendre.

– C'est un gentleman, le corrigea-t-elle.

– C'est ça, un blaireau. Un niaiseux avec un blason et un master de gestion d'entreprises.

Nous montâmes tous les quatre dans la voiture. Coco et moi étions à l'arrière, Mónica à côté de Javier. Il ne cessait de lui lancer des œillades d'agneau égorgé à chaque changement de vitesse. Coco et moi feignions de ne pas le voir. Un silence pénible régna pendant tout le trajet. Finalement, la voiture arriva devant l'immeuble de Mónica. Quatre Vespa étaient garées sous le porche, avec quatre jeunes assis dessus, l'air d'attendre quelqu'un. Le voisin retraité, qui sortait juste à ce moment-là en traînant son obéissant petit toutou au bout de sa laisse – il le promenait tous les matins à sept heures tapantes –, contempla ce rassemblement cyclomotorisé d'un air intrigué. En voyant les bécanes, Coco fit un bond et poussa un cri de stupéfaction. Il se pencha vers Javier et lui tapota l'épaule.

– On a changé d'avis, dit-il, feignant d'être calme alors qu'un léger tremblement dénaturait sa voix. Emmène-nous prendre un petit déjeuner quelque part.

Mónica protesta timidement.

– J'ai sommeil, moi, mon vieux…

– Fais ce que je te dis, tout de suite ! insista Coco.

Je reconnus Paco assis sur l'une des Vespa. Il avait survécu à mon coup de bouteille. Sur une autre bécane se tenait le type de la villa, le destinataire du premier paquet que Coco m'avait fait livrer. Il regarda dans ma direction et me montra du doigt : il m'avait reconnue. Il prévint les autres qui enfourchèrent immédiatement leurs engins et se lancèrent à notre poursuite.

– On est foutus, dit Mónica qui venait d'aviser le spectacle.

– Calmez-vous, cette voiture est une GTI 16 soupapes, dit Javier en voulant à tout prix l'impressionner, puis il écrasa l'accélérateur. Ils ne pourront pas nous rattraper avec leurs bécanes pourries.

En effet, la voiture roulait à fond les manettes et prenait les virages sur les chapeaux de roue, si brusquement que Coco et moi tombions l'un sur l'autre à tour de rôle. On grilla un feu rouge. Derrière nous, on entendit un coup sec suivi d'un crissement de freins. Coco et moi nous retournâmes pour voir ce qui se passait : l'une des Vespa avait embouti une voiture qui venait en sens inverse. La moto était couchée sur le trottoir, les pneus tournant à toute blinde. Le conducteur gisait ventre à terre quelques mètres plus loin, tandis qu'un attroupement de curieux fourmillait autour de lui. Mónica commença à applaudir de joie et à féliciter chaudement Javier. Il avait l'air enchanté.

– Je t'avais dit que tu pouvais compter sur moi. Tu es dans la meilleure voiture de Madrid, conduite par le meilleur pilote.

Bien sûr, grâce à cet accident béni, nous avions semé les Vespa au bout de cinq minutes. Nous étions sur la Gran Vía, mais Mónica n'avait plus l'air aussi heureuse. Elle tirait une drôle de tête, elle était si pâle que sa peau en devenait transparente comme du papier à rouler.

– Je connais ces mecs, dit Javier, rompant le silence. Ils vont souvent chez Pachá… L'un d'eux a fait l'Icade avec moi. Je me demande dans quel pétrin tu t'es encore fourrée, Mónica. Je ne comprends vraiment pas comment une fille aussi intelligente que toi en est arrivée à fréquenter des gens aussi peu recommandables et à s'embarquer dans de pareilles galères.

Il souligna cette dernière affirmation d'un éloquent coup d'œil sur les passagers arrière, autrement dit Coco et moi. Nous ignorâmes le sous-entendu.

Mónica l'écoutait comme on écoute pleuvoir. En réalité, les efforts de Javier pour tenter de la remettre « sur le droit chemin » étaient pathétiques. Au bout d'un moment, elle lui demanda de nous déposer près du Vips et tout le monde comprit que Mónica n'avait aucune envie que son ex vienne petit déjeuner avec nous. Javier arrêta la voiture à un feu. Mónica descendit et nous tint la portière pour que nous sortions à notre tour. Après quoi elle se pencha à l'intérieur de l'habitacle et roula une pelle à Javier en guise d'au revoir. Le pauvre garçon la regarda, tout comme Coco, avec des yeux ronds. Elle ressortit aussi sec et claqua la portière.

On entra chez Vips et on s'assit à une table en plastique. On commanda trois cafés au serveur. Après quoi, Coco m'expliqua la situation. Comment n'avais-je pas deviné qu'un connard pareil était forcément membre d'un commando de la CEDADE ?

– Enfin, commando, façon de parler. Ces mecs-là n'ont aucune idée de ce qu'est une organisation. C'est trois petits branleurs qui jouent aux néo-nazis comme ils joueraient aux krishnas, tellement ils s'emmerdent. Je ne sais pas ce qu'ils font, en fait. Je suppose qu'ils tabassent les travelos et des conneries de ce genre.

Le petit groupe avait dû se dire qu'un commando digne de ce nom devait porter des armes, de sorte qu'ils s'étaient adressés à Coco qui à l'époque leur vendait de la cocaïne, et s'étaient renseignés sur le moyen de trouver des flingues. Coco, sachant qu'il avait affaire à une bande de pigeons, décida de les leur vendre lui-même au double du prix auquel il les achetait à Chano. Une bon bizness. Coco savait pertinemment que ces armes étaient marquées, mais il n'en avait rien à cirer : il pensait que ces gommeux ne s'en serviraient jamais. Mais suite à l'épisode de la bouteille (que Coco appelait « la bourde de Bea », comme si j'étais entièrement responsable de tout, comme s'il n'avait pas insisté pour que ça soit moi qui livre les maudits pistolets), on s'était fichus tous les trois dans de beaux draps, il fallait qu'on trouve refuge quelque part. On ne pouvait évidemment pas retourner chez Mónica, où des mecs inconscients et armés nous attendaient devant la porte. Coco estimait qu'il suffisait de s'éclipser pendant une semaine, jusqu'à ce que les choses se tassent. Au besoin, il irait parler à ces types pour dissiper le malentendu.

– Bon, ben, y a plus qu'à se trouver une piaule, dit Mónica. Heureusement que j'ai la carte Visa avec moi. C'est celle du vieux, il va s'en rendre compte, mais on n'a pas le choix…

– T'as peut-être pas besoin de te servir de la Visa, fis-je remarquer. J'ai l'argent qu'on s'est fait cette nuit. Environ douze mille pesetas. Et puis on a encore des ecstasys. Je ne les ai pas tous écoulés. On pourra toujours les vendre.

Mónica n'avait pas l'air trop inquiète. On avait l'impression qu'elle considérait l'affaire comme une aventure de plus, un incident de parcours sans importance que nous finirions par surmonter. En fait, la seule chose qui lui importait, c'était que les voisins ne se rendent compte de rien. C'est pourquoi il était essentiel qu'on ne retourne pas chez elle pour le moment. Coco et elles discutèrent du meilleur endroit où aller. Je ne m'en mêlai pas car je ne connaissais d'autre endroit où loger dans Madrid que chez moi (ou pour être exact, chez mes parents) ou chez Mónica (autrement dit chez Charo Bonet). Mónica voulait qu'on aille dans n'importe quelle pension de la Gran Vía, idée absurde selon Coco. D'après lui, elle ne tiendrait pas dix minutes dans une cambuse pareille, avec des putes et des dealers dans tous les sens, des draps froissés qui porteraient encore les traces de rencontres de fortune monnayées trois billets de mille la demi-heure.

– J'ai une meilleure idée. Fais-moi confiance.

Nous payâmes, sortîmes et prîmes un taxi. Coco demanda qu'on nous conduise rue Libertad.

C'était un drôle d'endroit avec une toute petite entrée où une pancarte avertissait : « Cet hôtel est muni d'une alarme directement reliée à la police. » On accédait ensuite à un hall assez vaste et somptueux, décoré dans un style tape-à-l'œil et ultra-chargé. Le sol était en imitation marbre, le comptoir en acajou. À droite, il y avait un petit salon en velours rouge derrière lequel s'ouvrait un escalier surmonté d'une rampe en bronze luisant. Le concierge, vêtu d'une livrée rococo plutôt élimée, somnolait derrière le comptoir, au milieu des clés et des téléphones muets. Coco se dirigea vers lui d'un pas décidé et annonça son intention de louer une chambre. Le type nous examina Mónica et moi d'un air suspicieux.

– Vous n'êtes pas mineurs, j'espère ? demanda-t-il à Coco en nous montrant d'un mouvement de tête.

Je piquai un fard, Mónica se contenta de soutenir son regard sans rougir le moins du monde. Coco nia de la tête et signa d'un air indifférent le registre que lui tendait le concierge.

– Chambre 313, lui dit le type d'une voix monocorde, un rictus impassible au coin des lèvres. Voici la clé. C'est au troisième.

Je n'osai pas dire qu'une chambre dont le numéro comportait deux fois le chiffre treize allait nous porter la poisse. Nous montâmes dans l'ascenseur, la porte se referma derrière nous avec un léger susurrement.

La chambre était digne d'un film de Sara Montiel. Le lit était couvert d'une étoffe en soie damassée, assortie à la moquette et aux fauteuils tapissés de velours. De lourds rideaux filtraient la lumière du dehors, baignant la pièce d'une lumière rouge. Comble du mauvais goût : un miroir au plafond.

– Tu nous as amenées dans un hôtel de rendez-vous ! s'écria Mónica, mi-surprise mi-amusée.

– Je m'étonne que tu ne le connaisses pas. Je pensais qu'une fille comme toi connaissait tous les hôtels de ce genre à Madrid, dis-je.

Je demandai à Coco comment il connaissait cet endroit. Il ne me répondit pas, mais il m'expliqua qu'il avait eu l'idée de nous amener là parce que ce n'était pas cher et que personne ne serait choqué de le voir monter avec deux filles. Comme on allait partager le même lit, il proposa qu'on en profite pour passer « une nuit inoubliable ». Mónica rigola comme si elle approuvait l'idée.

– N'y pense même pas, dis-je. Si j'avais envie de faire plaisir à des lubriques dans ton genre, je poserais déjà dans *Interviú*.

– Allez, Bea… reconnais que ton problème, c'est que t'es vierge, me dit Mónica en riant.

– Et toi t'es tarée, répliquai-je.

J'allai dans la salle de bains et claquai la porte derrière moi. Les murs étaient entièrement recouverts de miroirs. La baignoire, le lavabo et le bidet étaient en marbre, les porte-serviettes en bronze étincelant et les serviettes, comme de bien entendu, étaient rouges. Le détail qui tue.

L'univers s'étend sur trente milliards d'années-lumière, un temps et un espace inimaginables pour nous. Une année solaire, c'est le temps que met le Soleil à faire le tour de la Voie lactée. Il y a tout juste quatre mois solaires, les dinosaures dominaient la planète. Quand je pense à cela, à la quantité négligeable que représente Mónica au milieu de cette énormité inconcevable de protons, de neutrons et de matière noire, tout ce que je ressentais pour elle et qui signifia tant pour moi ne devrait pas m'importer puisque, au fond, ce n'était rien. Mónica ne compte quasiment pas, elle n'existe presque pas sur Terre, auprès des planètes supérieures, du Système solaire, de Proxima du Centaure, de la Ceinture d'Orion, de la Voie lactée, du Groupe local, du Supercumulus local… de l'Univers, en somme, cet univers majestueux où les étoiles explosent avant de mourir. N'est-ce pas miraculeux qu'un point infinitésimal acquière une telle importance ? N'est-ce pas incroyable que dans toute cette étendue de trente milliards d'années-lumière, la lueur qu'émettait une présence aussi dérisoire que celle de Mónica fût la seule chose importante pour moi ? N'est-ce pas hallucinant que l'univers tout entier se soit concentré en elle ?

Mónica me taquinait sur ma virginité, parce qu'elle n'était pas dupe, qu'elle lisait en moi. Je suis sûre qu'à cette époque elle savait déjà que j'aimais les filles, et elle m'asticotait dans l'espoir que je le lui avoue un jour. Mais le problème ne se réduisait pas à savoir si j'aimais les femmes ou pas. C'était elle que j'aimais. Elle, seulement elle, reconnaissable au milieu de ce monstrueux cryptogramme quantique qu'était l'univers. Et si elle avait été un homme, je l'aurais aimée quand même.

Ce qui importe, c'est l'essence. La combinaison unique d'hydrogène, d'hélium, d'oxygène, de méthane, de néon, d'argon, de carbone, de soufre, de silicium et de fer qui explique qu'une personne diffère de toutes les autres.

À présent je le sais car, quelques années plus tard, en 1995, j'ai couché avec un homme.

J'ai connu Ralph à l'université. Mes deux premières années d'université avaient filé sans que je m'en aperçoive et je n'avais noué pratiquement aucune relation avec mes condisciples. Lors de la troisième année, j'ai choisi une spécialité : un séminaire consacré à la littérature féminine. J'avais lu certains auteurs féminins et je les admirais : Virginia, Jean, Djuna, Dorothy, Jane, Carson, Sylvia, Charlotte, Doris. Je suppose qu'au début, comme pour la foi catholique de mon enfance, je pensais avoir trouvé une Cause avec un grand C, un objectif supérieur auquel je pouvais me consacrer, une ambition qui dépassait ma propre existence, un désir d'immortalité qui transcendait mon train-train quotidien. J'avais espéré rencontrer des personnes constructives et volontaristes, disposées à bâtir un projet d'avenir, enthousiastes et résolues. Au lieu de quoi m'attendait une armée de fanatiques, uniformément vêtues de pantalons et de brodequins militaires, niaises et fadasses, aussi inquiétantes que le profil des immeubles de la ville où elles vivaient. Mes camarades. J'étais entrée dans une secte à mon insu.

Je n'ai pas réussi à m'intégrer, ni au début, en distribuant autour de moi des sourires et des bonjours forcés dans une tentative désespérée pour m'attirer les faveurs de mes condisciples, ni à la fin, alors que j'étais au plus bas et que je ne souriais plus ni ne saluais personne. Elles (je dis elles car, pour autant que je me souvienne, il n'y avait pas de garçons dans notre groupe) formaient des groupuscules, petits cercles de deux ou trois filles qui s'asseyaient toujours ensemble, jacassaient pendant les cours et s'aidaient mutuellement à rédiger leurs dissertations. Les tubes au néon du plafond nous immergeaient dans une lumière blafarde qui ne mettait guère en valeur nos visages fatigués. Notre groupe comptait une quinzaine d'étudiantes, je m'asseyais toujours au dernier rang. Face à moi, un régiment de tables disposées en quatre files, des petites femmes en noir penchées en avant dont je n'apercevais que les nuques rasées ou parfois le catogan tiré comme une corde. La lumière vibrante des néons et la litanie monotone de la prof me plongeaient dans une sorte de catalepsie. Le cours se déroulait sans moi, je n'avais conscience ni des sujets abordés ni de l'écoulement du temps.

Elles étaient toutes graves et végétariennes, elles pratiquaient le yoga et la méditation, organisaient avec une dévotion de vieilles bigotes des débats hebdomadaires sur des problèmes mille fois rebattus, des séminaires autour de thèmes tels que « La voix féminine », « Au-delà du mythe de la beauté », « Sexe, rôle et genre » ou encore « La révolution intérieure ». Personne ne tombait dans leurs filets, si ce n'est le petit groupe de convaincues. Elles n'avaient pas une once d'humour, pas un brin d'ironie, leurs discours, répétitifs jusqu'à l'écœurement, consistaient en une assommante énumération de chiffres, de dates, de statistiques et de mots d'ordre. Lorsqu'elles jouaient les oratrices, elles faisaient preuve d'une mémoire prodigieuse qui leur tenait lieu d'intelligence. Elles m'ennuyaient à mourir.

J'avais d'emblée tiré une conclusion peu encourageante : la bataille était perdue d'avance, ce n'était pas là que je trouverais ce que je cherchais. J'avais donc décidé de m'abandonner à la torpeur qui m'envahissait à chaque cours sans trop m'efforcer d'y participer. Mes camarades commencèrent à m'ignorer dès qu'elles eurent compris qu'elles n'arriveraient pas à m'attirer dans leurs réunions extra-universitaires. Certaines d'entre elles étaient des habituées du bar de Cat et j'aimais imaginer qu'une pointe de jalousie et de méfiance perçait dans leurs yeux.

Cependant, je continuais de bûcher car le maintien de ma bourse exigeait que j'obtienne de bonnes notes. Décrocher un bon diplôme était mon unique chance de retourner un jour à Madrid avec assez d'atouts en main pour bien jouer ma vie future. De plus, j'obtenais sans trop de peine d'excellents résultats. Il suffisait que je m'assoie devant mon ordinateur et que j'écrive toutes les âneries qui me passaient par la tête. Si j'étais pressée, j'inventais des dates et des données le plus naturellement du monde. Mes dissertations étaient émaillées de phrases prétentieuses et grandiloquentes qui impressionnaient mes maîtres. Je rédigeais des élucubrations truffées de citations diverses pour confirmer mon statut d'étudiante cultivée s'adonnant à la lecture et à l'écriture. Je soignais mes conclusions, développais des idées qui, je le savais, plairaient à mes professeurs et que je considérais secrètement comme des bêtises crasses. Je me sentais comme une bluffeuse. Je savais que je n'exploitais pas la moitié de mes possibilités. En même temps, je doutais. S'ils aimaient tant ce que je faisais alors que cela ne me plaisait pas du tout, auraient-ils apprécié ce que j'aurais fait sérieusement, de façon fructueuse et honnête ? Peut-être pas. Peut-être fallait-il laisser les choses en l'état, se contenter de recopier les phrases des autres et garder pour moi mes propres opinions. Je continuais à dévorer des livres et à écrire des pédanteries qui éblouissaient mon professeur. Je me sentais aussi creuse et enflée qu'une baudruche qui menaçait d'éclater à tout moment.

Nous n'avions pas d'ordinateur à la maison, ce qui m'obligeait à utiliser ceux de l'université. J'y passais donc beaucoup plus de temps que je ne le souhaitais. Je mangeais au restaurant universitaire, repliée dans un coin, tâchant de ne pas trop attirer l'attention, incommodée par le vacarme, mais sans pouvoir éviter de faire la connaissance de certaines personnes. Arrivait toujours un moment ou quelqu'un s'asseyait à côté de moi et se présentait. Je m'efforçais d'être aimable et correcte, mais je ne lui donnais pas l'occasion d'engager la conversation. Normalement, il ne se rasseyait plus à côté de moi et, le lendemain, je le voyais tourner dans le restaurant, plateau à la main, en quête d'une compagnie plus animée. Je me fis une réputation de fille antipathique. J'en avais conscience, mais je m'en fichais. L'unique moyen de m'en sortir, pensais-je, c'était de ne pas entretenir trop de relations avec les gens, de ne pas m'exposer, de ne pas risquer qu'ils me connaissent et me méprisent un jour ou l'autre en raison de ma différence. D'éviter qu'ils me blessent, en somme.

Avec le temps, j'ai fini par remarquer un individu apparemment différent. Lui aussi déjeunait dans son coin, caché derrière un livre. Lui non plus ne semblait pas vouloir entrer en contact avec les autres. Il n'était pas très beau, c'est vrai, mais je le trouvais intéressant. C'était un type d'un âge indéfini, l'air trop branché pour avoir dépassé les trente, mais le visage trop marqué pour être encore dans la vingtaine. Baraqué, robuste, pas très grand, il avait un corps carré et solide de rugbyman. Ses cheveux étaient coupés très court, teints en un blond platine insolent qui laissait voir des racines noires. Ses traits étaient aussi compacts que ses membres : nez épaté, lèvres charnues, yeux enchâssés, sourcils rapprochés. Il les fronçait en lisant, ce qui lui donnait un air concentré. Un pli unique lui barrait le front. De temps en temps il levait les yeux d'un air absent, comme s'il cherchait une idée, puis, au bout d'une minute, il reprenait sa lecture avec un intérêt renouvelé. Un détail m'inspira immédiatement de la sympathie pour sa personne : il regardait par-dessus ses lunettes comme Mónica.

Une chose me frappa : il portait toujours quelque chose d'orange sur lui. Il possédait plusieurs salopettes et sweat-shirts à capuche, tous avec des motifs imprimés devant ou derrière. Salopette, tee-shirt ou chaussettes étaient orange, il y avait toujours une touche lumineuse dans sa tenue. Ses cheveux coupés ras, sa houppette de Tintin et ses salopettes de couleurs vives me rappelaient les garçons qui pullulaient dans le bar où travaillait Cat, et j'ai aussitôt pensé qu'il était homo. Au bout d'un mois, j'ai commencé à me dire que j'avais bien envie de faire sa connaissance, je pressentais que nous avions beaucoup de points en commun.

J'étais à Édimbourg depuis près de deux ans et je n'avais toujours pas un seul ami en dehors de Cat.

Je ne savais pas comment établir le contact. Ce n'était visiblement pas le genre de type qui s'asseyait à côté de vous à table, et je me sentais incapable de l'aborder de but en blanc. Pourtant, il a dû percevoir mes regards insistants et comprendre qu'il éveillait mon intérêt. Un matin gelé de janvier où des glaçons s'étaient formés aux fenêtres, nous nous sommes retrouvés côte à côte avec nos plateaux devant le comptoir du restau U. Je veux croire que ce n'était pas un hasard. Nous avons échangé un sourire timide, suivi de quelques banalités sur la qualité déplorable de la nourriture. Je dis que j'en avais assez des pommes de terre et que je regrettais les salades de chez moi. Comme je l'espérais, cela lui permit de me demander d'où je venais. Madrid, répondis-je. Je n'y suis jamais allé, dit-il. C'est bien ?

J'acquiesçai d'un léger signe de tête, sans grand enthousiasme, parce que je ne voulais pas rabaisser sa ville en lui montrant à quel point la mienne était merveilleuse et à quel point elle me manquait.

D'autres rencontres suivirent. Mesurées, contrôlées. Chaque jour, nous nous attardions quelques secondes de plus dans notre conversation de circonstance. Au fil du temps, nous nous sommes approchés l'un de l'autre, très lentement, en tâtant le terrain. Je ne trépignais pas d'impatience en attendant son arrivée mais mon cœur se réjouissait lorsque j'apercevais au loin une tache orange qui peu après devenait plus nette avant de se transformer en sa silhouette. Parfois il venait me parler, parfois il filait tout droit dans son coin. Puis je commençai à prendre confiance et à m'adresser à lui d'un air narquois, le taquinant à propos de ses tee-shirts et de ses cheveux, ce qu'il encaissait avec esprit sportif et intelligence. Je lui expliquai qu'en Espagne l'orange était la couleur des bombonnes de gaz. Il m'expliqua qu'il en portait parce que c'était la couleur de Detroit, de la musique industrielle, de la techno, et puis parce qu'il aimait ça, bon sang. Moi aussi. Je trouvais que cela nous faisait du bien, une note de vive insouciance au milieu du paysage monochrome – eau, brume, nuages, ombres, lierre et mousse – de l'Édimbourg hivernal.

Il s'appelait Ralph. Il faisait des études d'histoire de l'art. On devint amis. Au bout de quelque temps, nous savions, sans nous donner rendez-vous, à quelle heure nous avions une chance de nous retrouver. Nous nous sommes découvert un sens de l'humour très similaire. On adorait plaisanter sur les différents sous-groupes qui pullulaient dans la cantine : les étudiants en philosophie, barbichettes et jeans râpés ; en médecine, cardigans de laine et lunettes en écaille ; en cinéma, pulls trop petits et Adidas style années 70 ; en art, ces snobinards qui mangeaient le riz avec deux pinceaux en guise de baguettes. Et enfin celles de mon groupe, cheveux courts, godillots militaires et dix kilos de trop. Ralph était capable de crucifier n'importe qui d'une seule phrase, et sa langue acérée ne faisait pas d'exceptions : il riait de tout et de tout le monde. Parfois il s'en prenait aussi à moi, il se moquait de mon accent, de ma façon de prononcer les s. *Darling*, disait-il en outrant mon accent madrilène, *ad you gonna take the baz* ?

Mon humeur s'améliorait. J'avais trouvé un ami. C'est du moins ce que je croyais. Je n'avais pas une grande confiance en lui, mais au moins étions-nous sur la même longueur d'onde, avions-nous la même façon de percevoir les choses et d'analyser les situations, ce que je n'avais pas connu depuis Mónica et que Caitlin ne pouvait évidemment pas m'apporter. Chaque fois que je passais à la cafétéria de l'université, mon cœur s'emballait légèrement dans l'attente de voir apparaître ses cheveux jaunes et ses tee-shirts orange.

Il me parlait tellement de la musique qu'il aimait qu'il parvint à piquer ma curiosité. Depuis Mónica, je n'avais connu personne qui fût aussi avide de musique, avec un tel désir de se tenir au courant, de ne pas rater une seule note de ce qui sortait sur le marché. Il me parlait de la jungle qu'il écoutait en se levant, pour se réveiller, de la trance qui accompagnait ses lectures, de la lounge sur laquelle il dansait parfois tout seul chez lui. Je n'y comprenais rien mais ça me plaisait.

J'ignore ce que faisait Ralph lorsqu'il n'était pas avec moi. J'ignore à quoi il employait ses nuits car il ne me parlait presque pas de sa vie privée. Jamais une allusion à ce qu'il faisait ou plutôt ne faisait plus lorsqu'il était en ma compagnie. À quoi pouvaient bien ressembler ses vendredis et ses samedis soir ? Je ne l'ai jamais croisé dans aucune des boîtes qu'on fréquentait, ni chez les homos ni chez les mixtes. Pourtant, j'ouvrais grands les yeux depuis que je le connaissais, guettant la moindre tache orange entrevue dans la pénombre de ces clubs sombres et mornes… L'une des choses qui me manquaient le plus à Édimbourg, c'étaient les bars design. En comparaison, les clubs que je fréquentais me semblaient tristes comme un enterrement sous la pluie, même si on avait les meilleurs DJ du monde. Peut-être y en avait-il de plus raffinés, quelque part dans cette ville, mais je n'y ai jamais mis les pieds. La dernière fois que j'avais pu admirer la main d'un décorateur, c'était il y a quatre ans, à Madrid.

Il y a quatre ans, nous aimions les bars et nos priorités étaient extrêmement claires. On pouvait être poursuivis par un commando néo-nazi, il pouvait tomber une bombe atomique, nous sortions quand même faire la bringue. Il était évident que nous devions changer d'air car, vraisemblablement, les types de la CEDADE nous chercheraient dans le circuit habituel de Coco. Donc, ce soir-là, pas question d'aller au Iggy ni au Vía ni à La Metralleta. Nous sommes allés dans un bar à vin de la Castellana.

C'était un bar cher, pour gens friqués, comme on pouvait le remarquer d'entrée : éclairage et décoration élégants, zinc luisant, surfaces courbes, tabourets aux pieds en spirale dessinés par Philip Starck. On avait l'impression qu'ils s'écrouleraient si on s'asseyait dessus. La lumière au néon bleutée conférait une aura spectrale aux visages de gens dont la vie diurne se résumait en une étiquette : designer, artiste, chanteur, mannequin, comte.

– C'est sinistre, ici, se plaignit Mónica.

– Moi, ça me branche, dit Coco.

– Toi, tout ce qui a l'air cher te branche, répliqua-t-elle. T'es un plouc et on voit à trois kilomètres que t'es de Carabanchel.

– Je te signale que mon paternel est plein aux as.

– Qu'est-ce que tu racontes, ta mère est veuve.

– Alors là, c'est ce qu'elle dit. Je suis un enfant illégitime. Elle est tombée enceinte du fils de la maison où elle travaillait et, pour s'en débarrasser, la famille lui a filé un paquet de fric. C'est avec ça qu'elle a monté sa boulangerie.

– Allez, arrêtez de vous disputer, les coupai-je. C'est sympa, ici, dans le genre. Et puis ça fait pas de mal de changer un peu.

Pour corroborer mes dires, j'allai sur la piste de danse.

Des masses informes s'y trémoussaient tandis que des haut-parleurs diffusaient un fond de musique salsa qui, bien que très prévisible, ou peut-être en raison de cela, incitait à danser. Je fermai les yeux et me laissai entraîner par le rythme sinueux des maracas, imprimant un mouvement elliptique à mes hanches et à mes épaules avec une régularité de métronome. Au bout d'un moment, quelqu'un me tapota l'épaule et je me retournai. C'était Mónica.

– Suis-moi, me chuchota-t-elle à l'oreille. J'ai quelque chose pour toi.

Elle passa devant moi en agitant les hanches de saccades électriques et la foule lui ouvrit la voie, comme les eaux s'écartant sur l'ordre de Moïse.

On rejoignit Coco devant la porte des toilettes pour hommes. On entra tous les trois dans un cabinet et on ferma la porte. Mónica s'assit sur le battant de la cuvette, sortit de l'héroïne de son sac, une petite cuiller, un briquet et une seringue. Sur le coup, je ne compris pas l'utilité de tout cet attirail.

– Ne me dis pas que tu vas te piquer, m'écriai-je, abasourdie.

Elle m'expliqua qu'elle évitait généralement de le faire parce qu'elle savait que les marques sur les bras la trahiraient, mais en fait, elle préférait s'injecter l'héroïne plutôt que la fumer, ça « défonçait » beaucoup plus. Elle en déposa une pincée sur la cuiller, chauffa celle-ci à l'aide du briquet, et quand l'héroïne eut fondu, elle l'aspira avec la seringue.

– Tu veux essayer ? me proposa-t-elle.

– Tu sais bien que non.

– Tant pis pour toi.

Elle la passa à Coco qui se piqua avant de la lui redonner. Cela leur prit moins de trois minutes. J'avais tourné la tête pour m'éviter ce spectacle plutôt effrayant. Ce que je ne comprenais pas, c'était pourquoi Mónica persistait à faire de moi la spectatrice de toutes ses transgressions (le braquage, la virée à la Celsa, ses shoots...). Elle avait peut-être besoin de moi comme contrepoint, à moins qu'elle n'ait voulu m'inviter à la suivre dans cette dégringolade vertigineuse. Au milieu de ces réflexions, quelqu'un commença à secouer frénétiquement la porte. Mónica sortit en rajustant son soutien-gorge afin de faire croire que l'on s'était enfermés pour des raisons sexuelles et non pour se droguer. Dehors nous attendait un gros balèze en costar, muscles de cybercop et air de tueur à gages, qui attrapa Mónica et la traîna à travers toute la boîte. Coco et moi les suivions, stupéfaits, et juste avant d'arriver à la porte nous comprîmes ce qui se passait.

– Mais qu'est-ce qui te prend ? demanda Coco.

Pour toute réponse, le gorille saisit Coco par le cou. Il se dégagea violemment, si bien que le gorille le poussa contre la porte. Le visage de Coco heurta le chambranle. Il riposta d'un coup de coude dans le ventre. Le type repoussa Coco qui atterrit le dos sur le trottoir.

– Ne remettez plus les pieds ici, dit-il en nous fermant la porte vitrée au nez.

On s'assit sur un banc et on discuta de l'endroit où aller. Je proposai l'hôtel. Coco trouvait qu'il était trop tôt, que la nuit ne faisait que commencer, et Mónica ne disait rien, le regard fixé sur un point indéterminé. Finalement, je suggérai un endroit : le Miami, un club bakalao qui ouvrait justement à trois heures (il était moins dix) et où j'étais déjà allée avec Mónica. Il était fréquenté par des hordes de petits minets et on y fourguerait facilement nos capsules. Coco approuva l'idée. Il connaissait l'endroit et il s'entendait assez bien avec une des serveuses, ce qui nous garantissait des verres à l'œil.

– Je suis content de constater que tu prends les choses en main. Tu grandis, petite, dit Coco.

– À mon avis, elle est déjà assez développée à ton goût. Je ne crois pas qu'elle ait besoin de grandir plus, ajouta Mónica d'une voix ténébreuse qui nous fit sursauter et qui semblait surgir du plus profond de sa gorge.

Quand on arriva au Miami, Coco alla direct au bar discuter avec sa copine serveuse. Je ne sais pas comment il réussit à se faire comprendre car le volume assourdissant du bakalao empêchait toute conversation à peu près suivie, mais il s'arrangea pour lui faire savoir qu'on avait des ecstasys et pour qu'elle fasse circuler l'info.

Après quoi, il nous proposa d'aller sniffer quelques lignes aux toilettes. La petite expérience qu'on venait de vivre n'avait pas l'air de l'avoir traumatisé. Ça commençait à devenir un rituel. Rentrer dans un cabinet, se faire quelques lignes, de cocaïne pour Bea et Mónica, coupée avec de l'héroïne pour Coco. Aspirer, aspirer. Un léger frémissement du nez, un courant électrique filant au cerveau. Je reconnus le cran d'arrêt dont Coco se servit pour couper les rails : celui que Mónica lui avait offert.

– Il faut reconnaître qu'il est beau, ce couteau.

– Garde-le, me dit Coco. Tu l'as bien mérité.

– Dis donc, c'est moi qui te l'ai offert. Un cadeau, ça ne se donne pas, protesta Mónica.

– Allez, ma chérie, sois pas rabat-joie. Bea en fera bon usage. Elle saura s'en servir en cas de besoin. Pas vrai, ma jolie ? T'appuies sur le bouton, là, et la lame sort comme une flèche. Puis t'attaques, sans crainte, le tranchant tourné vers le haut, d'un coup net, surtout, sans hésiter, tu enfonces bien la lame jusqu'au fond. Sans y réfléchir.

Je laissai échapper un de mes petits rires nerveux caractéristiques. Un frisson me traversa la colonne vertébrale en pensant que je pouvais planter ce couteau dans le corps de quelqu'un, ce que je n'arrivais même pas à imaginer une seconde et que je soupçonnais Coco d'avoir déjà fait.

– Maintenant tu me dois un cadeau, me dit Coco en posant le couteau dans ma main. Quand on t'offre un couteau, tu dois donner quelque chose en échange. Sans quoi ça porte malheur.

Sceptique comme à son habitude, Mónica nous pria d'arrêter de dire des âneries. Je rangeai le cran d'arrêt dans la poche arrière de mon pantalon.

Nous sortîmes des toilettes et allâmes au bar. Coco commanda deux whiskys à sa copine serveuse qui avait l'air assez sympa.

– Je suis dans le coaltar, dit Coco. J'ai un putain de coup de barre, tout à coup. J'ai besoin d'un petit remontant.

– Prends une des fameuses capsules, lui proposa Mónica. C'est pratiquement que des amphétamines, après tout.

– Ça va, merci. Je me suis déjà assez chargé, j'ai pas envie d'essayer des mélanges bizarres.

– Fais pas ta chochotte, on dirait Bea. Et puis, la mauvaise herbe pousse toujours.

– D'accord, Bea. Tu me donnes un de ces Doliprane trafiqués ?

Je lui donnai une capsule et il l'avala avec une gorgée de whisky. Aussitôt il m'en demanda une autre.

Les sempiternels Doliprane… Des capsules de paracétamol. À Édimbourg, il fallait toujours en avoir sous la main pour combattre les symptômes des inévitables rhumes de l'hiver. Mais en mars on n'en avait plus l'usage. Le froid s'en allait et avec lui les yeux qui pleurent, le nez qui coule, la gorge irritée et les maux de tête. Mars arrivait à Édimbourg et les jours s'éclaircissaient. Les rayons de soleil, encore timides, arrachaient aux feuilles des lueurs turquoise. La ville offrait l'aspect d'une dame élégante et digne, imposante et dédaigneuse, avec ses immeubles qui nous jaugeaient en silence du haut de leurs tours de pierre.

Un après-midi de mars, Ralph me proposa d'aller voir ses disques chez lui. Il vivait non loin de l'université. Nous pouvions nous y rendre en balade, maintenant que le temps était plus clément. Avec qui habites-tu ? lui demandai-je. Il vivait seul, ce qui m'étonna puisque je ne connaissais aucun autre étudiant capable de se le permettre : tous partageaient des appartements ou bien vivaient dans des résidences. Ralph m'avait dit son âge : trente et un ans. Le fait est que je ne connaissais pas non plus beaucoup d'étudiants de son âge. Je supposai que sa famille avait de l'argent, puisqu'il pouvait se permettre de vivre de l'air du temps, mais je ne voulais pas poser trop de questions, estimant que cela ne me regardait pas.

Il habitait Baker Street, non loin de chez moi. Un endroit ni mieux ni pire qu'un autre. On gravit un escalier crasseux. Il ouvrit la porte. Aussitôt, je fus au paradis.

Ma première surprise fut l'ordre et la propreté qui régnaient dans l'appartement. À Édimbourg, les gens n'ont pas l'obsession du ménage comme en Espagne, et j'avais d'emblée été frappée par l'aspect décrépit et lugubre de toutes les maisons que j'avais visitées. Des auréoles d'humidité au plafond, des tas de machins inutiles dans tous les coins, des moquettes jamais aspirées. Les intérieurs délabrés d'Édimbourg donnaient une impression d'abandon et de négligence qui vous pénétrait jusqu'aux os, comme le froid. L'appartement de Ralph était différent de tous ces refuges provisoires et précaires, de tous ces antres d'étudiants que j'avais connus.

La moquette était propre et on avait pris soin de dépoussiérer les étagères. L'appartement tout entier était rangé avec une méticulosité minimaliste. Mais ce qui attira le plus mon attention, ce qui me procura un bonheur oublié et réveilla des souvenirs depuis longtemps enfouis dans mon cerveau, ce furent les disques et les livres. Il y en avait des tas et des tas. Des centaines ou des milliers de volumes serrés les uns contre les autres, alignés comme les soldats d'une armée de notes et de mots sur des étagères, partout du sol au plafond. Je promenai mon index le long du chemin de lettres que traçaient les dos des ouvrages, éblouie, hébétée, exaltée, abasourdie, et je lisais à voix basse le nom de chaque auteur : Maalouf, Machiavel, Marais, Mauriac, Melville, Milton, Mishima… Ralph était un méthodique…

Et les disques. Des disques vinyle, de ceux qu'on ne fabrique plus. Des disques de groupes dont j'avais presque oublié l'existence.

Skas, punks, gothiques, sinistres. Lounge, ambient acid jazz, trip hop. Grunge, blues, rock, indies. Sons, guarachas, boleros, vallenatos. Rai, soufi, soca, zen. Samba, tango, merengue, calypso. Ragas, reggae, be bop, new age. Toiki, soukouss, forró, gamelan. Gnawa, bhangra, qawwali, séfarade… Rien n'y manquait, y compris Sinatra et Tony Bennet. Il y avait de la musique classique et des boléros, des disques raï, des Lokua Kanza et des Ruychi Sakamoto, et bien d'autres musiciens dont le nom ne me disait rien.

Je me sentais comme Hansel et Gretel découvrant la maison en chocolat.

J'étais si absorbée par le trésor entreposé dans cet appartement que je ne pensais plus à mon amphitryon dont je sentis l'haleine chaude sur ma nuque. Il m'enserra dans son corps d'ours et posa une main sur chaque sein. « Qu'est-ce que tu fais ? » lui demandai-je. « Ça se voit pas ? » me répondit-il en prenant une voix profonde et caverneuse qu'il devait imaginer sexy. « Mais alors t'es pas homo ? » lui demandai-je, m'avisant aussitôt de l'incongruité de ma question. Pour toute réponse, il me retourna. Je me retrouvai nez à nez avec lui. Il souriait. Il ne dit plus un mot et se contenta de rapprocher son corps demandeur du mien. Lorsqu'il posa ses lèvres sur les miennes, je me laissai faire. Je savais très bien que la principale raison pour laquelle je le laissais m'embrasser, avant aucune autre de ses qualités, c'était son impressionnante collection de livres et de disques.

Je crus que j'avais trouvé ma deuxième Mónica.

Il embrassait bien et nos langues s'entrelaçaient, humides comme deux anguilles dans le lit d'une rivière. Ma respiration s'accéléra, je sentis une chaleur inconnue au bout des seins et entre les jambes. Ses mains exploraient mon corps avec la convoitise d'un chercheur de trésors. Lorsqu'elles arrivèrent dans mon dos, il tambourina sur ma colonne de haut en bas, laissant des frissons sur son sillage. Il avança une jambe et la replia entre les miennes. Je sentis une proéminence dure contre mon pubis. J'entendais nos souffles haletants se superposer comme en une symphonie de gémissements amplifiés au maximum et ricocher dans le silence du soir. Je peux mieux le dire en anglais qu'en espagnol. *I fancied him.* Il me plaisait, j'avais envie de lui. J'eus envie de lui avec cette convoitise urgente et impérieuse que j'avais eue pour les palmiers en chocolat dans les vitrines des pâtisseries quand, à treize ans, j'entamai un régime pour la première fois. J'avais envie de le dévorer à grands coups de dents et de le savourer tout entier. J'avais soudain si envie de lui que j'étais incapable de penser aux raisons cachées de ce caprice absurde, car je n'avais pas le droit de le désirer, j'étais déjà engagée ailleurs.

Comparé à la douceur enveloppante et féline de Cat, Ralph était une catastrophe naturelle, une tornade incontrôlable qui ravageait les maisons et dévastait les champs de maïs sur son passage, un torrent en crue, un orage de grêle. À quoi m'aurait servi d'opposer une quelconque résistance ? Il me poussa jusqu'aux étagères en me maintenant les mains dans le dos. Il commença à parcourir à coups de langue le chemin qui descendait de mon oreille droite à ma poitrine, s'attardant sur mon cou tandis qu'il déboutonnait mon pantalon avec sa main libre. Quand celui-ci tomba par terre, il baissa ma culotte d'un coup de patte et m'écarta les jambes. Il cracha sur son index et commença à me masser le clitoris de haut en bas. Je sentis celui-ci gonfler.

Son désir activa le mien comme une allumette en enflamme une autre. Mon corps répondait, c'était évident, il fallait donc en déduire que je le désirais aussi. Une partie de moi, un courant souterrain de désir que j'avais refusé d'abriter le désirait depuis très longtemps. Le sexe, c'est toujours du sexe, me disais-je. Ce ne sera pas très différent, n'aie pas peur. Tous les jours, des millions de personnes le font. Cela ne te fera pas mal. Laisse-toi aller. *Go with the flow.*

– On ne serait pas mieux au lit ? bredouillai-je héroïquement.

On tomba sur le lit, enlacés, et on se déshabilla mutuellement à grands coups impatients. Nu, son corps compact était imposant, intimidant. Tout dans son anatomie était grandiose, presque monumental : son torse, ses cuisses, ses avant-bras, son cou, son membre, bien entendu. Ciselés dans la pierre, ouvragés. Il s'allongea sur moi en s'appuyant sur ses avant-bras, comme s'il était en cours de gym et qu'il faisait des pompes. Il entra sans me faire mal, il entra sans faire de bruit. Je m'étonnai que ce fût si facile, finalement. Il ne faut pas avoir peur de ce dont on ne sait rien. Ni du sexe, ni de l'amour, ni de la mort. Je m'adaptai à son rythme. C'était simple. Franchement, pas très différent d'un cours de gym. Il faisait des pompes pendant que je faisais le pont. Ferme les yeux, ne pense pas à la personne avec qui tu le fais, laisse-toi flotter sur une mer de sensations dont les vagues grossissent de seconde en seconde, et soudain les digues se brisent, toute l'eau déborde. Ensuite, être allongés côte à côte, épuisés mais pas éreintés, perlés de sueur, nos halètements rapides ponctuant le silence. Tenter de retrouver son souffle, pantelants comme des poissons fraîchement pêchés.

Nous recommençâmes trois fois de suite. Et nous aurions pu continuer si je n'avais pas regardé ma montre et réalisé que Cat était sur le point de rentrer.

Je pris congé en déposant à la hâte sur ses lèvres un baiser de papillon repentant, debout devant sa porte, sur la pointe des pieds. Je ne voulus pas lui dire que c'était la première fois pour moi. Il ne s'en rendit pas compte. Il n'y avait eu ni douleur ni sang. On m'avait tant mise en garde quand j'étais plus jeune, que très longtemps j'avais imaginé qu'après la première rencontre amoureuse, on devait garder le lit pendant des semaines pour soigner la blessure, et je me voyais à l'hôpital, avec un bouquet de roses rouges, très rouges sur la table de nuit. Mais les bonnes sœurs et ma mère m'avaient menti : on peut perdre sa virginité sans s'en rendre compte. Et s'il s'était aperçu de quelque chose, il n'en avait rien dit. De toute façon, je n'étais plus vierge. Je ne l'étais que techniquement parlant.

Le lendemain matin, au lever, j'avais encore son parfum sur ma peau. Cela m'obséda toute la journée, je passai mon temps à me flairer avec une curiosité canine, tentant de le maintenir vivace, de le capter pour toujours dans mon odorat, de l'enfouir dans la membrane pituitaire, car je savais qu'au bout d'un moment son odeur abandonnerait ma peau et qu'il serait impossible de me la rappeler avec exactitude. Je saurais qu'il sentait le cèdre et l'orange, mais cela s'arrêterait là, ce ne serait plus ce chatouillement familier dans le nez. Ainsi, quoique épuisée, j'étais d'excellente humeur, chose inusitée chez moi, la bonne humeur que Ralph m'avait communiquée, l'humeur de sa peau et de son parfum qui me collaient à la peau. J'étais si heureuse que je parcourais les couloirs de chez moi, ou plutôt de chez Cat, sur la pointe des pieds, comme si je flottais au-dessus du sol. Je ne savais pas combien de temps cela durerait, combien de temps cela mettrait à s'évaporer, quel souvenir j'en aurais au bout d'une semaine, mais la sensation était si vive à ce moment-là qu'il suffisait que je ferme les yeux pour voir Ralph comme en photo.

Cat m'avait dit qu'elle savait si une femme était allée avec un homme parce que quand un homme l'avait pénétrée, elle s'élargissait. Je profitai d'un certain espacement de nos rencontres, lié à la routine de notre cohabitation, pour attendre quelques jours avant de retourner avec elle. J'avais l'impression d'être une menteuse, alors que je ne mentais pas, que je dissimulais seulement la vérité, ce qui ne revenait pas au même. Je ne voulais pas la perdre. Je couchais peut-être avec un autre, beaucoup de choses me manquaient avec elle, mais je ne voulais pas la perdre.

Je revis Ralph de façon inespérée. J'avais fermé la porte mais, le désirant à mon insu, j'avais oublié de clore les fenêtres et attendais sans trop de conviction que Ralph entre.

À l'hôtel, je fus réveillée par la lumière insidieuse du matin qui filtrait à travers l'interstice des rideaux et se diffusait dans la chambre. J'émergeai lentement d'un rêve dont il ne restait qu'une vague trace dans ma mémoire. Un peu comme si je venais de traverser un couloir de douleur, long, étroit et aveugle, sans portes ni fenêtres, un parcours qui m'avait alourdi la tête, avait engourdi celle-ci de rêves détruits, de miettes de souvenirs épars. Mónica dormait placidement près de moi. Je passai mes bras autour d'elle, tentai de me concentrer sur le rythme régulier de sa respiration et humai sa peau, mélange de sueur, de phéromones et de parfum cher, une douceur dense et pénétrante qui m'était devenue familière. Mónica soupira en rêve et se dégagea légèrement de mon étreinte. Tout à coup, je sentis le poids d'un bras tiède qui s'abattait sur moi comme un tronc. C'était Coco. Sa main descendit et s'arrêta sur ma poitrine. Il commença à me caresser un téton. Je le repoussai et tentai de me redresser. Comme si de rien n'était, il posa ses paluches sur mes épaules et me repoussa en arrière, contre l'oreiller. Son visage descendit sombrement sur moi, son haleine aigre me fouetta comme une gifle, des gouttes de salive frappèrent mes lèvres. Je commençai à me débattre et à mordre. Il se jeta sur moi et me coinça entre ses jambes. Je n'arrivais pas à croire qu'il était sérieux et, pour ne pas réveiller Mónica, je lui dis à voix basse d'arrêter, je n'en avais pas envie, je ne trouvais pas ça drôle. Je sentis sa verge gonflée se frotter à mon pubis. C'est alors que je me mis à hurler.

– MAIS QU'EST-CE QUI TE PREND, MERDE ?

Instantanés qui défilent à toute vitesse comme une vidéo que l'on rembobine : Mónica se réveille, s'étire, se frotte les yeux. L'haleine rance de Coco, la vue s'obscurcit. Je donne des coups de pied et de poing. Je voudrais que Mónica réagisse, qu'elle me vienne en aide, et les secondes s'éternisent. Son corps sur le mien. Fondu en noir. Puis Coco recule, s'écarte et s'allonge à côté de moi.

– Putain, Bea. T'es complètement hystérique.

– Et toi t'es un enfoiré.

– Ce que tu peux être coincée, ma parole.

On se tut. Un silence tendu succéda à tout ce raffut. Coco se leva et se dirigea vers le minibar. Il prit une petite bouteille de whisky, la déboucha et la siffla pratiquement d'un trait.

– Franchement, Coco, dit Mónica. Vas-y, bois encore, t'en as besoin pour trouver d'autres conneries à faire.

– Mêle-toi de tes oignons, s'il te plaît, répondit Coco.

– Personnellement… j'en ai rien à battre, répliqua calmement Mónica, mais tu comprends bien que j'apprécie moyennement d'être réveillée par des cris en pleine nuit.

– C'est ton hystérique de copine…, dit-il.

– Chuis pas une hystérique, le coupai-je.

– Non, juste une coincée, lâcha-t-il.

– MAIS BORDEL, VOUS ALLEZ LA FERMER À LA FIN, OUI ! s'énerva Mónica.

Nous lui obéîmes. Coco sortit une autre petite bouteille et la but. Je me blottis dans le giron de Mónica, persuadée que je n'arriverais pas à me rendormir, mais je m'assoupis presque aussitôt.

Je dormis longtemps, très longtemps. Je me réveillai avec la tête en compote. J'avais l'impression d'avoir du sable dans la bouche. La lumière vive de midi était comme un reproche lumineux qui me transperçait les rétines. J'avais une sale gueule de bois. Je zigzaguai jusqu'à la salle de bains en chancelant et en butant contre les meubles.

J'y trouvai Coco assis sur le bidet, la tête dans les mains. Je ne pris pas la peine de lui dire bonjour et j'allai directement boire au robinet. Après avoir examiné mon visage pâle et mes yeux cernés dans le miroir, je me débarbouillai à l'eau froide dans l'espoir de m'éclaircir les traits et d'effacer mon air endormi. Je m'aperçus alors que Coco n'avait pas bougé pendant tout ce temps et j'eus un mauvais pressentiment. Je l'appelai par son prénom. Il ne réagit pas. Je le secouai et, tel un château de sable, il s'effondra sur le carrelage en marbre.

J'étais entourée de Beas abasourdies, reflétées partout dans la salle de bains. Un instant je conçus l'espoir que tout cela n'était qu'un cauchemar. Il me sembla que ces surfaces étincelantes sous mes pieds, au-dessus de ma tête et sur les quatre côtés, se refermaient comme une chambre de torture et menaçaient de me comprimer jusqu'à me réduire à néant.

Je retournai vers le lit et réveillai Mónica. Elle me regarda avec des yeux éteints, elle ne semblait pas comprendre ce que je lui disais. Puis elle se leva d'un bond et alla dans la salle de bains. Coco n'avait pas bougé de place, étalé sur le sol blanc. Mónica se baissa, l'appela par son prénom, le secoua, mais il ne réagissait toujours pas.

– Qu'est-ce qu'il a ? demandai-je, comme si Mónica était médecin.

– J'en sais foutre rien, dit-elle. Il a peut-être pris un coup sur la tête ou alors il fait une réaction à tout ce qu'il s'est enfilé hier. Ou bien un coma éthylique… J'en sais rien. Mais ça m'a l'air sérieux. Il ne réagit pas. Je suis même pas sûre qu'il respire encore. Va falloir appeler une ambulance.

Je me dirigeai vers le téléphone. La voix de Mónica m'arrêta net avant que je ne décroche.

– Pas d'ici. D'une cabine. Remballe toutes tes affaires et assure-toi de ne rien oublier.

– Tu veux dire que t'as l'intention de le laisser tout seul ici ?

– Dans son état, il s'en fout de savoir si on est là ou pas, me répondit-elle, cassante.

– Je le crois pas. C'est toi qui baisais avec lui. Je dis pas que tu es obligée de l'aimer à la folie, mais ça implique un certain nombre de responsabilités.

– Bea, voyons, s'il lui arrive un truc grave, s'il clamse sur le chemin de l'hôpital ou s'il a déjà clamsé, on se mettra dans une merde noire, je sais pas si tu réalises. Qu'est-ce qu'on foutait toutes les deux dans un lit d'hôtel avec un mec qui doit avoir une bombe chimique dans les veines ? On va appeler une ambulance et ils s'occuperont de lui.

– J'en crois pas mes oreilles, c'est pas possible…, marmonnai-je.

– Je te rappelle que tout à l'heure il a failli te violer dans ce même lit, coupa-t-elle.

– Et moi je te rappelle que ça n'a pas eu l'air de te traumatiser. Tu m'hallucines : tu ne penses qu'à toi. Je parie que si moi je faisais une overdose, tu me laisserais sur le carreau comme Coco.

– Tu te trompes, dit-elle. Tu es la seule personne que je ne laisserais jamais tomber.

Elle enfila son tee-shirt et ses baskets, prit son sac calmement et gagna la porte. Au moment où elle saisissait la poignée, elle se retourna.

– Fais comme tu veux. Moi, je descends téléphoner. L'ambulance arrivera d'ici cinq ou dix minutes. Tu peux rester ici et jouer les petites sœurs de la charité si ça te chante. Si t'as besoin de moi, tu sauras où me trouver : je vais chez Javier.

Puis elle quitta la chambre en claquant la porte.

Après son départ, je retournai dans la salle de bains. J'espérais retrouver Coco debout ou assis et m'apercevoir que tout n'était qu'un malentendu, une mauvaise plaisanterie, un cauchemar. Mais Coco gisait là, exactement dans la position où je l'avais laissé. Je m'assis près de lui et lui parlai, je lui dis que je savais qu'il ne m'entendait probablement pas, mais que, comme j'avais vu à la télé que certaines personnes dans le coma entendaient ce qui se passait autour d'elles, j'avais un petit espoir qu'il m'entende. Je lui dis que l'ambulance était en route ; avec un peu de chance, à l'hôpital on lui ferait une piqûre d'adrénaline et d'ici trois jours il se porterait à nouveau comme un charme. Tandis que je lui expliquais tout ça à voix haute, je me dis qu'effectivement je n'avais aucune raison d'être aimable. Mónica disait vrai, finalement ce salopard avait essayé de me forcer, sans compter qu'il m'avait séparée de celle qui avait été ma meilleure, mon unique amie. Mais j'avais malgré tout une certaine affection pour Coco, j'avais été touchée qu'il m'offre son couteau, qu'il me fasse des compliments, qu'il me traite en adulte, je le trouvais sympa à sa manière. Je pris conscience à cet instant précis que je finissais toujours par justifier ceux que je haïssais.

Au moment de récupérer mon sac, je remarquai la veste de Coco accrochée au dossier d'un fauteuil. Je fourrageai dans la poche intérieure et m'emparai de son portefeuille. Il y avait une petite liasse de billets. J'avais la désagréable sensation que Coco n'en aurait plus besoin. Je les rangeai dans ma poche de pantalon, m'habillai en un éclair et partis.

Alors que je descendais la rue Libertad, je vis arriver l'ambulance.

C'était un jour d'été sans vent, d'une chaleur étouffante. La sueur me brûlait les tempes. La lumière pure et chaude du soleil écrasait les couleurs. Sous cette clarté figée, les immeubles gris avaient un aspect menaçant. On avait l'impression que le bitume fumait. Pas un chat dans les rues, pas un oiseau, pas un chien, rien qu'un silence épais : toute vie semblait paralysée dans l'immobilité de l'après-midi. Je descendis la rue Pradillo et m'engouffrai dans l'unique bistrot ouvert que je trouvai et qui, Dieu merci, était climatisé. D'après ma montre il était trois heures. Je songeai à manger mais je me rendis compte que j'étais incapable de rien avaler, une grosse boule me nouait l'estomac. Je commandai donc un Coca-cola. J'allai ensuite au téléphone et composai le numéro de Javier : je tombai sur le répondeur et raccrochai aussi sec. Je ne savais pas quoi faire, je ne savais pas où passer la nuit, mais j'étais certaine d'une chose : je ne voulais pas rentrer chez ma mère. J'avais vingt mille et quelques pesetas dans la poche et des capsules à fourguer.

Le Miami était pratiquement désert et la serveuse sympa était toujours là, l'air de s'emmerder derrière son comptoir. Elle ne me reconnut pas. Je dus lui rappeler que j'étais une amie de Coco. Je lui expliquai que je voulais vendre des ecstasys, elle me dit que c'était pas évident vu qu'en été il n'y avait pas grand monde, a fortiori en semaine.

– Le meilleur endroit pour vendre, c'est La Metralleta, me conseilla-t-elle.

Je la remerciai et partis.

La Metralleta était effectivement bondée. Un amas d'adolescents dansait frénétiquement sur la piste, ils exécutaient des figures sinueuses sans vraiment suivre le rythme. J'allai au bar, pris un whisky et, après avoir rappelé au clone de Morticia d'aiguiller sur moi ceux qui cherchaient des ecstasys, je gagnai ma colonne habituelle.

Cette colonne était indispensable au soutien du toit mais aussi de mon propre corps, qui menaçaient l'un comme l'autre de s'écrouler. J'avais presque oublié ce que je faisais là lorsqu'un garçon en tee-shirt Pavement vint me demander un cachet. Je le reconnus car je lui en avais déjà vendu. La nuit s'écoula ensuite comme un rêve cybernétique : l'armée de lumières bleutées qui frappaient les rétines, le barouf assourdissant des battements synthétisés, l'obscurité où se fondaient les corps qui traversaient cet espace vicié par la fumée. De temps en temps, quelqu'un s'approchait pour me parler. Qui pour me demander des âneries, qui pour me draguer, qui pour se défoncer. La plupart repartaient avec une capsule. Je me pris à penser que j'étais faite pour ça. Soudain, à l'extrémité du bar, j'aperçus à travers la fumée le grand type de trente ans, mon prétendant. Il me sourit et d'un pas félin se fraya un chemin à travers les corps entremêlés, en suivant la cadence des synthés. Avant que j'aie le temps de m'éclipser, il était à côté de moi.

– Tu n'es pas venue hier, me dit-il. Je commençais à m'inquiéter.

– Tu viens m'attendre ici tous les soirs ou quoi ?

– Bien sûr. Tu veux prendre un verre ?

J'hésitai un instant. Je ne savais pas où dormir cette nuit. J'avais passé l'après-midi à errer au Retiro et m'étais assoupie un moment à l'ombre d'un arbre. Alors que je descendais l'avenue Castellana, je m'étais rendu compte que la nuit était tombée et j'avais décidé d'aller faire un tour au Miami. J'avais songé dormir sur un banc de la plaza de España après la fermeture, ou bien réfléchir, ou tenter de retrouver Mónica. Ce type possédait peut-être un canapé confortable sur lequel je pouvais passer la nuit… Je le regardai dans les yeux et, à ma stupéfaction, découvris qu'il me plaisait. Son visage avait quelque chose de langoureux, de délicat, un je-ne-sais-quoi de féminin qui le rendait presque beau, même si je n'étais pas sûre qu'il le soit. Une mèche de cheveux raides tombait sur son nez droit qui divisait son visage en deux. J'avais un sentiment de reconnaissance réciproque en le regardant, de compréhension en deçà des mots. Je me dis que je pouvais me laisser porter par le courant chaud de son amabilité et de son sourire dégagé. Un instant, je pensai qu'il était peut-être différent des autres. Mais aussitôt je prévis la suite : il tenterait d'emmêler son corps poisseux au mien, de promener ses mains grasses sur moi, comme l'avaient fait tous les précédents. Les aiguilles de ma montre marquaient six heures et quart.

– Je te remercie, lui dis-je, tentant d'avoir l'air aimable, mais je dois rentrer chez moi pour essayer de me démaquiller. Avec un peu de chance, j'en ai pour deux heures. C'est un moyen rapide de perdre quelques kilos.

Il rit.

– Raconte pas n'importe quoi : tu te maquilles pas.

Il fouilla dans sa poche de veste, prit son portefeuille, l'ouvrit et me tendit sa carte de visite. Je la rangeai dans ma poche de jean.

– Tu m'appelleras ?

– Je ne sais pas…, répondis-je. Si j'ai un trou dans ma vie mondaine extrêmement remplie, si j'ai un téléphone sous la main et s'il n'y a rien d'intéressant à la télé, peut-être, qui sait…

Je sortis dans la rue. Affronter à nouveau la nuit finissante, quand le ciel commence à s'éclaircir et que s'annonce le jour telle une volute de fumée qui s'amincit et pâlit entre les toits. La carte de ce type me brûlait la poche. Je réalisai que je ne connaissais pas son prénom, ni lui le mien. Je sortis le bristol : Pablo San José, médecin. Clinique Machinchose… Médecin !

Il n'était donc pas de la police et on était tous les trois des paranos. Il suffisait que je revienne sur mes pas pour avoir un endroit où dormir. Je retournai plusieurs fois la carte entre mes doigts avant de la réduire en un tas de petits morceaux de carton blanc. Je ne voulais pas porter la tentation sur moi.

Ce type me plaisait. J'aurais pu coucher avec lui et il n'y aurait probablement jamais eu de Cat. Qui sait, j'aurais peut-être fini par devenir une fille comme les autres, féminine et hétérosexuelle. Mais je crois qu'il est aisé de comprendre qu'après deux tentatives de viol en moins d'une semaine, je n'étais pas très tentée d'avoir un homme sur moi. Pourtant, je le répète, il me plaisait. Son insistance, son sens de l'humour, son amabilité avaient réussi à m'émouvoir. Je peux aimer aussi bien les hommes que les femmes. Je n'établis pas de distinction entre les sexes.

Les garçons s'habillent en bleu, les filles en rose. Le rose est la couleur des sentiments. Le bleu celui des tenues de travail. Salopettes de mécanos, costumes d'hôtesses de l'air. Bleu. Cravates d'hommes d'affaires, stylos pour faire des comptes. Rose. Couvertures de romans sentimentaux et boîtes de bonbons. Les hommes sont rationnels et les femmes sentimentales.

À la naissance, on est une personne. Deux jours plus tard, on vous perce les oreilles. On vous met des chaussons roses. Vous êtes une fille. On va à l'école de filles. On vous met des jupes et des socquettes. Arrive le jour de vos quatorze ans. Votre premier rouge à lèvres. Vous êtes une femme. Vous avez quinze ans. Des chaussures à talons. Vous rougissez en croisant des garçons à l'arrêt de bus. Vous ne courez pas le cent mètres. Vous n'écoutez pas du heavy metal. Vous êtes déjà une crétine.

Qu'est-ce que j'ai appris à l'université ? Qu'est-ce que j'écrivais dans mes dissertations ? La notion de genre est le fruit de manipulations sociales. C'est une convention imposée. Non liée à des facteurs biologiques. Naître homme ou femme ne détermine pas nos comportements de façon irréversible. Nous nous comportons comme tels ou telles par éducation. Les rôles sexuels s'apprennent en fonction des habitudes culturelles. Ils ne sont pas innés. Les femmes ne sont pas des femelles sous prétexte qu'elles portent des talons hauts. Les hommes ne sont pas des mâles parce qu'ils portent une cravate.

À quinze ans, je cessai d'aller à la messe. À dix-huit, j'embrassai Mónica. Ensuite je partis à Édimbourg où je me rasai le crâne et achetai des gros godillots. Dans la rue, on ne savait pas si j'étais une fille ou un garçon. Ce fut la dernière transgression. La dernière transgression.

Chaque détail délicat de mon corps peut être interprété et réinterprété selon ma volonté d'être une femme ou une personne. Mon vagin peut être la porte du plaisir ou de la vie. Mes seins, source de lait ou zone érogène. Mon nombril percé peut être une protestation ou le signe d'une connexion future entre ma vie et celle d'un autre qui dépendra de moi. Mon corps portant un fœtus sera-t-il plein de vie ou simplement handicapé, déformé et abîmé ?

Dans un style académique, je devrais écrire que, quand nous faisions l'amour, c'était Ralph qui me possédait, me prenait. Cependant, c'était plutôt moi qui le possédais, qui l'accueillais puisqu'il entrait en moi. Je le sentais comme étant l'autre, indéchiffrable et complémentaire à la fois. Ciel et Terre, Lumière et Ténèbres, Vie et Mort, Chaos et Ordre. Je n'avais pas besoin de me demander à chaque instant qui j'étais en réalité. Il était la part de moi-même qui me manquait, une Beatriz essentielle que j'avais perdue de vue à une époque indéfinie, il y avait bien, bien longtemps, dans le paradis perdu de l'enfance que jamais je ne retrouverais. Ensuite, après avoir quitté ce territoire antérieur à tout, cet état de grâce préalable au traumatisme de la définition, je devins un être séparé de ma propre moitié. Le sentiment de l'inutilité de l'effort se joignait à la mélancolie de la séparation, au désir à jamais assouvi de combler le vide, au désespoir d'une rencontre incapable de reproduire l'état initial, cette totalité équilibrée et positive où tout « était » et où rien ne manquait. Lorsque je pensais à cela, nos étreintes me paraissaient stériles et absurdes. J'aspirais à la perfection d'un état primordial, d'un état de puissance et d'autonomie antérieur au masculin ou au féminin. Je ne voulais pas être la moitié d'un. J'avais une profonde nostalgie d'un idéal que je portais en moi, peut-être plus inexistant que perdu, certes, mais je crois que je cherchais la Totalité à travers le sexe, souhaitant douloureusement une réunification que je savais d'emblée impossible, simple désir de fusion. Pourquoi essayer de nous toucher si nous provenions de deux univers irréconciliables ?

La femme qui aimait Ralph était la même qui aimait Cat. Je sais, si on ne l'a pas vécu, on a du mal à le comprendre, mais je les aimais tous les deux de la même manière. Ce que je faisais avec l'un ou avec l'autre n'était pas très différent. La physiologie n'a jamais déterminé la mécanique amoureuse. Je suis née personne et j'ai aimé des personnes.

Quand j'étais avec Cat, une partie de moi-même se désintégrait en atomes minuscules. Je me diluais et devenais feu liquide pour me fondre dans ses entrailles, transportée par des flots de lave. Je m'étendais au-delà de moi-même, je franchissais des frontières physiques et chimiques. Avec Ralph, au contraire, les choses étaient sous contrôle. Nous étions tous les deux coordonnés, synchronisés dans des mouvements brusques et précis, nous avancions au même rythme martial vers un but commun, comme dans une compétition sportive.

Elle proposait, il imposait. Elle me modelait à son goût, il me transformait en contorsionniste, en équilibriste, en recordwoman. Elle était plus profonde, lui, plus aventurier. Elle était minutieuse et précise. Il avait de l'énergie à revendre. Elle était draps propres. Il était préservatifs usagés. Elle avançait, il assaillait.

Mais sa peau à elle était incomparable. Il suffisait de la caresser pour ressentir du plaisir. Il n'avait pas cet avantage. Sa peau était aussi rêche que son caractère.

Quand j'étais avec elle, je ne fermais pas les yeux pour l'embrasser et je promenais mes doigts sur ses mèches dorées. Je scrutais ses yeux ronds et purs et je voyais l'image liquide et verte de mon propre visage. Caitlin avait des yeux d'eau. La prendre dans mes bras, l'embrasser là où les cheveux dorés devenaient un petit duvet blanc et soyeux. Son parfum douceâtre mêlé à un autre arôme, le mien. Sa main sur mon ventre et le bout de ses doigts qui descendent en tambourinant vers le rebondi de mes mollets. Écarter les jambes, avancer les hanches pour aller à la rencontre de ses doigts. Rouler, nous emmêler dans un amas de bras et de jambes. Une pulsation marquée m'ébranle tout entière à un rythme sauvage. La chambre se fragmente en petits morceaux et se dissout autour de moi. La complicité jouissive qui succède au plaisir partagé. Les traces de ses doigts imprimés sur mes hanches comme un sceau violacé.

Avec lui, avec Ralph, je sentais la merveille de mon propre corps tendu, de mon cœur palpitant, le miracle de la circulation de mon sang, de mes muscles contractés. J'avais l'impression d'être une coureuse du cent mètres plat fonçant vers l'arrivée, les lèvres serrées. Quand j'étais avec l'une, je pensais à l'autre, et vice versa. J'étais constamment soumise à la tyrannie de l'orgasme.

Je ne pleurais plus tous les jours et ne me blottissais plus sous la couette à écouter des disques lugubres des années 80. Je me levais avec le sourire, je faisais des plaisanteries coquines, j'avais retrouvé l'appétit, même si je déployais des efforts herculéens pour me contrôler et ne pas perdre ma ligne filiforme. Caitlin s'aperçut du changement, d'ailleurs elle me le fit remarquer, mais n'en chercha pas les causes. Elle préférait peut-être ne pas les connaître, ou bien elle ne cherchait pas l'explication, tout comme elle ne cherchait pas celle de la formation d'un orage ou de la chute des feuilles. La placide Cat traversait l'existence, guidée par les seules lueurs ténues de l'impulsion et de l'habitude. Il faut remercier la providence de lui avoir donné une nature calme et paisible qui transformait sa vie en un havre malgré son non-conformisme supposé, une course où elle ne rencontrait jamais d'obstacle insurmontable, car Cat acceptait de bon gré tout ce qui lui arrivait : amis, travail, petite amie ne soulevaient chez elle aucune question, aucun débat.

Katriona MacCabe continuait d'illuminer chaque soir mon salon de son sourire de trois cent vingt-cinq lignes. Fière et admirative, Caitlin continuait à la contempler sans jamais manquer de me rappeler que cette beauté avait été sa maîtresse.

Mais Katriona ne me dérangeait plus. Grâce à Ralph, j'avais compris qu'il était impossible que Katriona dissimule derrière l'écran quelque chose que je n'avais pas.

Pourtant, ce n'était pas le sexe que j'avais recherché auprès de Ralph, mais un soutien, et parfois je regrettais de m'être laissée aller, pensant que d'avoir couché avec moi aurait modifié la perception qu'il avait de ma personne. Je voulais posséder une partie de son esprit, phagocyter son intelligence, je cherchais en lui une copie de Mónica qui, comme elle l'avait fait naguère, me répare la tête et m'aide à sortir du puits noir où je barbotais. Mais il me voyait comme une maîtresse plutôt que comme une amie, de sorte qu'il ne m'accordait pas la confiance que j'espérais. Je me demandais constamment quels étaient les pas suivants dans le ballet que nous jouions, une danse où chacun des danseurs devait improviser ses mouvements au fur et à mesure. S'il devenait insistant, devais-je céder ? Devais-je me refuser ? Comment ? Devais-je parfois prendre l'initiative ? Jusqu'à quel point ? Qui ferait le prochain pas en avant, puis en arrière ? Que signifiait se conduire comme un homme et se conduire comme une femme ? Depuis que j'étais devenue sa maîtresse, j'avais adopté un rôle : celui de son contraire, et lui, il ne me verrait jamais, jamais plus comme avant. Nous avions tout gâché.

Bien entendu, il savait que je vivais avec quelqu'un, mais il ne m'interrogea jamais à ce propos. Il ne me dit jamais qu'il m'aimait, il ne fit jamais de plans pour le futur et n'employa jamais le nous devant les autres, contrairement à Cat. *Us* (nous en anglais) n'était pas un pronom qu'il utilisait. Je cherchais souvent dans ma tête la raison pour laquelle il poursuivait notre liaison. Le sexe, bien sûr. Mais il y avait autre chose. Je suppose que la solitude lui pesait, qu'il était content de pouvoir compter de temps à autre sur une présence qui le soulage du poids des souvenirs. On couchait ensemble et cela s'arrêtait là. Aucun de nous ne proposa davantage. Il m'arrivait, à ses côtés, de me sentir comme une voyageuse solitaire dans un train, obligée de partager le compartiment d'un étranger paisible et avenant pendant un laps de temps relativement court.

Je vivais avec une fille qui m'aimait et j'avais un amant avec qui j'entretenais une liaison occasionnelle, peut-être malgré moi. Je le trouvais fascinant, mais je sentais que ce sentiment n'était pas réciproque, et je m'efforçais de ne pas me montrer trop attachée. Ralph et moi continuions à nous retrouver au restaurant universitaire sans nous donner rendez-vous. Quelquefois, nous bavardions un moment puis chacun rentrait chez soi. À d'autres moments, il proposait qu'on aille chez lui. Nous finissions alors au lit, comme par hasard, comme on prend une canette, comme si aucun des deux ne l'avait vraiment désiré. Jamais on ne se donnait rendez-vous au sens strict du terme. On n'allait même jamais boire une pinte dans un pub ensemble. Je sentais qu'un mur nous séparait, et je n'avais ni la force ni les outils nécessaires pour l'abattre.

Au début, pourquoi le nier, le rythme titubant de cette relation me convenait, car cela m'évitait de m'engager, de faire des promesses et d'assumer des responsabilités. D'ailleurs, je veillais à garder mes distances. Mais à mesure que mes sentiments se renforçaient, à mesure que je me livrais davantage, je ne comprenais plus très bien le sens de la méfiance et des silences. La tristesse me prenait par surprise lorsque je pensais à sa vie quotidienne, loin de moi, à cet emploi du temps lointain, à ces besoins et ces attaches que je devinais sans pouvoir les préciser – des normes de vie qui précédaient notre rencontre et qui lui survivraient. J'imaginais ce que pouvait faire Ralph sans moi. Il devait lire, ranger ses disques, se promener longuement dans les Meadows… Je restais prise au piège de ces images déplaisantes car je ne connaissais pas d'autre moyen de l'approcher. Je lui inventais un passé horrible, précisément parce qu'il n'en parlait jamais ; tout ce que j'ignorais et qui l'incitait à taire tant de choses, tout ce qu'il dissimulait au milieu de confessions anodines ne m'éclairait pas davantage. Ce qui le poussait à s'arrêter au milieu d'une phrase, à hésiter longuement avant de prononcer une remarque banale, comme s'il craignait la spontanéité parce qu'elle pouvait dévoiler une vérité. Ce qui me poussait, moi aussi, à garder le silence et à ne pas poser de questions. Un mur de doutes et de réserves s'interposait entre nous, une distance infranchissable nous séparait. Tout ce qu'on ne savait pas, ni lui de moi ni moi de lui. Ce pourquoi je cessai d'en apprendre sur Ralph, sur moi-même et sur nous. Silences révélateurs qui se prolongeaient entre les phrases, témoins de ce que nous n'osions pas dire. Il me semblait que quelque chose restait suspendu en l'air, comme une trace liquide et insaisissable qui m'échappait.

J'avais un tel sentiment qu'il faisait partie de moi que je vivais son absence comme une amputation. Je désirais être avec lui à tout moment, le mordre, le sucer, le dévorer, l'appréhender d'une manière plus tangible qu'à travers l'image floue que je composais en son absence, les bribes de conversation, les fragments imprécis de nos nombreuses étreintes et les instantanés voilés de ses gestes. J'en avais assez de fuir, assez d'avoir peur de le trouver dans l'écho d'un silence, dans un recoin, sur des profils aperçus à la dérobée dans la rue, dans le sillage d'eaux de toilette chères laissé par des inconnus dans le bus. J'avais envie de me construire une chapelle, un espace du désir, un territoire à part, privé, qui contienne les images, les rituels, les prières de l'amour.

Entre nous, il n'y avait que du sexe, ai-je compris. J'avais pourtant l'impression qu'un lien solide et intense nous unissait. Pourquoi ? Pourquoi les moments que je vivais avec lui me paraissaient-ils amplifiés ? D'abord pour de vrai, dans le temps et dans l'espace, puis encore plein, plein de fois quand je revivais ces moments dans ma tête, retrouvant sa peau, son corps, son duvet, son sexe, sa voix. Je le sentais très proche car, à son insu, Ralph passait beaucoup, beaucoup de temps auprès de moi.

Je n'aimais pas l'avoir sur moi. Comme je l'ai dit, il était lourd. Je proposais toute sorte de jeux et de figures acrobatiques pour éviter qu'il ne m'écrase et m'immobilise, me donnant l'impression d'être prisonnière. La peur me tenaillait et je manquais d'air, comme ma mère lorsqu'elle avait une crise. Quand je tentais de l'expliquer à Ralph, il se bornait à me répéter une de ses phrases fétiches : j'étais une fille vraiment bizarre.

Bizarre ? Tu ignores à quel point je peux être bizarre, lui répondis-je un jour. Tu sais, j'ai failli zigouiller un type, à Madrid ? Je fus la première étonnée de m'entendre dire cela car je n'en avais jamais parlé à personne à Édimbourg, pas même à Cat. Cet aveu me permit de mesurer à quel point j'avais besoin d'un ami, quelqu'un à qui confier mes problèmes, un miroir où me refléter. Les secrets m'échappaient par tous les pores. Pourtant, je ne me trahissais pas jusqu'au bout. Je lui dis en souriant que je plaisantais, mais je vis à son expression que j'avais semé le doute dans son esprit, et que désormais cela le rongerait.

Nous aurions pu devenir de grands amis, je suppose, mais le sexe s'interposa et nous transforma en adversaires. Les revendications planaient comme une menace au-dessus de nous, une série d'exigences impensables dans une amitié sans sexe. Même s'il feignait d'être indifférent à l'existence de Cat, celle-ci devait forcément l'atteindre. Quant à moi, qui sait, j'aurais probablement souhaité que cela l'atteigne, qu'il ose exiger de moi que je rompe, qu'il me propose un avenir ensemble. Je voulais qu'il exige davantage de moi. Pourquoi le voulais-je ? Par orgueil ? Je n'avais aucune raison de lui demander plus qu'il ne me donnait, car je savais bien que la situation était idéale, qu'avoir une maîtresse et un amant était un arrangement très confortable. Néanmoins, j'en aurais désiré plus, même si ce plus avait dû me causer un tas d'ennuis.

Quand Ralph couchait avec moi, il imposait sa volonté ou du moins le tentait. Il s'adonnait furieusement et il avait la manie de me coincer entre ses jambes contre le matelas, de me tenir les bras au-dessus de la tête, de se laisser retomber sur moi, comme poussé par les vagues, transformé en courant déchaîné.

Cat représentait au contraire l'amabilité de la chair tacitement possédée, sans accords ni négociations préalables, la connexion parfaite, puisque chacune savait grâce à sa propre expérience ce que l'autre attendait, ce dont elle avait besoin. Chaque nuit je parcourais sans boussole et sans crainte sa géographie bien connue, ses dunes, ses lacs, ses plaines. Cat était toujours là et elle m'aimait. Elle ne m'aurait jamais refusé la possibilité de la voir.

Selon le cliché, je connaissais ce qu'il y avait de mieux dans chacun des deux mondes. (N'y en a-t-il que deux ? Où suis-je supposée résider, alors ?) Ma vie suivait son cours d'un lit à l'autre. Le contact. Voilà comment j'avais prise sur le monde dans la nuit d'Édimbourg où le jour s'achève à quatre heures de l'après-midi.

J'avais l'impression alors d'être une pure énergie en marche. Mes mouvements devinrent plus souples, plus conscients. Je percevais nettement les contours de mon corps sous mon pull, mon pantalon et mon tee-shirt. Mon sexe m'apportait une conscience claire de moi-même, avec une certaine distance, comme si j'étais une autre. Je ne sentais même pas le froid. Mon désir irradiait suffisamment de chaleur. Je portais avec moi les images de mes amants comme j'aurais pu porter un reliquaire magique contre ma poitrine. Cela se passait hier, comme on dit. Hier, mais j'ai l'impression que c'était il y a des siècles. Je les avais cherchés par solitude, je me les rappelle dans la solitude.

Depuis la première fois que j'ai couché avec Ralph, depuis que je me suis partagée entre l'un et l'autre, mon cœur est devenu flou, indéfini, indéchiffrable. Si on m'avait demandé à ce moment-là de quel côté je penchais : lesbienne ou hétérosexuelle, ou même bisexuelle, ce qui semblait être la bonne réponse, je n'aurais su quoi répondre. Je me retrouvais aussi déboussolée que trois ans auparavant, déambulant dans les rues de Madrid, après avoir trempé les mains dans le sang d'un inconnu. Parfois je me sentais lady Macbeth : je savais que ces taches ne s'effaceraient pas, pas plus que ne s'effaçaient dans mon cœur les années passées chez moi, cette relation irréparable avec ma mère et mon amour pour Mónica.

J'étais à nouveau dans la rue, sans savoir le moins du monde ce que j'allais faire. Le mieux était sans doute de prendre un café, de réfléchir à tout ce qui était arrivé et à la marche à suivre, puis d'appeler Mónica. À un moment ou à un autre, je devrais rentrer chez moi. Mais après tous ces événements, cela me semblait impossible. Retourner n'importe où me semblait impossible. Continuer de l'avant me semblait impossible. Vivre me paraissait impossible. Quand j'essayais d'extirper une conclusion logique du désordre inextricable qui régnait dans ma tête, la douleur me vrillait les tempes. Je pensai à Coco qui gisait peut-être dans un lit de l'hôpital La Paz ou bien à la morgue. Je pris une ruelle déserte. J'entendis des pas derrière moi et j'eus l'étrange impression d'être suivie. Je me retournai et ne vis personne. Je me remis en marche et, brusquement, je reçus une violente bourrade dans le dos qui me projeta contre un mur et me coupa le souffle. Avant que je puisse comprendre ce qui m'arrivait, j'étais immobilisée et l'avant-bras d'un homme me tenaillait la gorge.

– Regarde-moi cette pétasse…, dit une voix saturée de graves, un son rauque et acerbe qui me donna la chair de poule.

J'étouffais. Je pensai que si le type serrait un peu plus fort, il me briserait la trachée. Je sentais le battement régulier de son cœur contre mon sein droit. Il puait le tabac et la transpiration. Je savais que je devais me débattre, puiser des forces pour me dégager, mais la peur ou le manque d'oxygène me paralysaient. Tout à coup, je reconnus mon agresseur : le type à qui j'avais donné un coup de bouteille sur la tête. J'avais été stupide d'aller à La Metralleta. Ce type connaissait bien Coco, il connaissait les endroits où il traînait. Il était allé à ma recherche et m'avait trouvée.

Sans me lâcher, il commença à tripoter sa ceinture. Je compris ce qu'il avait en tête. Selon son étrange code de l'honneur, il ne pouvait s'arrêter avant de m'avoir arraché ce que je lui avais refusé. Alors je me souvins du couteau que m'avait donné Coco, dans ma poche arrière de pantalon. Or j'avais les bras libres. Mon unique chance était de garder mon calme. Si je bougeais trop brusquement, il réagirait et je ne pourrais pas l'attaquer. Il paraissait très occupé à défaire un à un les boutons de sa braguette. Je tentai de capter son attention pour qu'il regarde mon visage et non mes mains.

– Écoute…, lui murmurai-je calmement pour ne pas l'effrayer. Il me regarda avec étonnement et je compris que c'était bien parti. Écoute-moi, mon vieux. Je regrette ce que j'ai fait, vraiment, je suis désolée, mais tu m'as fait peur et…

Il plaqua ses lèvres contre les miennes. Je lui rendis son baiser tandis que j'essayais désespérément de sortir le cran d'arrêt. Ce n'était pas évident. Il était au fond de la poche, le maudit. Grâce au ciel, je nageais dans mon pantalon. Un arrière-goût d'alcool se mêlait à la saveur âcre de sa salive. Il me serrait toujours la gorge, mais il avait relâché un peu la pression. Il avait l'air confiant. Je me dis que je lui plaisais peut-être, ou qu'il s'imaginait me plaire.

J'avais sorti le couteau. Mon bras pendait le long de mon corps. Je m'efforçai de retrouver les conseils de Coco. T'appuies sur le bouton, là, et la lame sort comme une flèche. Puis t'attaques, sans crainte, le tranchant tourné vers le haut, d'un coup net, surtout, sans hésiter, tu enfonces bien la lame jusqu'au fond. Sans y réfléchir. Je lui plantai le couteau dans le flanc de toutes mes forces. Le sang jaillit à flots, s'étalant sur sa chemise. Je le sentis couler sur mes doigts, visqueux et chaud. Il laissa échapper un cri de douleur aigu, mais il ne me lâcha pas. Je frappai une seconde fois. Il se plia en deux et s'écroula, recroquevillé en position fœtale.

Je redescendis la ruelle en courant, sans me retourner, le couteau encore à la main.

Je devais avoir sept ou huit ans. Ma mère m'avait envoyée à l'épicerie du coin acheter du jambon d'York. Au retour, je passai par le parc, sombre et désert à cette heure-là. Je savais que je n'en avais pas le droit, mais la tentation des balançoires vides était trop forte. Un monsieur très aimable vint s'asseoir sur la balançoire à côté de moi. Il me posa un tas de questions et me donna des bonbons, tout en me caressant les cuisses, nues sous ma jupe plissée. Ensuite, il me prit par la main, m'amena derrière des buissons et m'obligea à lui tripoter le sexe. Lorsqu'il eut éjaculé, je rentrai chez moi à tire-d'aile à travers les rues sombres, sans me retourner. Je n'avais jamais couru autant que ce soir-là, jusqu'à cette nuit où j'avançai sans but pendant ce qui me sembla être des heures. Je m'arrêtai devant la rue Quintana et m'assis sur un banc. Il faisait presque jour. Je regardai ma main ensanglantée et m'aperçus que je tenais encore le couteau. La lumière se reflétait sur la lame bleutée, encore maculée de sang séché. Je le jetai dans une bouche d'égout.

J'échouai dans un bar aux murs tapissés de calendriers de garage représentant des filles nues, dotées de seins plus que généreux. Un groupe d'ouvriers prenait son premier café du matin. L'un d'eux parlait football en braillant, décrivait des buts et des actions. Pour moi, c'était du chinois. Il me regarda d'un œil intéressé et beugla que j'étais super bandante. Personne ne fit la moindre remarque à propos des taches de sang sur mon tee-shirt. Je demandai un café et la clé des toilettes, un cagibi lugubre empestant l'urine. Je penchai la tête au-dessus du lavabo et vomis un liquide marron, tout le whisky-Coca contenu dans mon estomac. Je restai là un bon moment, tremblant comme un petit animal terrorisé. Lorsque je réussis à reprendre mes esprits, je fis des gargarismes pour m'ôter le mauvais goût de la bouche. Puis je retirai mon tee-shirt et le rinçai. L'eau coula d'abord rouge, puis rose et enfin transparente. La tache se dilua jusqu'à n'être plus qu'une auréole beige. Je tordis plusieurs fois le tee-shirt pour l'essorer. Je reconnaissais à peine le visage blême et défait qui me regardait de l'autre côté du miroir. J'enfilai mon tee-shirt trempé et quittai le bar au trot pour ne pas entendre les plaisanteries de rigueur sur les tétons qui pointaient à travers le tissu mouillé.

Je m'arrêtai à une cabine pour appeler chez Javier. Je reconnus immédiatement sa voix maniérée et demandai à parler à Mónica.

– Elle dort, me répondit-il sèchement.

– Réveille-la. C'est urgent.

Il s'ensuivit une longue pause puis, alors que je m'apprêtais à raccrocher, j'entendis Mónica à l'autre bout du fil. Apparemment, elle sortait du lit. Sa voix, pâteuse, n'avait pas sa vivacité et sa musicalité habituelles.

– T'es où ? me demanda-t-elle.

Je lui racontai à grands traits ce qui s'était passé. Elle dit que j'étais une idiote d'être retournée à La Metralleta. Elle avait vraiment l'air en colère. Sa voix était soudain devenue aiguë. Elle me dit de passer la voir pour qu'on discute.

Je pris un taxi. Je n'avais pas dormi depuis deux jours et mes mains tremblaient. Je perçus le regard méfiant du chauffeur dans le rétroviseur. Je gardai les yeux baissés le reste du trajet et, lorsque nous arrivâmes, je ne lui laissai pas de pourboire.

Javier vivait dans un immeuble de l'avenue Castellana, nous avions mis cinq minutes pour y arriver. Je reconnus la silhouette de Mónica qui m'attendait sur le trottoir en fumant. Elle me fit la bise.

– Vaux mieux pas que tu montes, me dit-elle. Javier n'aime pas trop qu'on se voie, tu sais. Allez viens, on va boire un café.

Nous entrâmes dans un de ces bistrots au bar en acier étincelant avec des serveurs en nœud papillon. Je commandai un jus d'orange et un café pour elle. Mónica ralluma une cigarette et, tout en remuant son café bien plus longtemps que nécessaire, elle me servit un discours apparemment préparé à l'avance. Elle avait longuement discuté avec Javier et elle avait aussi médité de son côté. Ce qui était arrivé à Coco l'avait poussée à réfléchir. Elle sentait qu'elle avait bu trop vite à la coupe de la vie et que celle-ci lui avait soudain volé en éclats dans les mains. À dix-neuf ans, elle se sentait déjà vieille, et voilà que tout à coup elle avait la nostalgie d'une vie qu'elle n'avait pas connue mais qu'elle avait toujours eue à sa portée. La vie que lui proposait Javier : club de golf le matin, emplettes sur l'avenue Serrano l'après-midi, goûters chez Embassy et dîners chez Lucio… toutes ces choses qu'elle avait toujours refusées et auxquelles elle était pourtant destinée par naissance. Rejeter le milieu auquel elle appartenait n'avait pas de sens. Elle parlait avec assurance, presque avec entrain, et je me rendis compte qu'elle m'entraînait sur un terrain glissant, un marécage de sables mouvants où j'agitais les bras comme une damnée, luttant pour ne pas m'enliser. Je démêlai laborieusement ses mots et, dès que je les relâchai, se fit jour une contradiction entre ce que disaient ses lèvres et ce qu'affirmaient ses yeux. Le tableau que décrivait Mónica n'était absolument pas crédible. Elle pouvait fuir le quartier de Malasaña, les bars glauques, les shoots et les mauvaises fréquentations, mais elle ne pouvait pas se fuir elle-même.

– Tu sais quoi ? me lâcha-t-elle d'un coup, comme si elle allait me raconter une anecdote banale, sa rencontre fortuite avec une ancienne camarade d'école ou son intention de changer de coiffure. Javier m'a demandée en mariage.

– Dis pas de bêtises. Tu n'as que dix-neuf ans.

– Et alors ? Je ne dis pas que ce sera cette année. Et puis, il y a plein de filles qui se marient à mon âge, même plus jeunes.

– Mais tu ne l'aimes pas, en plus, protestai-je, croyant avoir trouvé un argument massue.

– Un peu, si, répondit-elle. On est quand même restés plusieurs années ensemble. Et puis, l'amour, c'est relatif.

– Oui, je vois que pour toi, l'amour, c'est relatif.

Elle ne perçut pas ou feignit de ne pas percevoir l'ironie de mon propos. Elle semblait avoir vieilli de cinq ans en un jour. Deux rides encadraient ses lèvres lorsqu'elle parlait et je me rendis compte qu'elles ne disparaissaient pas quand elle se taisait. Mais elle reprit la parole. En ce qui concernait ce Paco, elle avait jeté un œil sur les journaux : on n'y parlait pas de l'incident. Cela en resterait certainement là, il ne porterait pas plainte contre moi. Il ne pouvait pas se prévaloir de me connaître, puisque c'eût été admettre qu'il avait acheté une arme illégalement. Et même s'il me dénonçait – ce qui n'arriverait pas, de toute façon –, il n'y avait pas de quoi s'inquiéter outre mesure. Je n'avais pas d'antécédents, j'étais pratiquement mineure et j'avais agi en légitime défense. Bien sûr, si quelqu'un oubliait de tenir sa langue, si on découvrait le petit trafic d'armes auquel on s'était livrés, on serait dans le pétrin, mais Mónica était persuadée que cela n'arriverait pas. Le mieux, conseillait-elle, c'était que je rentre chez moi en attendant de voir venir et que je ne montre pas trop ma trombine pendant quelque temps. Que je parte à l'Escorial, si je pouvais. Paco ne savait pas où j'habitais, de sorte qu'il était pratiquement impossible qu'il me retrouve dans une ville aussi vaste que Madrid.

– Mais s'ils savent où toi tu habites, ils vont aller chez toi.

– J'y ai pensé. Je resterai chez Javier tout l'été. En septembre, ils m'auront oubliée. Écoute, je me suis fourrée dans des embrouilles bien pires avec Coco, et on s'en est toujours sortis. Les gens ne parlent pas, ils ne se mouillent pas, ils finissent par laisser tomber. Ce mec s'est pris un coup de couteau, mais c'est lui qui t'a agressée en premier, il savait le risque qu'il prenait. Si tu n'avais pas frappé, c'est toi qui aurais pris. C'est la vie.

– Et si je l'ai tué ?

– Si tu l'as tué, tant mieux. Tu peux être sûre que personne ne parlera. Il n'y a aucune raison pour qu'on établisse le lien entre ce mec et toi. Et puis je suis sûre que tu l'as pas tué. Détends-toi, va.

Mon regard croisa ses yeux sombres et je sentis mon estomac se nouer. Un élan nostalgique me poussait vers elle, en contraste avec l'immense distance qui venait de se creuser entre nous. J'avançai de quelques centimètres et, alors que j'étais sur le point de la toucher, je reculai. Je me forçai à aller de nouveau vers sa peau, mais je m'arrêtai avant même de l'effleurer, comme si j'avais heurté une vitre. Un no man's land venait de s'ouvrir entre Mónica et moi, un abîme vertigineux. Je sentis qu'elle me regardait de très loin lorsqu'elle parlait. Je réglai mon jus d'orange et son café et nous sortîmes. Je ne l'embrassai pas avant de la quitter.

Mónica était une brebis galeuse, diraient certains. D'autres, plus bienveillants, pourraient dire qu'elle était déséquilibrée, qu'elle ne savait pas ce qu'elle voulait ou qu'elle ne savait pas qui elle était. D'accord, j'ai toujours rencontré des cinglés, mais ne les ai-je pas cherchés ? J'ai moi-même repoussé les rejetons des familles normales, les filles de mon école, ce pauvre garçon qui me poursuivait à La Metralleta et qui était sans doute un amour de personne, ayant fini ses études et déjà établi. Quand je pense aux gens que j'ai fréquentés, tantôt je me dis que je n'ai pas eu de chance, tantôt que c'est comme si mon cœur était blindé, équipé d'un système de sécurité secret que l'on ne peut désactiver qu'en entrant une combinaison précise, de sorte que n'accèdent à moi que des gens aux caractéristiques déterminées : des personnes qui renient leur passé, qui se fuient constamment, comme Mónica, comme Caitlin, comme Ralph.

Un soir où Ralph et moi traversions les Meadows en direction de chez lui, on faillit heurter Barry qui marchait les mains dans les poches, les yeux rivés au sol. Bien sûr, Barry n'était pas au courant de ce qu'il y avait entre nous, mais je me sentis tout de même prise en faute, tenaillée par la culpabilité et la peur. Ma sempiternelle conscience catholique, que je croyais réduite au silence, se réveilla. Je me dis que Barry se rendrait compte que nous étions amants par le simple fait de nous voir ensemble, comme si c'était écrit sur mon front. À ma grande surprise, Barry ne s'adressa pas à moi mais à Ralph, qu'il salua d'un bref mouvement de tête.

– Salut, mon pote. Ça fait un bail qu'on ne s'est pas vus…

– Pas tant que ça, répondit Ralph, laconique.

– Salut, me dit-il ensuite, puis, montrant Ralph d'un geste de la tête : Vous vous connaissez ?

– On est à la fac ensemble, le coupai-je aussitôt.

– Ah, oui… Bon, ben, je vais au Negotians, c'est l'heure d'ouvrir. À bientôt.

– C'est ça, dis-je.

– À bientôt, dit Ralph.

On avait été tous les trois on ne peut plus secs.

Deux ou trois jours plus tard, en rentrant de l'université, je trouvai Barry assis devant la table de la cuisine à boire du thé avec Cat et Aylsa. Je brûlais d'envie de lui demander comment il connaissait Ralph, mais je n'osais pas montrer que je m'intéressais à quelqu'un qui n'était officiellement qu'une vague connaissance. Barry devança mes désirs, comme s'il avait lu dans mes pensées, et il mit le sujet sur le tapis.

– Le type avec qui t'étais l'autre jour, c'est Ralph Scott-Foreman, n'est-ce pas ?

– Il s'appelle Ralph, confirmai-je. Mais je ne connaissais pas son nom de famille.

– Il fait des études de lettres ?

– Non, d'histoire de l'art. Mais on est ensemble dans un séminaire d'esthétique, mentis-je.

Je voulais éviter d'expliquer comment je l'avais connu car je n'avais jamais raconté à Cat que j'avais rencontré quelqu'un à l'université.

– Ça faisait des siècles que je ne l'avais pas vu. Je me suis toujours demandé ce qu'il était devenu.

– Tu le connais si bien que ça ?

– Tout le monde le connaît, le petit dernier des Scott-Foreman. Son père était lord.

– Et d'où tu connais un fils de lord, toi ? m'informai-je, soudain piquée par la même curiosité que lorsque j'avais appris que Coco avait des amis à la Moraleja.

Ils n'étaient pas vraiment amis, m'expliqua-t-il. Quand Barry était gamin, treize ou quatorze ans tout au plus, il devint l'inséparable d'un cousin un peu plus âgé que lui qui travaillait comme vendeur de disques ou, occasionnellement, comme DJ dans des boîtes de nuit – à l'époque on ne disait pas encore clubs – et dans des fêtes chez des gens friqués. Le deuxième boulot était bien mieux payé que le premier, et bientôt le cousin se constitua un fichier de clients qui se recommandaient ses services les uns aux autres : des gens de la haute avec des noms à rallonge, des protestants éduqués dans des *public schools*, parlant anglais sans accent, avec une diction neutre digne d'un présentateur de la BBC, et dont les parents pouvaient se vanter d'avoir déjà été invités à Balmoral. Barry adorait aller à ces réceptions. Il aidait son cousin à porter les platines et les disques, mais il ne se faisait pas payer car il se contentait du plaisir de découvrir l'intérieur des manoirs qu'il n'avait jamais entrevus qu'à la télévision, et de boire de la bière à volonté, sans que personne ne lui demande son âge.

Un jour, on embaucha son cousin pour animer une fête très spéciale qui aurait lieu dans la résidence de lord Scott-Foreman, une ferme de deux cents acres située entre Fetercain et Stoneheaven, à une vingtaine de miles d'Aberdeen. Ils y arrivèrent à bord de la vieille camionnette de son cousin et, bien qu'habitués aux demeures insensées, ils restèrent babas devant la magnificence de cette propriété. Elle avait des vigiles et des alarmes, des jardins merveilleusement entretenus, des étables, une piscine, un héliport… Ils entrevirent à peine l'intérieur de la maison, mais Barry imaginait que cela devait être digne de la résidence de la reine.

La soirée eut lieu dans une sorte de pub ou de discothèque, avec un bar, des serveurs, des spots, une piste de danse, le tout récemment aménagé dans le sous-sol d'une immense dépendance vieille de quelque deux siècles. Cependant, il n'y avait pas foule. Une quarantaine de personnes tout au plus. Des garçons de bonne famille bourrés comme des coings, des filles bon chic bon genre, *sloane girls* hautaines aux cheveux luisants et impeccablement coiffés, au visage sans la moindre trace d'acné, au corps svelte et gracile (fruit d'une bonne alimentation et de la pratique régulière d'un sport), des adolescentes à la beauté irréprochable qui ne daignèrent pas échanger un mot avec ces deux clampins engagés pour animer la soirée. Cependant, le roi de la fête, à savoir le fils cadet de lord Foreman, se montra assez aimable et très au parfum côté musique. Il passa un long moment à discuter avec Barry, apparemment très intéressé par les disques qu'il passait. Le cousin lui parla du magasin où il travaillait et, à sa grande surprise, une semaine plus tard Ralph s'y pointa et acheta la moitié de la boutique le plus naturellement du monde, comme si dépenser cent livres (de l'époque) en disques était un luxe à la portée de n'importe quel petit jeune de dix-huit ans. À compter de ce jour-là, il débarqua de temps en temps dans le magasin pour dépenser des sommes astronomiques. Le cousin de Barry, qui savait bien qu'aux yeux des gens comme les Scott-Foreman il ne serait jamais qu'un membre de l'engeance catholique de Glasgow, se débattait entre la rancœur viscérale que lui inspirait ce gommeux plein aux as et la sympathie née du plaisir de se savoir admiré. Car cet enfant sage, timide, réservé et extrêmement bien élevé semblait boire ses paroles et écouter ses conseils aussi religieusement qu'une bigote le sermon. Ce gommeux, avec ses millions, ne pouvait acheter ni le travail ni l'érudition de Brian, mais il pouvait acquérir tous ses disques.

Un beau jour, le gommeux cessa de se rendre au magasin. Ni Barry ni Brian ne s'aperçurent réellement de son absence. Barry dit quelque chose comme : « On ne voit plus le petit lord. » Et

Brian répondit d'un ton ironique : « Oui, je me demande ce qu'il fabrique. Il s'est sans doute lancé dans la traite des Blanches ou le trafic de stups. » Ils rirent tous deux à gorge déployée et ne reparlèrent plus de lui jusqu'à ce que, l'année suivante, on annonce dans la presse la mort de lord Scott-Foreman, le début d'un feuilleton qui fit la une des tabloïdes des semaines durant. L'histoire se résumait à peu près ainsi : le très sportif lord était tombé du haut d'une falaise. Jusque-là, rien de surprenant. Mais la vieille mère du défunt, qui détestait sa belle-fille désignée comme exécutrice testamentaire de la fortune familiale, avait tenu à ce que l'on pratique une autopsie. On découvrit alors que la dépouille avait une quantité excessive de barbituriques dans le sang. Il semblait improbable que lord Scott-Foreman ait pu conduire après avoir absorbé un cocktail de cachets qui aurait dû l'assoupir, et l'on supposait que quelqu'un avait pu mettre le corps sans connaissance dans la voiture et pousser celle-ci dans le précipice. Tous les soupçons pointaient vers l'épouse. Le linge sale de la famille sortit au grand jour : des histoires d'alcoolisme, d'abus et de mauvais traitements. Lord Scott-Foreman avait beau être noble, c'était un pochetron qui frappait régulièrement sa femme et qui l'avait poussée un jour du haut de l'escalier de la maison, lui provoquant une fausse couche. De son côté, elle entretenait depuis des années une liaison avec un homme beaucoup plus jeune qu'eux, que l'on supposait complice du meurtre. On procéda à des tests et à des analyses, mais on ne put confirmer ces affirmations. Il était vrai que l'on avait trouvé une quantité de barbituriques alarmante dans l'organisme du défunt, mais il était tout aussi vrai qu'il consommait des tranquillisants à la pelle, généralement combinés avec de l'alcool. Il y eut un procès mais, si probable que fût l'hypothèse, le médecin légiste ne put affirmer avec certitude que le chauffeur était inconscient au moment de l'accident. Aylsa et Cat, qui se souvenaient vaguement de l'histoire, déclarèrent que, comme d'habitude, l'épouse avait été présumée coupable du simple fait qu'elle avait trompé son mari et, pour comble, avec un homme jeune. S'il s'était agi d'un homme, une inculpation fondée sur des preuves aussi minces n'aurait même pas abouti à un procès. Le fait est que l'épouse bénéficia d'un non-lieu. Mais le scandale avait dû l'affecter énormément car elle renonça dès lors à toute vie publique et elle mourut peu après d'une crise cardiaque. C'est du moins ce que croyait Barry, qui pensait se souvenir d'avoir lu ça dans le journal. Selon Barry, Ralph avait un frère, un beau gosse toujours accompagné de filles canons, genre fêtard et bagarreur. Si sa mémoire était bonne, il était célèbre dans tous les clubs d'Édimbourg, de Manchester et de Londres pour boire jusqu'à l'eau des vases, et Barry supposait qu'au cours de ces dernières années la fortune qu'il avait héritée avait dû s'envoler en drogue et en alcool.

Je me levai de table lentement, tâchant d'avoir l'air calme. Je voulais qu'aucune des personnes présentes ne se rende compte de l'effet produit sur moi par cette histoire, qu'elles ne puissent deviner à quel point j'appréciais son protagoniste. Je prétextai un coup de pompe, ce qui ne surprit personne, habitués qu'ils étaient à ma piètre sociabilité, puis j'allai vomir mon thé aux toilettes, un liquide aussi bilieux et sombre que le récit de Barry.

Je venais de comprendre que Ralph ne m'aimerait jamais.

Ralph ne m'aimerait jamais. Mónica ne m'aimerait jamais… Mónica avait choisi un fiancé avec un nom à particule, qui avait de l'argent, une position sociale, un travail stable, un salaire fixe et un pénis entre les jambes.

Les instants passaient comme des heures. Je descendis l'avenue Castellana et mes pas me conduisirent vers le Retiro. Je cherchai un coin au frais au bord du lac, à l'ombre d'un saule pleureur. De même que la peur paralyse les animaux, la douleur m'avait ankylosée, j'étais incapable de réagir. Les heures filèrent sans que je m'en aperçoive. Le ciel changea de couleur. Tout autour de moi, de nouveaux couples remplaçaient les précédents. Des messieurs, des chiens, des cyclistes apparaissaient puis disparaissaient. Les cygnes traversaient inlassablement le lac, en quête de miettes de pain.

Rilke a dit que la beauté consistait dans le degré d'effroi que nous étions capables de supporter. J'avais supporté des choses effroyables, me semblait-il. Les images du journal télévisé sont effroyables, les femmes violées, le regard indélébile de la haine dans le visage des enfants, les pleurs inaudibles surgis des mines sourdes de la faim. Peut-être y avait-il des victimes de première et de seconde classe. Peut-être rien n'a-t-il d'importance puisque, au bout du compte, nous venons du même endroit et finirons au même endroit. Une fois morts, nous nous décomposons en hydrogène, hélium, oxygène, méthane, néon, argon, carbone, soufre, silicium et fer, puis, après des millions d'années, nous traverserons l'atmosphère pour retourner à notre lieu d'origine, le soleil, une étoile agonisante, une bombe à hydrogène en explosion permanente.

Le soleil, la lune et les étoiles se lèvent toujours à l'est et disparaissent à l'ouest. Ils ressuscitent une nuit après l'autre et accomplissent des cycles identiques qui se répètent encore et encore. Ils seront toujours là, pensais-je, même si je meurs. Là-haut, dans les astres, il existait un ordre, une prévisibilité, une constance presque rassurante à côté de laquelle je me sentais insignifiante. Car indépendamment de ce qui pouvait m'arriver, le monde suivait son cours, ainsi que le prouvait le soir qui tombait inexorablement, déversant du violet et du gris dans le ciel, comme cela se répétait depuis des milliards d'années, comme cela continuerait des milliards d'années encore, alors que mon corps se serait réinséré dans la roue de la nature, serait devenu terre, plante, animal.

Je sortis mon portefeuille et fouillai dedans. J'y trouvai des petits bouts de papier, quelques capsules enveloppées de cellophane, une dose de coke, les clichés du photomaton… Nos trois visages livrés à l'oubli.

Le ciel, devenu une toile brillante, présidait à mon angoisse nocturne. La pleine lune, dont j'avais autrefois si peur, régnait là-haut, bien au chaud dans son manteau d'étoiles, la garce. Je me sentais d'autant plus seule que je la voyais si bien entourée. J'avais l'impression qu'elle riait de moi. Gamine, on m'a appris que quelqu'un qui m'aimait vivait là-haut, que les nuages cachaient la cité de Dieu. La voûte étoilée au-dessus de ma tête m'intriguait encore. Dans mon enfance, les anges, les saints et les prophètes vivaient là-haut, et moi je regardais le plafond comme si j'attendais une réponse écrite en lettres de lumière. Je souhaitais que quelqu'un en qui je ne croyais pas entende mes prières, comprenne mon mal-être. Mais le ciel me disait simplement qu'une longue journée s'achevait, qu'il se faisait tard, que je devais rentrer à la maison. Que personne n'y demeurait, sinon quelques satellites solitaires condamnés à finir leurs jours dans l'orbite cimetière.

Alors je me levai et me dirigeai vers la sortie. Je trouvai une cabine devant la porte Alcalá. Lorsque mon père décrocha, je lui annonçai simplement : C'est moi, Beatriz, je voudrais rentrer à la maison.

Rien ne relie physiquement la Terre et la Lune. Pourtant, la Terre tire constamment la Lune vers nous. La Lune suit une ligne tangente à son orbite autour de la Terre. La Lune aime la Terre, qui à son tour aime le Soleil, tout cela montre que les petits drames d'amour et de désamour que nous vivons chaque jour ne sont pas le monopole de l'Humanité, pas plus que ces systèmes familiaux ou professionnels dans lesquels les uns dépendent des autres. La Lune contrôle les marées et les cycles de vie de grand nombre d'animaux. La Lune est féminine car son cycle s'achève tous les vingt-huit jours, coïncidant avec le cycle menstruel (un détail crucial pour une espèce passionnée et obsédée par sa propre continuité). Il est statistiquement démontré que le nombre de meurtres augmente les nuits de pleine lune. Il ne faut pas s'étonner si, gamine, j'avais peur de la pleine lune. J'avais raison.

Ralph me quitta aussi par une nuit de pleine lune. On se revit bien des soirs, à la cafétéria. On discutait de choses et d'autres comme si on ne s'était jamais embrassés, comme si on n'avait pas partagé notre sueur, nos orgasmes dans un lit. Comme si nous n'avions pas de mémoire. J'acceptais cette froideur absurde sans broncher, résignée, comme si cela avait été joué d'avance.

Cela se passa une nuit où Cat travaillait au bar et où je traversais à nouveau un passage à vide. Tout à coup je m'étais retrouvée seule et désemparée, loin de Madrid, loin de chez moi, de Mónica, immergée dans une vie que je ne comprenais pas et à laquelle je ne participais pas. J'avais désespérément besoin de parler à quelqu'un, de m'en sentir proche, de traverser les eaux de cet océan boueux, de remonter à la surface et de toucher la lumière du bout des doigts. Je ne pouvais pas me tourner vers Cat car elle n'avait pas le droit de recevoir des appels durant ses heures de travail, sauf en cas d'extrême urgence. J'appelai donc les renseignements et demandai le numéro de Ralph. Mr. Scott-Foreman, 9, Baker Street. Si incroyable que cela puisse paraître, je n'avais pas son numéro, je ne l'avais jamais appelé.

Sa voix sombre et caverneuse, dissociée de sa personne physique, acquérait une nuance différente, follement bandante. Elle m'attrapait d'une façon aussi immédiate que la musique. Je ressentis soudain un besoin impérieux de l'avoir près de moi, de danser au rythme de cette voix cadencée, de me laisser emporter par son courant de testostérone. Il n'avait pas l'air surpris, alors que je ne l'avais jamais appelé auparavant et qu'il ne m'avait jamais donné son numéro. Comment vas-tu ? demanda-t-il. J'attendis quelques secondes pendant lesquelles j'entendais une musique ambient en toile de fond. Je ne sais pas, dis-je enfin. Pas très bien. Qu'est-ce qui t'arrive ? dit-il. Je me sens seule. Nous sommes tous seuls, répondit-il. Plus vite tu t'y habitueras, mieux ça vaudra. Je n'ai pas envie de commencer à m'y habituer cette nuit. Pas vraiment cette nuit. J'espérais qu'il m'inviterait chez lui, mais il se tut. Les synthétiseurs de The Orb reprirent possession du silence. Qu'est-ce que tu fais ce soir ? demandai-je enfin. Je travaille à ma thèse, répondit-il, d'ailleurs je dois m'y remettre. Prends soin de toi. On se voit bientôt. Puis il raccrocha.

Je sortis dans la rue. La froidure s'abattait, la nuit tombait et la brume s'emparait de la ville aussi vite que l'angoisse qui dévorait mon organisme. Les contours des immeubles se diluaient, menaçants. Le monde semblait léger et un peu vide. Je marchais dans Édimbourg et je me sentais comme dans un rêve. Les points de repère – le château, le pont, la colline – étaient suspendus en l'air comme dans un décor de théâtre, isolés au milieu de la brume. J'avançais à la dérive dans un paysage incomplet, une sorte d'ébauche de l'Édimbourg que je connaissais, lampadaires et tours flottaient hors contexte, dans l'air tacheté de petits points lumineux.

Soudain je la vis dans le ciel, immense, pleine de présages, voilée de larmes et de nuages, embuée par ma propre respiration. L'image brouillée de la pleine lune. Superstition absurde, mais le fait est que par tradition, depuis que je connaissais Cat, je faisais l'amour toutes les nuits de pleine lune. Toutes les nuits de pleine lune, excepté celle-ci. J'aurais pu, pourquoi pas, rentrer à la maison et attendre qu'elle revienne. Mais je n'avais pas envie de Cat : j'étais déprimée et n'avais ni l'énergie ni les sourires nécessaires. Une sorte de fidélité absurde faite chromosome, imprimée dans mon patrimoine génétique, devait me forcer à désirer Ralph et seulement lui, du moins cette nuit. De sorte que je rebroussai chemin en zigzaguant sur les trottoirs, en esquivant des ivrognes et en réfléchissant. Mon rival, mon compétiteur, mon amant, cet homme dont j'enviais l'argent, la tranquillité et le sang-froid qui me manquaient, m'avait fait faux bond au moment où j'avais besoin de lui.

D'un côté, je culpabilisais terriblement de vouloir lui imposer ma présence à toute heure, d'être aussi possessive et pressante, de vouloir qu'il vive pour moi. De l'autre, n'avais-je pas lu dans un tas de livres que cette obsession pour l'objet du désir, cette envie d'exclusivité était un sentiment universel ? On s'était l'un et l'autre comportés comme des lâches. Je ne m'étais pas décidée entre Cat et lui. Il ne s'était pas décidé pour moi.

Je me suis demandé pourquoi, Beatriz, malgré la clarté de ce qui t'arrive, alors que tu as déjà choisi, que tu restes avec la légitime, avec ta fille-chat, celle qui peut t'offrir une stabilité et un lien solide, fondé sur le temps et les complicités construites pas à pas, pourquoi n'assumes-tu pas ton choix jusqu'au bout ? Pourquoi ne cesses-tu pas d'appeler Ralph, pourquoi es-tu obsédée par ce que tu n'as pas ? Mais bordel, pourquoi n'acceptes-tu pas une fois pour toutes l'impossibilité de ce qui ne peut pas être ?

Ce qui faisait mal, ce qui faisait vraiment mal, c'était cette blessure infectée d'impuissance, ce vouloir et ne pas pouvoir qui me rongeait. L'essence de mon angoisse était dans les désirs réprimés et les rencontres avortées. Tout ce que j'aurais pu mais ne pouvais ni donner ni recevoir. *For all the lovers and sweethearts we'll never meet.* Et je me demandais : comment osé-je réclamer une exclusivité que je ne peux moi-même offrir ?

Je me suis arrêtée devant une cabine. J'y suis entrée. J'avais retenu le numéro de Ralph, imprimé dans ma mémoire à l'encre du désir. J'ai introduit une pièce et j'ai composé les sept numéros. Il a décroché.

– C'est encore moi. J'ai envie de te voir.

– Je t'ai dit que ce n'était pas possible.

– Il y a quelqu'un chez toi ? ai-je demandé.

– Non, je suis seul.

Pause interminable. On entendait The Orb au loin, bande-son de mon anxiété. Au bout d'un moment, j'ai entendu à nouveau sa voix. Beatriz… Ce prénom sonnait différemment dans sa bouche, ce n'était plus le mien, celui que m'avait choisi ma mère, c'était celui qu'il m'accordait, lui, qui me muait en quelqu'un d'autre par le seul fait de prononcer le z comme un s. Béatrice… Il ne voulait pas être mon Dante.

– Beatriz, je crois que tu attends trop de moi. Tu attends ce que je ne peux pas te donner. Il y a des choses que je ne peux pas me permettre.

– Qu'est-ce que tu ne peux pas te permettre ?

– Laissons tomber. Beatriz, je ne veux pas aller plus loin. Je ne veux pas t'expliquer… Et tu es trop intelligente pour continuer à me questionner.

Je ne soufflai mot.

– Ça va ? ai-je entendu.

Je n'ouvris plus la bouche. Je reposai le combiné à sa place. Il ne m'avait jamais rien promis, il avait raison. Je n'avais même pas le droit de poser de questions.

Je n'ai jamais eu le droit ni aux questions, ni aux réponses ni aux explications de quelque ordre que ce soit. Ralph ne m'avait pas prise au dépourvu, j'étais habituée à me plier aux décisions des autres sans remettre celles-ci en question, sans exiger ni protester, à croire que je ne méritais pas d'être aimée, respectée, acceptée. C'est pourquoi je ne me suis pas battue pour l'avoir. Un exemple : ce dernier été à Madrid, après être rentrée chez moi ainsi que Mónica me l'avait conseillé, je n'eus droit à aucun accueil. Apparemment, il leur était totalement égal que je sois à la maison ou pas, et l'idée qu'il puisse en être autrement ne m'effleurait même pas l'esprit. Prétextant une migraine, ma mère se claquemura dans la chambre pendant quatre jours et mon père n'était jamais là. Il partait travailler à huit heures du matin et ne revenait qu'à la nuit tombée. Un drôle de système s'instaura. Les horaires, les routines, les règlements disparurent. Il n'y avait pas d'heure pour les repas. Ma mère déjeunait, puis elle s'enfermait dans sa chambre toute la journée. Quand il lui arrivait de sortir – ce qui était rarissime – pour aller jouer aux cartes avec ses copines, elle ne me disait même pas au revoir. Manifestement, elle avait décidé de couper tout contact avec moi. J'étais au courant de ses allées et venues parce que j'entendais le bruit de la porte. Quand elle partait, je déambulais à travers la maison comme un fantôme, ou bien je faisais des incursions dans son armoire à pharmacie pour m'approvisionner en cachets qui m'aidaient à supporter la situation. Je ne sais pas si ma mère attendait de moi que je me serve dans le frigo, je ne sais pas si elle se souciait de savoir si je me nourrissais ou pas. Toujours est-il que je ne mangeais pas. Je ne mangeais pas, je dormais à peine, je ne faisais pas grand-chose. Je végétais. Je m'enfermais dans ma chambre, je m'allongeais sur le lit, je regardais le plafond et tentais de faire le vide dans mon esprit. Ma tête semblait hors service, comme si un ressort interne avait sauté sous l'effet de la pression et que le mécanisme s'était détraqué. Je ne me reconnaissais plus, je m'étais perdue. Quand j'essayais de lire, les lettres valsaient, grossissant et rapetissant tour à tour comme une tache d'huile flottant dans une mer agitée. Et si, au prix d'un immense effort, je parvenais à déchiffrer quelques mots, je me rendais compte que la phrase qu'ils formaient n'avait aucun sens pour moi. Quand j'essayais d'écrire, des tracés irréguliers apparaissaient sur le papier, dénués de toute cohérence et que je ne reconnaissais pas comme miens. Il m'arriva d'allumer la télé, mais il me semblait que les figurines humanoïdes qui défilaient à l'écran n'avaient rien à voir avec moi, qu'elles vivaient dans un monde différent, à des millions d'années-lumière de ma réalité.

Je n'arrivais pas davantage à dormir. Dès que j'éteignais, l'angoisse me grignotait comme un ver logé dans une pomme, et je me retournais dans mon lit à n'en plus finir. Parfois je m'assoupissais brièvement, mais je me réveillais aussitôt en sursaut, secouée par une sensation de danger, comme si quelqu'un me prévenait à l'intérieur de moi que j'allais pénétrer dans un territoire miné.

Les cachets que je volais à ma mère ne me faisaient pas dormir, mais ils me plongeaient dans une sorte de somnolence brumeuse qui diluait le temps : les jours se fondaient les uns dans les autres en un amas incohérent. Enfermée dans ma chambre, vérifiant sur mon réveil la progression implacable des aiguilles, les heures succédaient aux heures qui succédaient aux heures dans un agrégat de minutes inutiles, tandis que ma maigre lucidité se consommait lentement et régulièrement comme la cendre d'une cigarette.

Nous vivions au cinquième étage. Deux ou trois fois par jour, je me penchais par-dessus la fenêtre de ma chambre et je songeais à accomplir le dernier saut. Quelques secondes en piqué, puis le crâne qui s'explose sur le macadam. Je regardais le trottoir dont les dalles semblaient s'agrandir et menaçaient de m'absorber dans leur immensité gris mirage.

Au bout de quelques jours, j'ignore combien, trois, quatre, cinq, une semaine ou peut-être plus, je décidai de prendre une douche pour la première fois depuis mon retour. Je n'avais rien mangé non plus. Chaque fois que je m'approchais du frigo, j'étais prise de nausées vertigineuses, comme si un petit nain logé dans ma gorge s'amusait à me rétrécir l'estomac en tirant sur un fil.

Je pris une douche bouillante, bien qu'on fût au mois d'août. En sortant, lorsque je me penchai sur les robinets pour m'assurer que je les avais bien fermés, je me sentis soudain oppressée par la blancheur étouffante du carrelage qui valsait autour de moi. Je me cherchai dans le miroir, mais je ne me trouvai pas. Ma propre image m'avait abandonnée. Puis je sentis que la bonde de la baignoire m'attirait irrésistiblement dans un tourbillon comme si j'avais été de l'eau. Je n'opposai aucune résistance, je me laissai choir, choir, choir.

Mon père me trouva peu de temps après, évanouie sur le carrelage de la salle de bains. C'était un samedi, il ne travaillait pas. Il mit un moment à me ramener à moi. Quand j'ouvris les yeux, je ne me souvenais de rien. Ni de comment j'étais tombée ni de mon prénom. Je ne reconnaissais pas le monsieur qui m'avait réveillée. Il pensa que je m'étais cogné la tête.

Le médecin diagnostiqua une dépression nerveuse.

J'ai d'abord fait un séjour à l'hôpital. Pas très long, me semble-t-il, mais les souvenirs me font défaut. Je crois qu'on m'a administré des sédatifs. Je garde en mémoire l'image d'un tube relié à un flacon. Ce tube était terminé par une aiguille, laquelle était plantée dans mon bras et retenue par un sparadrap. Je souffrais de dénutrition et de déshydratation, ainsi que de surmenage nerveux, c'est du moins ce que m'expliqua mon père lorsqu'il vint me chercher pour rentrer à la maison. Sa voiture sentait le tabac et l'eau de toilette à la lavande. Nous n'échangeâmes pas un mot durant tout le trajet.

Je sais que j'ai gardé le lit presque tout le mois d'août. Apparemment, je passais mon temps à pleurer, versant toutes les larmes que j'avais retenues. Je me réveillais la nuit en hurlant, prise de convulsions hystériques. Ça aussi, c'est mon père qui me le raconta parce que, personnellement, je ne me souviens pas de ce mois-là. Apparemment, ma mère resta presque tout le temps à mon chevet. Je ne m'en souviens pas. Les images ne me reviennent pas. Ma tête est indulgente et elle a tout effacé, recouvert ces journées-là d'un voile noir et pieux.

Ensuite, mon père m'a envoyée chez un nouveau psychiatre. Cette fois, c'était une jeune et plutôt belle femme à la voix paisible et mélodieuse qui me posait beaucoup de questions. Des questions dont j'élaborais soigneusement les réponses afin de ne pas lui livrer trop d'informations compromettantes. Ainsi me débrouillais-je, du moins au début, pour parler finalement de peinture et de poésie. Au bout de deux ou trois semaines, je me suis dit oh, puis zut, tant pis pour ce qu'elle pourrait raconter à mes parents, et j'ai commencé à vider mon sac. Je n'ai évidemment pas parlé de la dernière semaine de juillet, ni de nos deals, ni du meurtre que j'avais peut-être commis. Mais j'ai parlé de ma mère, de mon père, de l'ambiance gélatineuse et irrespirable qui régnait à la maison, de la jalousie que je ressentais en pensant que toutes les familles n'étaient pas comme la mienne, qu'il y avait des foyers où les gens se parlaient et même s'aimaient. Non, je ne haïssais pas mes parents. Était-ce la faute de mon père si on lui avait collé à vie une enfant gâtée qu'il connaissait à peine et qu'on ne lui avait pas permis de connaître auparavant ? Était-ce la faute de ma mère si, du jour au lendemain, elle s'était retrouvée enfermée dans un immense appartement, auprès d'un homme qui n'était jamais là et qui ne s'occupait aucunement d'elle ? Personne ne lui avait appris à se débrouiller seule, on ne l'avait pas préparée pour ce qui l'attendait. Non, il n'y a pas de fautes, il n'y a que des causes. On tente d'ensevelir la douleur, mais la douleur s'infiltre dans la terre, sous vos pieds, et finit par polluer l'eau que vous buvez et l'air que vous respirez, sans que vous sachiez vous-même ce qui vous fait du mal.

La poussière, au milieu de la Voie lactée, est comme de la brume, opaque à la lumière visible, impénétrable aux yeux des astronomes qui veulent la scruter à l'aide de leurs télescopes. C'est pourquoi nous en savons moins sur notre propre galaxie que sur d'autres bien plus éloignées. De même, il nous est beaucoup plus facile de comprendre les pièges qui régissent le fonctionnement d'une famille ou d'un couple qui ne sont pas les nôtres.

Des millions de raisons pour lesquelles je suis devenue folle me viennent à l'esprit.

Mais les principales sont celles auxquelles je ne pense pas, celles qui sont enfouies.

Un soir, mon père rentra du travail plus tôt que d'habitude et me proposa d'aller boire un verre. Cette invitation était si inhabituelle – de sa vie mon père n'avait engagé une longue discussion avec moi – que je me dis que quelque chose d'important se préparait.

Il m'emmena au bar situé sur la place de las Salesas, un endroit sombre où l'on entendait un jazz tamisé et sans stridences. Quelques couples d'âge moyen étaient dispersés autour des tables. J'ai préféré ne pas savoir si mon père traînait souvent dans ce bar, ni avec qui. Il commanda un whisky sec et moi un soda, puisque la psychiatre m'avait recommandé de ne pas boire d'alcool en raison de mon traitement à base d'anxiolytiques. On s'assit à une table dans un coin et je me demandai de quoi on avait l'air. Les serveurs s'imagineraient-ils que j'étais sa fille ou me prendraient-ils pour sa jeune maîtresse ? Malgré son âge, mon père était encore assez séduisant. Ma mère disait toujours qu'étant jeune il était renversant, et il avait encore de beaux restes : un nez grec, par exemple, des yeux d'un bleu uniforme, beaucoup plus clairs que les miens. Il s'habillait bien, il sentait bon, et je commençai à deviner les motifs de ses absences. Au fond, je l'avais toujours su, mais cela ne m'avait jamais sauté aux yeux comme à présent.

Il me parla très calmement et je le remerciai de tout mon cœur de me traiter en adulte, sans le moindre paternalisme.

– Beatriz, me dit-il, j'ai parlé avec ton médecin. Elle pense que tu es très intelligente, quasiment surdouée, encore que ça, on le savait déjà.

Première nouvelle. J'avais toujours eu l'impression qu'on me prenait pour une idiote.

Il enchaîna : nous n'avions pas eu l'occasion d'en parler, mais j'étais censée me préinscrire à l'université. Mon père se doutait bien que, vu les circonstances, ça m'était passé complètement au-dessus de la tête. C'était vrai. J'avais caressé l'idée de suivre des études de droit ou d'économie, mais tout cela me paraissait très lointain. Comment pouvais-je envisager des études alors que j'étais incapable de lire trois lignes ? J'opinai donc du chef et il reprit son laïus. Le médecin estimait qu'il valait mieux ne pas commencer cette année, mais attendre la rentrée prochaine. Elle avait dit à mon père que l'influence de ma mère ne m'était pas bénéfique, que mon équilibre émotionnel pâtissait de l'ambiance familiale, et elle avait suggéré que l'on m'interne dans une clinique privée afin que je suive une thérapie intensive. Je retins mon souffle : je ne voulais pas échouer dans un sanatorium. Mais mon père jugeait que c'étaient des sornettes (je soupirai, soulagée de l'entendre) et, s'il était d'accord avec elle pour dire qu'il fallait m'éloigner de ma mère, il n'accepterait pas qu'on m'enferme à l'asile où les médecins me bourreraient de cachets comme ils l'avaient fait avec ma mère. Il avait pensé m'envoyer à l'étranger pendant un an, pour que j'apprenne l'anglais, comme tant de collègues de bureau le faisaient avec leurs enfants. À mon retour, on verrait bien si je voulais entrer à l'université ou non. Il voulait savoir si je me sentais la force de supporter un an de solitude. Je lui dis oui, bien sûr. Je brûlais d'envie de prendre le large. À l'étranger, il n'y avait aucune chance pour qu'un beau jour, à un coin de rue, un gommeux se jette sur moi et me balafre la joue. Autre avantage : je ne serais plus dans la même ville que Mónica. Je ne voulais plus la voir. Chaque fois que je pensais à elle, la douleur m'étreignait.

Je soupçonnais mon père de faire tout cela pour se débarrasser de moi, mais je ne pouvais pas lui en vouloir. Toute personne saine d'esprit aurait tremblé à l'idée de cohabiter avec deux folles hystériques qui passaient leur temps à se crêper le chignon. Puisqu'il ne pouvait pas se débarrasser de ma mère, restait la solution de se débarrasser de moi. Peut-être s'inquiétait-il vraiment de mon sort, désirait-il faire quelque chose pour m'aider. J'étais tout de même sa fille, je portais son nom et une partie de ses caractéristiques inscrite dans mes gènes. J'essayai de me souvenir si nous nous étions aimés un jour, si un quelconque lien père-fille avait existé entre nous. Mais la seule impression que je conservais de notre cohabitation, c'était celle d'une totale indifférence réciproque, parsemée d'épisodes de violence. Cependant, si je plongeais au fond de ma mémoire, en quête de trésors enfouis, d'autres moments me revenaient, de brusques rafales d'enfance.

El Escorial en été. Le jardin de notre résidence. Je ne sais pas quel âge j'ai. J'ai cueilli un bouquet de fleurs sauvages et j'accours le donner à mon père. Il me remercie très cérémonieusement, comme si c'était une offrande précieuse. J'imagine que je devais beaucoup aimer mon père pour me précipiter vers lui avec ce cadeau.

Des vacances de Noël. Mon père m'offrit un calendrier de l'Avent sur lequel on notait les jours qui passaient entre le 1er décembre et Noël. Chaque jour était signalé par une petite fenêtre portant un petit dessin allégorique. Lorsqu'on l'ouvrait, on découvrait un petit chocolat en forme de petit lapin. Je n'ai jamais cédé à la tentation de manger avant l'heure le petit lapin du lendemain, et j'ai gardé le calendrier vide très longtemps après Noël.

À l'école. Pour une raison quelconque, ma mère n'a pas pu aller me chercher pendant toute une période (j'imagine qu'elle était malade) et, plusieurs soirs de suite, mon père s'est chargé de venir à sa place. À l'époque il portait la barbe, une barbe blanche, et mes camarades le comparaient au grand-père d'Heidi. Cela m'agaçait qu'elles le prennent pour mon grand-père, mais j'étais fière de lui.

Impossible de déterminer à quels âges correspondent ces souvenirs. Impossible de préciser à quel moment s'est cassé ce fragile cordon qui nous reliait. Impossible de savoir à quel moment j'ai pris parti pour ma mère et commencé à le détester. Impossible de savoir jusqu'à quel point je l'ai aimé, mais une graine de douleur dans la mémoire me faisait soupçonner que je l'avais beaucoup aimé, quand j'étais toute petite, de cette façon absolue dont les enfants aiment leurs parents. J'ai cru ce sentiment effacé à jamais, mais il subsistait un puits de tendresse dans un coin de mon subconscient, et ce puits me permettait d'être malgré tout reconnaissante. Et peut-être m'offrait-il cette issue, non parce qu'il avait hâte de ne plus me voir, mais poussé par un puits de tendresse similaire.

Comme tout cela a peu d'importance, à présent… ! Nous avions brûlé nos derniers ponts et nous ne nous rapprocherions plus jamais. Une énorme distance s'était ouverte entre nous. Bien sûr, j'aurais préféré avoir un père et une mère qui m'aimaient, avoir joui de références stables, d'une source d'affection permanente. Mais j'aurais tout aussi bien pu naître en Bosnie, en Ouganda ou au Zaïre et avoir vécu des épreuves bien pires. Dans chaque histoire, le hasard joue un rôle crucial. Chaque processus évolutif laisse place à une puissante part de hasard. La collision d'un rayon cosmique et d'un gène différent, l'avènement d'une mutation différente… en quelques fractions de seconde, il en résulte des conséquences profondes, peut-être pas visibles sur le coup, mais cruciales au bout de quelques ères. Plus tôt ont lieu les événements critiques, plus puissante sera leur influence sur le présent. Et cet axiome s'applique à l'histoire, à la biologie, à l'astronomie… À notre propre vie.

Une série de conditions matérielles et émotionnelles nous déterminent à la naissance. Nous aurions pu voir le jour dans un autre foyer, dans un autre pays. Nous aurions pu être plus ou moins riches, plus ou moins aimés. L'endroit où nous sommes tombés, les personnes qui nous ont élevés, l'éducation que nous avons reçue, la perception de nous-mêmes que l'on nous a inculquée, l'affection que l'on nous a prodiguée… Tout cela nous marque.

Mais j'aurais tendance à croire, et je veux croire, que bien que les cartes soient distribuées à la naissance, la façon de les jouer dépend de nous.

Un rayonnement baptisé par les scientifiques le « Fond cosmique de micro-ondes » est à l'origine de la vie et porte en lui l'empreinte de la matière opaque et de la matière lumineuse. Il inonde l'univers, imprègne tout, mais il n'est pas associé à un objet particulier. En définitive, nous sommes une partie d'un tout plus vaste qui nous inclut, nous portons tous en nous le chaos et l'ordre, la création et la destruction. Nous sommes tous à la fois victimes et responsables de notre propre vie. Pour le meilleur et pour le pire, tous les sentiers du possible sont ouverts à la marche du réel. Mais nous ne sommes pas tous assez sages pour le comprendre ni assez audacieux pour nous tracer un itinéraire.

Oublions toutes ces amours non réciproques qui peuplent mon enfance, celles qui m'ont empêchée, je suppose, de savoir donner et recevoir de l'amour à l'âge adulte. Certains, je le sais, ont vécu des expériences similaires et les ont surmontées. Ralph, peut-être. Caitlin, sans chercher plus loin. Sa mère ne devait pas l'aimer beaucoup pour la laisser partir sans un mot. Elle parlait peu de son enfance, de sa vie à Stirling, et je n'osais pas la questionner, sentant qu'elle avait bâti une muraille pour s'isoler du passé. Je ne voulais pas qu'une brèche s'y ouvre, si mince fût-elle. Certains détails remarqués au cours de notre cohabitation me firent supposer toute sorte d'histoires sordides… Sa mère n'appela pas une seule fois de tout le temps où nous vécûmes ensemble, et sa sœur pas davantage. Je n'ai jamais su le nom de son beau-père, qu'elle appelait toujours « ce bâtard ». Caitlin changeait systématiquement de chaîne chaque fois qu'on montrait à l'écran une scène de violence, de quelque nature que ce soit, et s'indignait violemment lorsqu'elle lisait dans le journal un fait divers concernant des abus sexuels sur des mineurs… Elle les lisait, les relisait, les commentait à l'infini, faisant preuve d'un intérêt morbide qui me mettait la puce à l'oreille. Et il y avait l'histoire de ses cicatrices. Son dos et ses jambes en étaient couverts, et elle refusait catégoriquement d'en parler. Enfin, deux et deux font quatre, et même si l'on respecte l'intimité de sa petite amie et que l'on renonce à poser des questions, il n'en demeurait pas moins que je devinais les réponses. Il me paraît trop facile de dire que si elle refusait aussi catégoriquement d'avoir des relations sexuelles avec des hommes, c'était par réaction à des relations précoces et forcées, et je n'attribue pas non plus son excessive fragilité émotive à un manque d'affection. En revanche, si je me sentais proche d'elle, attirée par un irrésistible courant d'empathie, c'est précisément parce que je la savais désemparée, et je ne serais sans doute pas restée à ses côtés si elle avait eu une vie de famille heureuse. De même, j'avais été attirée par Ralph et par Mónica précisément parce qu'il ne s'agissait pas de personnes sociables, conventionnelles, apparemment contentes de leur vie. Ce qui comptait, c'était que Caitlin aille de l'avant, et qu'elle se vante d'être une femme forte. Selon elle, il ne fallait jamais regarder en arrière. La seule fois où nous abordâmes ce sujet et où je lui dis que j'aurais aimé avoir des frères et sœurs, des parents compréhensifs, une vie familiale un peu plus normale, elle me rapporta l'histoire qu'on lui racontait à l'école dominicale de Stirling lorsqu'elle était petite.

– « Au commencement des temps, les hommes utilisaient des armes de pierre qui se brisaient facilement. Au fil des siècles, ils les remplacèrent par des instruments en fer qui, moins cassants, présentaient cependant l'inconvénient de rouiller trop vite. Alors un ferronnier eut l'heureuse idée de créer un alliage de métaux qu'il appela l'acier. Mais l'acier, pour devenir ce qu'il est, doit subir l'épreuve des éléments : d'abord le feu, pour être fondu, tout de suite après l'eau et l'air, pour être durci, et enfin la pierre, pour être forgé. On obtient enfin une épée en acier, la plus solide des armes. »

– Et la morale de l'histoire, supposé-je avec ironie, c'est qu'on ne devient fort qu'après avoir surmonté toute sorte d'épreuves.

– Pas forts, non. La pierre et le fer étaient déjà forts, affirma-t-elle d'un ton catégorique. Flexibles. La différence est là. Tu ne peux pas survivre si tu n'es pas flexible.

J'ai l'impression d'avoir quitté Édimbourg hier. Le printemps était arrivé sans crier gare et la ville s'était réveillée un matin en robe de mariée, couverte d'un voile de fleurs blanches. Les parcs resplendissaient sous la lumière blanche. Il faisait encore froid mais ce n'était plus un supplice de se promener dans les rues, cela se réglait avec un pull ou deux. J'avais meilleur moral et je me réveillais parfois en fredonnant des airs pop que j'avais entendus à la radio ou bien une chanson de Björk (l'amour platonique de Cat) que j'avais dans la tête comme un invité de luxe : *Violently Happy cause I love you*… Les examens approchaient et la perspective de toutes les dissertations que j'avais à rendre, toutes les dates et tous les titres que j'avais à apprendre par cœur assombrissait le panorama radieux de cet Édimbourg printanier. Je préférais me concentrer sur mes études pour oublier la décision imminente que je devais prendre : qu'allais-je faire de ma vie une fois obtenue ma licence ?

Ralph était lui aussi très occupé à rédiger sa thèse de doctorat sur Rembrandt. Je le croisais tous les jours à l'université et j'écoutais ses commentaires bougons sur l'incompétence des responsables de la bibliothèque, incapables de lui fournir les documents qu'il cherchait. Je contemplais le duvet qui ombrait les jointures de ses doigts et mon cœur bondissait dans ma poitrine lorsque je me rappelais son torse velu sur lequel je m'étais endormie il n'y avait pas si longtemps.

Grâce à son intuition de chat et de sorcière qui l'aidait à interpréter des signes imperceptibles pour le commun des mortels, Caitlin avait dû remarquer d'une manière ou d'une autre un changement consécutif à la fin de mes amours avec Ralph. Qui sait, peut-être n'avais-je plus, la nuit, cette odeur de lait caillé que l'on dégage après le sexe, ou peut-être mon aura avait-elle changé de couleur, passant du vermillon à l'ivoire. Caitlin avait perdu cet air renfrogné et soucieux qu'elle avait arboré pendant toute la durée de mon histoire avec Ralph, elle affichait à présent un sourire radieux qui illuminait son petit visage, à l'image des marguerites qui jonchaient les Meadows. Elle traînassait dans la maison, l'air tendre et paresseux, elle me mijotait toute sorte de plats exotiques pour que je « reprenne des forces » et s'évertuait (c'était manifeste) à être joviale et aimable. Parfois elle s'asseyait sur l'énorme coussin marocain du salon, elle enroulait ses jambes comme une contorsionniste et restait un long moment à me regarder classer des tas de photocopies.

J'étudiais à toute heure de la journée, tant à l'université qu'à la maison. Je passais mes nuits à compulser mes livres et mes cours, prenant des notes et soulignant des phrases au marqueur fluorescent : rose, orange et vert. Je m'enivrais de connaissances, de mots d'ordre et de dates, je tâchais de ne pas penser à ce qui n'était pas recommandé. Les lignes imprimées me tenaient lieu d'anesthésie.

Un soir, je reçus une visite inespérée. La sonnerie retentit vers neuf heures, événement insolite tant il était rare qu'on vienne chez nous aux moments où Cat était au travail. Je fus tentée de ne pas ouvrir, supposant que c'était une erreur, mais comme on insistait je fus obligée d'aller accueillir le visiteur importun. Je fus estomaquée en découvrant le visage de souris de Barry. Dans l'encadrement de la porte, l'obscurité rendait ses traits encore plus anguleux. Il me dit qu'il venait voir Cat, ce qui me semblait aberrant puisqu'il savait pertinemment que Cat travaillait ce soir-là. Je lui proposai une bière, il accepta d'un mouvement de tête et s'installa sur une chaise de la cuisine. J'ouvris le frigo, je lui lançai une canette d'Heineken qu'il attrapa au vol, puis je m'assis à côté de lui. Il sortit du papier et du shit, puis il commença à rouler un joint tout en me transperçant de ses yeux de rongeur.

– Je vois que tu prends ça très au sérieux, commenta-t-il en montrant la table encombrée de papiers.

– J'ai pas le choix, si je veux réussir mon examen.

– Réussir… C'est ce que tu veux ? Ce que tu veux vraiment ?

– Ben oui. Tu le sais très bien. Ça fait trois ans que je trime pour ce putain de diplôme.

– Je suis scié par cette manie qu'ont les gens de se convaincre qu'ils désirent un truc qu'ils ne désirent absolument pas. Des séchoirs à cheveux, des magnétoscopes, des prêts immobiliers, des mariages… *Degrees*. Qu'est-ce que tu fais comme études, déjà ? Lettres, non ?

– Littérature anglaise.

– Littérature anglaise… J'hallucine. D'abord, je comprends pas qu'on puisse étudier la littérature : les livres, on les lit ou on ne les lit pas, point. On ne les étudie pas. Personnellement, je n'ai jamais compris à quoi servait la critique littéraire. Si on est obligé de t'expliquer un livre, c'est que tu n'as rien éprouvé en le lisant. Mauvais signe.

– C'est discutable…, le contredis-je. Un texte ne peut pas être compris si on ne connaît pas son contexte social, historique, psychologique, son degré de liberté.

– Mes couilles, oui ! Un texte devrait être compris par lui-même et chaque lecteur devrait l'interpréter à sa manière. Mais donner un contexte, une explication, c'est lui imposer des limites, lui attribuer un sens absolu, le fermer. Autrement dit, une fois que la sacro-sainte critique a donné son avis, le texte est expliqué. Victoire du critique et contrôle du lecteur dont on ne reconnaît pas la capacité de jugement. Prends *Ulysse*, par exemple. On n'arrivera pas à me convaincre que cette connerie sans queue ni tête est un chef-d'œuvre…

– Personne n'essaie de te convaincre. Au cas où tu ne le saurais pas, une grande partie de la critique féministe pense qu'*Ulysse* a été surestimé.

– Surestimé ? Sans blague… Alors là, ils ont été malins, les Irlandais, ça, je reconnais. Nous, on a tenté le coup avec Burns et McDiarmis, mais ça n'a pas marché aussi bien. Et puis les Irlandais arrivent avec leur petit livre imbitable, ils brandissent l'avis de quatre critiques qui assurent que c'est l'œuvre du siècle, que Joyce a découvert le monologue intérieur et tout le tralala… et le monde entier le gobe, le monde entier accepte l'opinion des autorités, comme on accepte la parole du gouvernement ou comme on croit ce qu'on voit à la télé. La critique littéraire n'est qu'une des formes de contrôle dont use le Système.

– Tu simplifies, Barry..., objectai-je, mais j'en restai là avec mes arguments car je ne pouvais m'empêcher de penser que Barry avait un peu raison. En plus, moi j'aime bien *Ulysse*. Oh, et puis, qu'est-ce que ça peut faire... Même si mes études sont aberrantes, je ne vais pas laisser tomber maintenant, à deux doigts d'obtenir mon diplôme.

– Ne sois pas naïve. À quoi te sert ce diplôme ? À travailler chez McDonald ? À crever la dalle comme Aylsa ?

– Aylsa est allée en fac ? demandai-je. J'aurais jamais cru.

– Eh oui, ma petite. Je te confirme que notre chère, ou pas si chère, Aylsa est allée en fac. Si ma mémoire est bonne, elle a passé sa licence de philo à l'ère jurassique. Moi aussi je suis allé en fac, je te rappelle. Et regarde où j'en suis.

– Je croyais que tu ne travaillais pas parce que tu n'aimais pas ça.

– Détrompe-toi, je voulais devenir dentiste mais je n'avais pas l'argent pour m'installer à mon compte. J'ai donc fini infirmier à l'hôpital de Glasgow, pour un salaire de misère. Toutes les nuits, je voyais débarquer des poivrots qui avaient reçu un coup de bouteille sur le crâne, des junkies sur le point de crever parce qu'ils s'étaient shootés à la strychnine. Je ne sais plus combien de têtes j'ai recousues ni combien de vomis j'ai nettoyés. Arrivé au terme de mon contrat, j'ai pensé que je me retrouverais au chômage pendant deux ou trois mois maximum. Et tu vois. L'université n'est pas une garantie. Mets-toi ça dans la caboche. Voilà.

– Je n'ai pas l'impression que tu te débrouilles si mal.

– Je me débrouille pas mal, oui. Je me fais beaucoup de fric. Mais je prends beaucoup de risques, aussi. C'est moins facile qu'on le croit, le deal.

Qu'est-ce que tu me racontes ? me dis-je intérieurement, mais je ne pipai mot.

– Non, ce n'est pas donné à n'importe qui. Il y a beaucoup de facteurs qui entrent en jeu, et pas seulement ceux auxquels on pense en premier. L'important, ce n'est pas de vendre la meilleure qualité, ni de livrer rapidement, ni d'être le plus efficace, ni même de ne pas consommer de ce que tu vends, encore que cela compte aussi. Il faut être fin psychologue, par exemple. Cerner les gens au premier coup d'œil. Interpréter leurs gestes, leurs regards, leur façon de s'habiller. Moi, par exemple, je flaire un flic à des kilomètres. Je sais aussi reconnaître l'acheteur pressé d'avoir sa dope au point d'être prêt à la payer cinq fois le prix.

J'avais l'impression d'avoir déjà entendu ce discours et je me souvins de Coco pour la première fois depuis des années… Qu'était-il devenu ? Barry me proposa le joint. Je refusai d'un signe de tête.

– Par exemple, reprit-il, la première fois que je t'ai vue, je me suis dit : voilà une fille intelligente. Tu n'as rien dit. Tu suivais Cat et tu m'as examiné des pieds à la tête. Tu avançais les hanches d'un air arrogant et tu restais dans ton coin. Ça m'a plu, car la plupart des gens te posent un tas de questions absurdes pour meubler le silence. Les gens disent que t'es une tête à claques. Moi non. J'ai tout de suite vu que t'étais intelligente et courageuse.

Il me regarda dans les yeux, sans doute en quête d'une réaction de ma part, mais je gardai le silence. Il tira donc une longue taffe de son joint et la fumée se répandit dans la salle à manger.

– Un autre facteur essentiel, c'est la chance. Moi, j'ai de la chance. J'ai eu de la chance de te trouver là ce soir, par exemple. Après tout, on est vendredi et la moitié d'Édimbourg est en train de se bourrer la gueule comme chaque vendredi soir. T'aurais pu ne pas être là. T'aurais pu aller danser. Pourtant, toi qui crois être une fille intelligente, t'es restée travailler. Parfois on dirait que ton intelligence ne te sert à rien. Regarde par rapport à Cat, par exemple. Je t'assure qu'une grande partie de l'Édimbourg qui est en train de guincher en ce moment donnerait un bras pour coucher avec elle. Hommes et femmes confondus. Et toi, qui as cette veine, t'es infoutue de l'apprécier, putain. Je ne sais pas si tu te rends compte du mal que tu lui fais… C'est quelqu'un de spécial, de très sensible… Quand je sortais avec elle…

Il interrompit sa tirade et me lança à nouveau un regard inquisiteur, comme pour vérifier que son aveu me surprenait. Je ne mouftai toujours pas.

– Parce que j'ai été avec elle. Quand elle est arrivée à Édimbourg… Caitlin avait des cheveux très longs, je me souviens… Elle était très belle, presque plus belle que maintenant…

Il marqua une pause, le regard dans le vide comme s'il revoyait son image.

– Tu n'étais pas au courant, n'est-ce pas ? Bien sûr, elle ne te l'a pas raconté. Elle est si réservée… Elle peut te parler de toutes ses copines, t'expliquer si leurs orgasmes étaient clitoridiens ou vaginaux, mais elle ne te parlera jamais de ce qui est vraiment important pour elle, tu vois. Et toi, t'es si arrogante qu'il ne t'a même pas effleuré l'esprit que le bon Barry… Non, on ne couchait pas ensemble, si c'est à ça que tu penses, mais on était un couple bien plus uni que les couples qui le font.

Je comprenais parfaitement ce qu'il avait voulu dire : nous, nous le faisions.

– Enfin, toujours est-il que Caitlin, parce que à l'époque personne ne l'appelait Cat… Caitlin et moi avons vécu plusieurs mois ensemble, au moment où je suis arrivé de Glasgow. Elle venait de débarquer de Stirling, elle n'avait aucun endroit où aller. Alors elle est venue habiter avec moi dans un squat près de Leith Walk. On dormait ensemble, mais on ne baisait pas. D'ailleurs, moi, ça ne me dérangeait pas. À l'époque, j'étais en plein dans cette connerie de trip tantrique et j'étais convaincu que les périodes d'abstinence étaient bonnes pour l'esprit. Enfin, ça arrive à tout le monde, je suppose… Et puis je prenais tellement d'héro que, même si je l'avais voulu, je n'aurais pas pu baiser. Cela dit, je me sentais plus proche d'elle que de la plupart des femmes avec lesquelles j'ai couché. Je l'aimais beaucoup et je l'aime encore. Voilà pourquoi je n'apprécie pas ce que tu lui fais. Si tu te servais un peu de ta petite cervelle hors pair, tu resterais avec elle. Tu comprendrais que tu ne trouveras pas mieux.

– Et toi qui l'aimes tant, demandai-je enfin, pourquoi tu penses que je dois rester avec elle ? Tu ne crois pas que ça lui ferait du mal ?

– Non, elle serait bien avec quelqu'un comme toi, me répondit-il. Elle a besoin d'une personne forte à ses côtés.

– Je ne suis pas forte. Je suis très faible de caractère.

– Reconnaître sa propre faiblesse est déjà un signe de force, affirma-t-il d'un ton solennel, tirant longuement sur son joint.

Il approcha sa chaise de la mienne, je fus soudain tentée de reculer mais je me retins.

– Je ne viendrais pas te dire tout ça si je ne pensais pas que c'est nécessaire. Tu ne m'adresses presque jamais la parole, mais je sais que tu me respectes. Je le vois. Je crois que t'es sur le point de faire une bourde. Parce que t'aimes Cat, j'en suis sûr. Même si parfois j'ai l'impression que toi-même, tu ne le sais pas.

Je ne niai ni n'acquiesçai. Il rapprocha encore sa chaise, jusqu'à ce que nos genoux se touchent.

– Beatriz…

Je fus étonnée de l'entendre m'appeler par mon prénom. Il ne l'avait jamais fait. Peut-être parce qu'il ne savait pas le prononcer.

– Je sais pas si tu connais l'histoire de ce petit village côtier des Highlands. Pendant la guerre, il a organisé une muraille de défense dans son port avec l'aide de vingt bombardiers qui avaient reçu l'ordre d'attaquer tout navire à l'approche. C'était un trou paumé au bout d'une vallée entourée de montagnes et on ne pouvait pratiquement pas y accéder par voie terrestre, un village si foutrement insignifiant que l'Amirauté oublia de les prévenir par câble que la guerre était finie. Pendant des années, le village est resté coupé du monde et il attaquait tout bateau qui approchait…

– Très bien… Où tu veux en venir ? le coupai-je d'un ton arrogant.

– Que ta guerre est finie, qu'il est temps que tu lèves les défenses.

Et soudain, comme s'il s'était rendu compte que cette phrase et pas une autre devait conclure le discours qui l'avait conduit jusque chez nous, il se leva et annonça son départ. Je m'en réjouis car son comportement m'avait paru si bizarre que je pensais qu'il était défoncé et j'avais peur d'être seule avec lui, peur d'une réaction imprévisible. Je l'accompagnai jusqu'à la porte comme une hôtesse modèle et, alors qu'il avait déjà un pied sur le paillasson, il se retourna, s'appuya au chambranle et me transperça encore d'un de ses drôles de regards fixes. Je commençais à être à cran, mais la curiosité me clouait sur place. Soudain, il approcha promptement ses lèvres de mon visage et me fit une bise inespérée sur la joue. Inespérée pour plusieurs raisons : parce que la situation ne s'y prêtait pas, parce que, en Écosse, une bise n'est pas une façon de dire au revoir comme en Espagne et qu'on ne bise que les amants ou les enfants, et enfin parce que, de toutes les personnes que je connaissais à Édimbourg, Barry était le dernier que j'aurais imaginé m'embrasser. Après quoi, il approcha sa tête tout doucement et colla ses lèvres sur les miennes. Je répondis en déposant un timide baiser au coin de ses lèvres. On s'embrassa encore de façon superficielle, comme deux enfants timides qui s'amusent, et il nous fallut un bon moment avant d'entremêler nos langues. On s'enlaça ensuite fougueusement, échangeant la chaleur de nos corps. On savait l'un comme l'autre qu'on n'irait pas plus loin, qu'on ne ferait pas l'amour. On savait tous deux qu'on était en train d'embrasser Cat.

4.

LUMIÈRE EN PROVENANCE D'UNE ÉTOILE MORTE

J'aimerais penser qu'il y a du vrai dans l'aphorisme *Amor vincit omnia*. Mais s'il est une chose que j'ai apprise dans cette triste et courte vie, c'est que cette idée reçue est un mensonge. Et un insensé celui qui y croit.

Donna Tart, *Le Secret*

Lorsque j'appelle au numéro que m'a donné Charo et que je demande à parler à Mónica, on me répond qu'on n'a pas le droit de passer les appels aux patients, sauf s'il s'agit de membres de la famille directe et seulement en cas d'urgence. L'on m'informe également qu'il y a des heures de visite, le samedi et le dimanche après-midi. Je confirme que j'ai l'intention d'aller voir Mónica et on m'explique comment me rendre sur place. Il faut prendre un car, descendre dans un village situé cinquante kilomètres au nord de Madrid. La ferme se trouve à la sortie du village. De l'arrêt du car, je dois marcher pendant une demi-heure le long de la route. Je ne peux pas me perdre, au pire n'importe quel habitant du coin pourra me renseigner. Je demande qu'on prévienne Mónica de ma visite, car je ne veux pas la prendre au dépourvu.

Grâce au ciel, l'autobus est climatisé et, malgré les cahots, le trajet n'a pas été trop désagréable. Au moment où je pose un pied sur la chaussée poussiéreuse, je reçois une gifle de chaleur. Le paysage tout autour, blanc de lumière, irradie une clarté blessante et la réverbération du soleil sur les murs en pierre m'aveugle. Cette nuée ardente me prend à la gorge, et un instant je me dis que je ne pourrai pas faire ce bout de route à pied sans m'évanouir.

Mais je tiens bon et je ne demande mon chemin qu'à deux reprises. La ferme est une vieille maison au toit d'ardoise entourée d'un mur de pierre. Un immense jardin s'étend derrière et j'aperçois un reflet au milieu de l'herbe jaunâtre qui pourrait être une piscine ou un bassin. C'est une bâtisse comme il y en a tant dans la sierra de Madrid, elle ressemble à celles que possèdent les amis les plus riches de mes parents à El Escorial. Un groupe de filles et de garçons prend le soleil sur le perron. Ils sont tous en sweat-shirt, jean et tee-shirt, leurs visages arborent une expression terrifiante d'uniformité : le même regard vide, le même air éteint, comme s'ils venaient de se réveiller. Ou bien comme s'ils étaient sous sédatifs. Je me dirige vers eux et je leur demande avec mon plus beau sourire s'ils connaissent Mónica. Ils se consultent du regard et l'une d'elles finit par me montrer d'un geste la porte en haut de l'escalier. Demande là-haut, me dit-elle.

Appuyée contre la porte, une fille en jean et tee-shirt elle aussi. Je m'aperçois d'emblée qu'il ne s'agit pas d'une malade. En premier lieu, parce qu'elle a dans les trente-cinq ans. Ensuite, parce qu'elle porte un téléphone mobile à la ceinture. Puis son regard vif qui croise le mien sans réticence la distingue très nettement des jeunes que je viens de croiser. Enfin, elle esquisse un sourire que je ne peux qualifier que de professionnel. Pour ne pas être en reste, je lui tends la main avec une politesse exquise et je me présente : je m'appelle Beatriz de Haya, j'ai appelé avant-hier pour prendre rendez-vous. Je viens voir Mónica Ruiz Bonet. Elle me répond avec le même petit sourire impénétrable que Mónica descendra d'ici quelques minutes, me félicite d'être la première arrivée et m'explique que les jeunes que j'ai vus assis sur le perron attendent également leur famille et leurs amis.

Je m'assois sur les marches à une distance prudente du groupe. Dans des moments comme celui-ci, j'aimerais fumer, histoire de m'occuper. Au bout de quelques minutes, je sens une présence derrière moi. Avant même de me retourner, je sais, sans avoir besoin de la regarder, qu'il s'agit de Mónica. Je me relève et me retourne.

Je peine à la reconnaître. Je m'attendais, chez une héroïnomane, à un corps amaigri et à un visage marqué. À ma grande surprise, j'ai devant moi une fille rondelette aux traits bouffis. Je présume que c'est la conséquence d'un excès de tranquillisants. Ses cheveux sales, mal coupés et secs lui tombent sur le visage, ses traits se sont épaissis, ses yeux ont l'air sertis dans la chair, plus éteints qu'à l'époque. L'ancienne lueur de son regard a dû s'étouffer dans ses veines endurcies. Plus la moindre trace en elle de sa prestance, de son chic.

Mónica m'examine des pieds à la tête et m'adresse un grand sourire de reconnaissance qui me semble sincère. « Bea… Ça fait un bail… Je suis contente que tu sois venue… » Elle s'accroche à mon bras dans un geste calme et me propose d'aller nous promener dans le jardin. Elle me demande ce que je suis devenue et je lui livre un bref compte rendu de mes années à Édimbourg, de mes études, de mon existence routinière entre la fac et le froid. Je ne fais aucune allusion à Cat.

Elle m'emmène parcourir la ferme et me montre une basse-cour où vivent quelques poules rachitiques avec leur coq, puis un potager où poussent des laitues, des tomates, des patates et des citrouilles énormes, si grandes qu'on dirait le résultat d'une mutation génétique. Elles sont comestibles, précise-t-elle, mais pas aussi bonnes que les petites, c'est pourquoi je n'en ai jamais vu dans les magasins. Il y a aussi des cochons dont on s'approche à peine. Je m'efforce de dissimuler la répugnance que suscite en moi l'odeur de la ferme, en particulier le poulailler. Il me vient à l'esprit que Cat a grandi dans une ambiance similaire et je demande s'il y a des étables. « Il y en a une, me répond-elle. On ira la voir, si tu veux. On n'a qu'une vache. Il n'y a ni chevaux ni ânes, parce qu'on n'en a pas besoin. C'est une toute petite ferme, ici. Plus symbolique qu'autre chose. »

On s'assoit sur un banc en bois. Des fleurs rachitiques poussent à nos pieds. Je lui demande comment elle a atterri dans cet endroit, elle me dit que c'est une histoire trop longue, elle ne peut m'en faire qu'un bref résumé qui ne diffère guère de ce que m'a raconté Charo. Au début elle a essayé de jouer aux gentilles petites filles de bonne famille, mais elle s'ennuyait atrocement. Après être sortie avec Javier pendant sept mois et être allée skier dans les Alpes, après avoir passé des week-ends à El Algarve et fait du cheval à La Dehesa, après avoir dîné à La Dorada et vu des films avec Demi Moore dans le rôle principal, après être allée aux concerts d'Eric Clapton et de Joe Cocker, après avoir fait en somme tout ce qu'était censée faire la fiancée d'un jeune et brillant cadre supérieur, elle a fini par retourner avec Coco, qui n'avait pas clamsé ce jour-là dans cet hôtel mais un an et demi plus tard suite à un shoot trafiqué, un truc absurde, puisque à l'époque Coco n'avait pas touché à l'héro depuis des mois et ne s'était piqué cette fois-là que pour rigoler, pour se rendre hommage, comme il avait dit. Après quoi, tout se résumait en une chute vertigineuse, une descente en piqué, la vie consistait à aller acheter de la dope, à se shooter et à recommencer. Au début, ce n'était pas un problème car elle avait plein d'argent, mais ensuite elle a commencé à en manquer, elle avait de plus en plus de mal à se lever le matin, jusqu'au jour où elle ne sut même plus qui elle était, ni avec qui elle couchait, ni où elle se réveillait. Grâce au ciel, tout ça c'est du passé, me dit-elle, car travailler pour la communauté lui a apporté un bonheur qu'elle ne soupçonnait pas, et de me donner une description au ras des pâquerettes de ses activités quotidiennes – ratisser le potager, donner à manger aux bêtes, nettoyer les chambres, aider en cuisine –, sans une once d'ironie. Elle relate ces expériences avec un enthousiasme d'illuminée et son intonation relève de la conversion religieuse. Un sourire idiot éclaire son visage joufflu. Toute son histoire est banale et prévisible, pour ne pas dire ridicule, un scénario de feuilleton télé du samedi après-midi, sauf que celle qui débite des lieux communs à la pelle est ma meilleure amie, celle qui parle de se consacrer aux autres, de se retrouver, de la joie de donner, exactement sur le même ton qu'adoptaient jadis les bonnes sœurs pour nous entretenir de la supériorité d'une vie chrétienne. Décidément, elle a perdu son ancien talent de *raconteuse**. Lorsqu'elle parle, des rides profondes lui creusent les tempes et confèrent à sa peau l'aspect d'une terre assoiffée et craquelée, d'un terrain vague où rien ne pousse. Je prends sa main dans la mienne, elle est calleuse. Plus je la regarde et repense à la personne fascinante d'autrefois, plus j'ai du mal à comprendre qu'elle soit devenue cette paysanne replète aux mains rugueuses. Je comprends qu'il est absurde de vouloir remonter le temps pour tenter de retrouver ce qui a disparu dans les fissures de la mémoire, car la vie continue, le destin tisse ses filets inextricables et ce que nous cherchons a continué de pousser et ne sera jamais ce qu'il était, excepté dans le souvenir.

Les heures ont filé sans que l'on s'en rende compte, le soir ferme ses portes à la lumière et ne restent que quelques rayons chétifs, pris dans les branches basses des arbres. J'aperçois au loin la silhouette de la doctoresse, ou qui que ce soit, qui m'a parlé tout à l'heure. Elle arrive près de nous et m'informe avec sa politesse aussi impassible qu'hermétique que les visites sont terminées, que je dois me dépêcher si je veux prendre le dernier car pour Madrid. Mónica, obéissante, se lève et me prend par la main pour que je l'imite. Elle m'embrasse et m'adresse un sourire de carte postale. « À bientôt, Betty », me dit-elle, et elle me fait promettre de revenir bientôt, mais en vérité je ne sais si j'en aurai le courage. Je la quitte là, je la laisse immergée dans son délire mystique.

Elle m'appelait Betty seulement lorsqu'elle était particulièrement affectueuse. J'avais presque oublié ce détail.

J'ai senti qu'elle était plus éloignée que jamais, qu'elle n'était plus rien pour moi, comme une étoile très lointaine, à des millions d'années-lumière. La lumière des étoiles les plus reculées a une particularité : elle a tardé des milliards d'années à nous parvenir, de sorte que nous voyons l'étoile telle qu'elle était des millénaires plus tôt. C'est comme un voyage dans le temps, et le plus curieux, c'est que nous pouvons voir la lumière d'un astre éteint depuis des siècles, peut-être même avant que les dinosaures ne peuplent la Terre. Lorsque j'ai pris congé de Mónica, j'ai compris que tout l'amour que j'avais maintenu vivant durant quatre interminables années n'a été que la lumière d'une étoile morte.

J'ai dormi d'une traite toute la nuit et rêvé de chats de tous pelages et de toutes couleurs : chats persans gris aux yeux jaunes, chats de gouttière noir et blanc, chatons comme des boules de coton et gros matous bagarreurs ; chats à poil long, chats à poil court, chats de toutes races et conditions. Au réveil, je songe que Cat est peut-être en train d'essayer de m'envoyer un message puis je me dis qu'il est plus logique de penser que c'est moi qui m'envoie un message à moi-même.

Je compose le numéro de chez moi à Édimbourg, tout en sachant que Cat est probablement en train de dormir. Une petite voix mielleuse et enfantine me répond à l'autre bout du fil. Passée la surprise, je reconnais Aylsa et je demande à parler à Cat. Cat dort, me dit-elle, et je ne sais pas si je dois la réveiller. Elle s'énerve et son ton dégénère en un glapissement hystérique. C'est après avoir perçu l'arrogance qui perce dans sa voix que je me demande ce que fabrique Aylsa chez moi, de si bon matin. Puis je rectifie mentalement : c'est ici, chez moi, et non là-bas. Je me contrôle et je prie Aylsa de dire à Cat que je l'ai appelée et que j'ai fait bon voyage. Je n'ai pas fini ma phrase que je m'aperçois qu'il est trop tard pour dire que j'ai fait bon voyage, que j'aurais dû appeler le lendemain de mon arrivée, et non pas près de dix jours plus tard. Le fait est que Caitlin ne m'a pas appelée non plus, alors qu'elle a mon numéro. N'est-ce pas surprenant que sa voix ne m'ait pas manqué jusqu'à présent ? Peut-être est-ce par orgueil que Cat n'a pas téléphoné, ou bien elle était trop occupée à refaire sa vie avec la propriétaire de cette petite voix qui me répond d'accord, elle dira à Cat que j'ai appelé, et qui me raccroche au nez sans me laisser le temps de dire au revoir. Aylsa, petite fourbe, il ne t'a pas fallu longtemps pour courir prendre ma place dans le lit et adopter ce ton de reine offensée au téléphone. Je repose le combiné dans son berceau en plastique et me convaincs que le fait qu'Aylsa ait dormi chez moi (je repense à l'appartement de Cat comme étant chez moi) n'implique pas nécessairement qu'elle ait dormi avec Cat. Elle est peut-être restée près d'elle pour l'aider à surmonter sa solitude toute récente. Et même si elle avait dormi avec Cat, de quel droit m'en mêlerais-je ? Moi qui ai passé tant de nuits avec Cat alors que l'odeur de Ralph me collait encore à la peau. Moi qui en partant ai déclaré que je ne savais pas très bien si je reviendrais, fichant ainsi en l'air une relation de trois ans. Moi qui ai répondu à la générosité de Cat par tous mes doutes et mes insécurités. Moi qui n'ai jamais employé le mot amour dans un seul paragraphe que j'ai écrit sur elle.

Je n'ai évidemment pas le droit d'être jalouse.

Il y a des millions de couples dans le monde qui ont bâti leur relation à force de volonté et de petites renonciations partagées. Il y a des millions d'êtres qui n'exigent pas de la personne qui est à leur côté cent pour cent de compatibilité et de goûts communs. C'est le désir de perfection qui tue les affects, la soif d'absolu, la peur de l'habitude, la perpétuelle nostalgie de l'impossible, le refus permanent de nous accepter comme nous sommes et d'accepter les autres tels qu'ils sont. Quand on ne se comprend pas soi-même, il est impossible de comprendre que les autres vous aiment, et il est donc impossible de respecter ceux qui vous aiment. Mais le temps ne nous laisse que deux options : assumer ce que nous sommes ou abandonner. Et si nous n'abandonnons pas, si nous décidons de rester sur cette planète minuscule et de pactiser avec notre vie encore plus minuscule, nous pouvons interpréter cette résignation comme une défaite ou comme un triomphe. Une fois éteint l'incendie qu'a représenté Mónica, je n'aspire plus aux grands feux. J'espère simplement renaître de mes cendres et jouir de quelques braises de passion, cette source intermittente de chaleur que sont les gestes familiers, les années d'expérience, la chaleur des lèvres connues et la sérénité de tant de jours puisée dans des yeux où ne brillent ni l'anxiété ni le désir ; une douceur liée à la routine même, au poids des sentiments assumé, tandis que flue lentement la fatigue, l'étrange indifférence devant ce que nous avons fait. La paix, en somme. Ou l'amour.

Je projette de la rappeler plus tard, lorsqu'elle sera réveillée, et de l'inviter à venir me voir à Madrid. Lui proposer de prendre une semaine sur le mois de vacances que lui doit son patron depuis des temps immémoriaux. Lui envoyer un billet d'avion, un bouquet de fleurs, une bague en or. Il est probablement trop tard pour lui envoyer quoi que ce soit. Je ne me sens même pas en droit de rien attendre d'elle, et je n'ai rien que je puisse lui promettre. Si j'y réfléchis, je ne sais quel argument je pourrais brandir pour la supplier de venir me voir. Peut-être que je ne suis même pas digne de recevoir Cat chez moi.

Mais un mot d'elle suffira à me guérir.

You want a reason : I'll give you reasons don't change your ideals with every season, just look inside yourself for information and make your own life a celebration, you've got the power, power to be strong, an education that should be lifelong, don't be a victim of expectations, just make your own life a celebration.

The Beloved, *Conscience*

Merci :

À Pedro López Murcia, à Miguel Zamorra et à Pedro Manuel Villora de m'avoir aidée à mieux écrire.

À Laura Freixas, Ana Cuatrecasas, Joaquín Arnaiz, Carlota Guerrero et Carlos el Lento pour leurs apports, leurs suggestions, leurs corrections, leurs critiques impitoyables.

Aux frères Amorós Mayoral pour l'intendance durant l'été.

Et surtout, merci à tous mes amis et amies car ils me sont indispensables.

Édition exclusivement réservée aux adhérents du Club
Le Grand Livre du Mois
15 rue des Sablons
75116 Paris
réalisée avec l'autorisation des éditions Denoël

*Cet ouvrage
a été transcodé
et achevé d'imprimer
sur Roto-Page
en décembre 2000
par l'Imprimerie Floch
à Mayenne.*

*D.L., janvier 2001.
ISBN 2-7028-6336-1.
Imprimeur, n° 50148-1.
Imprimé en France.*